LP 207

www.lenos.ch

Sam Jaun

Die Brandnacht

Roman

Lenos Verlag

Der Autor
Sam Jaun, geboren 1935 in Wyssachen im Emmental. Er schrieb Romane, Erzählungen, Hörspiele und Theaterstücke. Sein Roman *Die Brandnacht* (1986) wurde mit dem »Glauser« ausgezeichnet und mit Bruno Ganz in der Rolle Kellers verfilmt, für den Roman *Fliegender Sommer* (2000) erhielt Sam Jaun den Deutschen Krimipreis. Der Autor starb 2018 in Bern.

Der Lenos Verlag wird vom Bundesamt für Kultur mit einem Strukturbeitrag für die Jahre 2016–2020 unterstützt.

Erstmals erschienen 1986

LP 207
Erste Auflage 2019

Satz und Gestaltung: Lenos Verlag, Basel
Umschlagfotos: Marco Grob / snakefilm (vorn);
Johannes Plenio / Pixabay (hinten)
Printed in Germany
ISBN 978 3 85787 807 7

www.lenos.ch

1

Er trat aus dem Wald, und plötzlich lag das Land vor ihm, sich wölbend, Hügel um Hügel, abfallend zum Talgrund, wieder aufsteigend zum Horizont. Die Wiesen, grün mit bunten Sprenkeln, wo das Gras der zweiten Mahd entgegenwuchs, hell- oder sattgrün, wo es jeden Morgen Streifen um Streifen geschnitten wurde, und die Getreidefelder, ergilbend – die Farben bald leuchtend im Licht, bald stumpf unter dem Wind. Die Häuser mit den roten oder grauen Walmdächern und den hölzernen Rundbogen unter den Giebeln, an die Hänge geduckt, in den Obstgärten lauernd. Die grauweissen Bänder der Fahrwege, die sich von Hof zu Hof wanden. Die Sträucher und Bäume an den Runsen entlang, deren Rinnsale zu Tal rieselten, und die Hecken. Die hundertjährigen Linden, einzeln auf den Kuppen. Im Tal, einer tiefen Mulde zwischen den Hügeln, deren Abhänge aus der Ferne täuschend sanft wirkten, nur der hölzerne Turm der Kapelle sichtbar, die neben dem Dorf auf einer Erhöhung stand. Darüber das ausgewaschene Blau des Julihimmels. Ringsum rauschte, raschelte, summte, zirpte und zwitscherte es. Tausend Gerüche. Er ergriff den Koffer, setzte die Sonnenbrille auf, und der Himmel wurde postkartenblau. Die Sohlen knirschten auf der Schotterstrasse, die Schuhe überzogen sich mit weisslichem Staub, als Keller talwärts schritt, auf Schwant zu, einen Ort, den er noch nie gesehen hatte, aus dem aber seines Vaters Vorfahren stammten und den deshalb das schweizerische Amtsdeutsch als seinen Heimatort bezeichnete.

Angefangen hatte es eine Woche zuvor. Im Odéon. Keller lümmelte in einem der Korbsessel unter der Markise auf dem Trottoir vor seiner Stammkneipe, die Arme auf der Brust verschränkt, die Beine, am kleinen Marmortisch vorbei, von sich gestreckt, die Füsse auf dem Hocker gegenüber, eine Löwe BC im Mund. Die Fassaden der Häuser auf der andern Seite der Bahnhofstrasse im Schatten, aber der Asphalt fast weiss in der Sonne. Sichtbar im Gegenlicht der Flaum auf den Waden der nackten, ausschreitenden Mädchenbeine. Der Strassenlärm träg. Lasch die Münder der jungen Männer, zusammengekniffen ihre Ärsche in den weissen Jeans. Am Trottoirrand eine tote Taube auf dem Gullydeckel. Dienstagvormittag in Biel, der zweisprachigen Stadt am Jurasüdfuss. Die süsse Lust, nichts zu tun, nur dazusitzen und die Sonne an den Beinen hochwandern zu lassen. Einer dieser Tage, an denen er die Stadt neu entdeckte: die Fledermausgaupe auf dem Dach gegenüber, der Mäanderfries über der Fensterreihe, die rotgesprayte Inschrift LEGALIZE HIMBEEREIS am Bordstein. Dieses verdammte Provinzkaff. Achtunddreissig Jahre seines Lebens hatte es gefressen. Er sehnte sich nach einer andern Stadt, und doch konnte er sich keine vorstellen, in der er es ausgehalten hätte. Die Sonne hatte die Knie erreicht. Er blies den Rauch der Zigarre auf die schwarzen Kordjeansbeine, um die Fliegen zu vertreiben, warf einen Blick ins Halbdunkel der Kneipe und sagte zum Schatten des Kellners hinter ihm: »Noch einen Kaffee, Piccolo.«

»Un moyen liquide«, rief Piccolo zur Theke, und in diesem Augenblick fiel Keller der Brief des Amtsgerichts ein, der im Briefkasten gelegen hatte und jetzt in der Tasche seiner schwarzen Lederjacke steckte. Er zog den Umschlag heraus und riss ihn auf. Zwei Briefe. Der eine maschinengeschrieben, amtlich.

Sehr geehrter Herr Keller,
im Auftrag des zuständigen Untersuchungsrichters, Herrn Gerichtspräsident L. Meier, übermittle ich Ihnen den beiliegenden Brief des Untersuchungsgefangenen O. Balsiger. Ich wäre Ihnen dankbar, wenn Sie sich in dieser Angelegenheit mit uns in Verbindung setzen würden.

Mit vorzüglicher Hochachtung
der Gerichtsschreiber:
Pius Imhof

Der andere handgeschrieben: ungelenk hingemalte Buchstaben auf liniertem weissem Papier. *Geehrter Herr Oberleutnant!* Kellers Finger krallten sich ins Papier. Oberleutnant. Damit war er gemeint. Nein, ein anderer, ein Keller, den es nicht mehr gab, ein Fremder mit glatter Stirn, Vollbart und lachbereitem Mund: Milizoffizier der Grenadiere, Spezialist des waffenlosen Kampfes und Teilzeitinstruktor an der Berner Polizeirekrutenschule; Kunstmaler und linker Sozialdemokrat – Widersprüche, die ihn nicht gekümmert hatten, damals. Das Leben reiten wie ein wildes Pferd, wie oft war diese grosssprecherische Wortblase an den Kneipentischen aus seinem Mund gequollen. Piccolo brachte den Kaffee. Keller liess sich vom ersten Schluck die Zunge verbrennen.

Geehrter Herr Oberleutnant!
Herr Meier Gerichtspräsident sagt er wird mir ein Fürsprech geben wenn ich Keine weiss. Aber zuerst will ich Euch fragen. Im Rüti-WK habt Ihr mir auch geholfen. Wisst Ihr noch? Leider ist das mein Letzter gewesen weil dann diese Sache passiert ist. Und jetzt wider. Damals hat mir der Fürsprech gesagt ich soll sagen ich bin es gewesen. Aber dann haben sie mich eingesperrt. Jetzt soll ich wider sagen ich bin es gewesen und ich will nicht. Ich bin wider nicht nüchtern gewesen das stimmt.

Aber der Evi habe ich nichts getan. In Erwartung Eurer geschätzten Antwort zeichnet

Hochachtungsvoll
Otto Balsiger

Grenadier Balsiger, die Dienstmütze im Genick, den Flammenwerfer auf den Rücken schwingend, als sei er ein Picknickrucksack, ein untersetzter Emmentaler, der Sündenbock für alles, was schieflief. Keiner der Zugführer hatte ihn in seinem Zug haben wollen, ausser Keller, und Balsiger hatte ihm das gelohnt, mit hündischer Anhänglichkeit. Keine Ahnung, womit er ihm damals geholfen hatte, aber an den Wiederholungskurs vor sieben Jahren in Rüti erinnerte er sich. Es war der letzte gewesen, den er beendet hatte. In dem im Jahr darauf war er in die Psychiatrische Klinik Wallner in Seebach eingeliefert worden. Irgendwann war er wieder herausgekommen, ausgemustert aus der Armee, ohne Lehrauftrag an der Polizeirekrutenschule, unfähig zu malen. Irgendwann hatte er entdeckt, dass er noch am Leben war, ein anderer Peter Keller, der seinem neuen, schäbigen Beruf nachging. Er steckte die Briefe in die Jackentasche zurück und schrie: »Piccolo! Piccolo!«

»Qu'est-ce qu'il y a, Pierre?«, fragte dieser erstaunt hinter ihm.

»Eine Flasche Aigle. In der Ecke hinten.« Keller

setzte sich auf die mit Stoff bezogene Bank in der Nische neben dem Hintereingang, der dunkelsten im Odéon. Piccolo brachte den Eiskübel mit dem Weisswein, öffnete die Flasche, liess Keller kosten, schenkte das Glas voll, die Gesten präzis, das schmale Gesicht in der Maske des Berufs, und doch schimmerte etwas durch: Mitleid oder Verachtung. Keller setzte die Sonnenbrille vor die Augen und horchte in sich hinein. In den nächsten Stunden würde er bei den Gespenstern seiner Vergangenheit hausen. Er trank ihnen zu. »Wie der Mann ohne Schatten«, sagte er zum Ebenbild, das ihn im grossen Wandspiegel nachäffte.

Doktor Jonathan Schwartz betrachtete verliebt die zitternde bernsteinfarbene Flüssigkeit im Glas, das er zwischen Daumen und Zeigefinger in Augenhöhe hielt, netzte die Oberlippe im Schnaps, leckte, kostete, schluckte, schmatzte und sagte: »Armagnac!«

»Ich ziehe Wein vor.« Keller goss Yvorne nach, hob die Dreideziliterkaraffe beim Einschenken in einer fliessenden Bewegung hoch, damit auf der Oberfläche im Glas der knisternde Weissweinstern entstand, und kam sich albern vor, als ihm bewusst wurde, dass er Schwartz' geniesserisches Gehabe nachahmte. Dieser sass ihm im Restaurant du Théâtre gegenüber, den Gottfried-Keller-Bart gesträubt, die gelbe Lederjacke über die Rückenlehne des Jugendstilsessels gehängt, die in Bluejeans steckenden Beine von sich gestreckt. Mittwochnachmittag. »Dass du noch immer Stammgast bist in dieser ...« Keller fiel keine Metapher ein.

»... in diesem Mausoleum patrizischer bernischer Grösse?«, vollendete Schwartz den Satz. »Die Schwartz sind Bernburger. Seit zwei Jahrhunderten. Ich sehe keinen Grund, das Du Théâtre aufzugeben. Zudem ärgert es meine ehemaligen Freunde.« Er warf Keller über den Rand der Nickelbrille einen misstrauischen Blick zu. »Was willst du?«

»Einen Anwalt.«

»Was hast du denn ausgefressen?«

»Nicht ich. Hier. Lies.« Keller zog den Umschlag des Amtsgerichts aus der Jackentasche.

»Noch einen Armagnac, Georg«, rief Schwartz so laut, dass die Köpfe der vier weisshaarigen, Kuchen kauenden Bernburgerinnen am Nachbartisch herumfuhren. Die zerknitterte Haut an ihren Hälsen schien zu rascheln. Keller zündete eine Löwe BC an und blies den Rauch zu ihnen hinüber; er leuchtete im Sonnenstrahl, der auf das weisse, mit Krümeln übersäte Tischtuch fiel. Das Gefühl, bittersüss, leben zu wollen. Schwartz legte die Briefe ab, schnüffelte und nippte am zweiten Armagnac, den der Kellner gebracht hatte. »Du hast mit dem Untersuchungsrichter gesprochen?«

»Ich habe mit dem Gerichtsschreiber telefoniert. Man wird Balsiger unter Anklage stellen. Er soll eine Frau umgebracht haben. Als der Untersuchungsrichter ihm mitgeteilt habe, er solle einen Anwalt nehmen, sonst werde ihm einer zugewiesen, habe er gesagt, das wolle er mit mir besprechen, und diesen Brief geschrieben.«

»Und deshalb willst du ihm zu einem Anwalt verhelfen?«

»Nein. Weil ich fünfzehntausend Franken habe, die mir nicht gehören.«

Schwartz spitzte die Lippen und sog den letzten Tropfen Armagnac aus dem Glas. »Wie bist du zu dem Geld gekommen?«

»Als ich im Februar aus Portugal zurückkehrte, wurde ich in etwas hineingezogen. Erpressung, Raub, Mord. Eine seltsame Geschichte, an deren Ende ich mich mit fünfzehn Tausendfrankenscheinen wiederfand, die niemandem gehören und die ich nicht will.«

»Gib sie dem Roten Kreuz.«

»Nein. Sie sollen dazu dienen, jemanden zu verteidigen, der des Mordes angeklagt ist. Jemanden wie Balsiger. Das ist die angemessene Verwendung für dieses Geld.«

Schwartz, die Ellbogen auf den Tisch gestützt, das Kinn auf den Daumen der verschränkten Hände, musterte Keller. »Es ist dir gelungen. Ich bin interessiert. Nicht an Balsiger. An deiner Geschichte.«

»Nein.«

»Also gut.« Schwartz grinste. »Ich übernehme Balsigers Verteidigung, vorausgesetzt, er ist damit einverstanden. Erzähl jetzt.«

Keller seufzte erleichtert, bestellte einen weiteren Armagnac für Schwartz, eine zweite Karaffe Yvorne für sich und erzählte von Pfarrer Gottfried Balmer, der sich mit der Mörderin Barbara verlobt hatte.

Keller stand, mit dem Rücken an die Wand gelehnt, und fragte sich, wie das Licht beschaffen war. Stumpf, verendet, bevor es durch die vergitterten Fenster fiel. Er zündete eine Löwe BC an, rauchte einige Züge, liess den Stumpen zwischen den Lippen hängen und ausgehen. Der Geruch der erloschenen Zigarre gesellte sich zu dem des Raums, und der roch nach Krankenhaus. Allmählich schwand der Drang, die Tür aufzureissen und wegzurennen; er verfiel der Atmosphäre des Gebäudes. Am Metalltisch, auf einem der vier gelblackierten Holzstühle, hüstelte Schwartz und blätterte in irgendwelchen Papieren. Draussen das dumpfe Dröhnen des Verkehrs. Donnerstagvormittag.

Schwartz zog ein gelb-schwarz kariertes Taschentuch hervor, nahm die Brille ab, putzte sie, setzte sie wieder auf, schloss den Aktenkoffer auf seinem Schoss, legte die Hände gefaltet auf den Deckel und inspizierte die Nagelränder der aufgerichteten Daumen. Keller drehte den Stumpen zwischen den Fingern hin und her, gab vor, in den Anblick der erloschenen Zigarre versunken zu sein, und suchte nach den Worten, die das Schweigen zwischen ihnen brechen würden. Sie fielen ihm nicht ein. Endlich ging die Tür auf. Eine schwarze Uniform. Der Kantonspolizist, das Gesicht so steif wie das Dienstkäppi, schob Balsiger ins Zimmer. Der blieb stehen, schaute unsicher vom Mann auf dem Stuhl zu dem an der Wand, erkannte Keller und richtete sich mit einem Ruck auf. »Herr Oberleutnant! Ich hab's gewusst. Sie lassen mich nicht im Stich.«

Dieser Klotz von einem Kopf, die Strähnen des kurzen braunen Haars in der Stirn, die zwei Schweisstropfen über der Nasenwurzel, die helle Narbe über der linken Braue, der ganze ungeschlachte Mann vor ihm ein Bild aus der Vergangenheit: Es roch nach Gewehrfett, Lederzeug und Schweiss, nach dem Blütenstaub im Wind, der die Wolken zerfetzte, die scheckigen Uniformen krochen wie Riesenmaden über die Sumpfwiese, die Sturmgewehre schepperten, die Bereitmeldungen rumpelten in emmentalisch gefärbtem Schriftdeutsch, eine nach der andern, in den Frühlingsmorgen, während Keller auf dem Hügel stand, die Hände auf dem Rücken verschränkt, auf den Schuhsohlen wippend, die drei obersten Knöpfe des grünen Waffenrocks, an dem Fichtennadeln klebten, offen, und in Balsigers strahlendes Idiotengesicht schaute. Das anbiedernde, herablassende Du des vollbärtigen Grenadieroberleutnants, der er vor sechs Jahren gewesen war, glitt ihm selbstverständlich über die Lippen. »Hast du wieder Mist gebaut, Balsiger?«

»Jawohl, Herr Oberleutnant.«

»Die Handschellen, bitte.« Schwartz' Stimme riss Keller in die Gegenwart zurück.

»Wie Sie meinen, Herr Doktor.« Der Kantonspolizist nahm Balsiger die Handschellen ab und verliess das Zimmer.

»Nennen Sie mich nicht so, Otto. Ich bin nicht mehr Oberleutnant.« Balsiger blickte Keller verwirrt an. Dieser fasste ihn am Arm und zog ihn zu Schwartz hinüber, der noch am Tisch sass. »Das ist Herr Doktor Schwartz. Er ist Anwalt und wird ...« Er bemerkte Balsigers verständnislose Miene. »Der Fürsprech, Otto. Er wird Ihre Verteidigung übernehmen.«

Schwartz stand auf und streckte die Hand aus, aber Balsiger wandte sich ab, ohne sie zu ergreifen, und sagte zu Keller: »Aber Herr ... Das geht doch nicht. Ich dachte, Sie würden ...«

»Nein, Otto«, unterbrach ihn Keller, »nicht ich. Herr Doktor Schwartz. Sie werden ihm alles sagen, genau, wie es war, und tun, was er Ihnen sagt.« Balsiger schüttelte den Kopf, Furchen auf der Stirn. »Alles, was er dir sagt. Als sei ich es selbst. Ist das klar, Balsiger?«

Der vertraute Kommandoton vertrieb die Runzeln. »Jawohl, Herr Oberleutnant.« Balsiger streckte zögernd die Hand aus, und Schwartz schüttelte sie. Als Keller das Untersuchungsgefängnis verliess, fiel ihm ein, warum er sich damals im Militärdienst Balsigers angenommen hatte. Er kam aus Schwant, dem unbekannten Dorf im Emmental, aus dem auch seine Vorfahren stammten.

»Das ist doch läppisch, Jonathan«, widersprach Keller. »Ich würde letztlich mich selbst bezahlen.«

»Ich habe Balsigers Verteidigung übernommen.« Schwartz schüttelte den Zeigefinger über dem Schreibtisch. »Und dafür werde ich honoriert.«

»Ja. Von mir.«

»Egal. Als Balsigers Anwalt beauftrage ich dich mit Ermittlungen. Und dafür wirst du honoriert. Bist du mit einem Tagessatz von zweihundertfünfzig Franken einverstanden?«

Keller nickte und lachte. »Spesen zusätzlich.«

Dienstagvormittag. Sie sassen in Schwartz' Arbeitszimmer. Die Kassettendecke, das Eichenpaneel, die Stiche an den Wänden, die Taftvorhänge, der bis zur Decke reichende Spiegel im vergoldeten Rahmen über dem offenen Kamin aus schwarzem Marmor – alles troff von Würde. Seit zwei Jahrhunderten hatten irgendwelche Schwartz in dieser herrschaftlichen Wohnung gelebt. An der Wand gegenüber vom Kamin, im Gehrock, das Doppelkinn auf den Eckenkragen gestützt, den Backenbart gesträubt, in Öl porträtiert, betrachtete einer von ihnen missbilligend seinen Nachfahren, den Anwalt Jonathan Schwartz, der auf einem fleckigen hölzernen Bürodrehstuhl sass, an seinem knallgelben Plastikschreibtisch, und auf den zwischen den Armlehnen eines Empiresessels eingeklemmten Privatdetektiv Peter Keller einredete. Draussen in der Gerechtigkeitsgasse ratterte der Trolley des Schosshaldenbusses an der Fahrleitung entlang, vom Bärengraben zum Hauptbahnhof Bern.

»Ich kann mir zwar jetzt ein Bild machen, aus den Akten und dem, was ich aus Balsiger herausgebracht habe, aber das genügt nicht. Balsiger … Er arbeitet, wie du weisst, als Knecht auf dem Jordihof, einem dieser für das Emmental typischen Einzelhöfe. ›Ist Knecht‹ wäre wohl genauer, denn als Bauernknecht zu arbeiten im Emmental ist ein Zustand. ›Landwirtschaftlichen Gehilfen‹ nennen sie ihn in den Gerichtsakten. Also Balsiger hat jeden zweiten Sonntag frei.« Schwartz dozierte, die Hände auf dem blauen

Hemd über dem Bauch gefaltet. »An diesen Tagen pflegt er sich nach der Predigt in den Adler zu begeben, sich zu besaufen und irgendwann am Nachmittag zurückzukehren, um den Rausch auszuschlafen, allerdings nicht zu Hause, da seine Mutter, bei der er lebt, seine Kneipenbesuche missbilligt, sondern auf dem Heuboden einer zum Jordihof gehörenden Scheune. So auch am Sonntag vor drei Wochen. Möchtest du etwas trinken?«

»Nein.«

Schwartz seufzte. »Also am Abend desselben Sonntags kam Eva Drechsel, die Tochter der Pächterin des Hotels Schwantbad, von einem Spaziergang abends nicht zurück. Am Montagnachmittag wurde sie im Schiltwald gefunden, erwürgt, nackt.«

»Vergewaltigt?«

»Der gerichtsmedizinische Bericht schliesst nicht aus, dass sie Geschlechtsverkehr gehabt hat. Aber kein Sperma – und keine Verletzungen. Ihre Kleider waren verschwunden. Der Arzt meint, sie sei am Sonntag zwischen achtzehn und neunzehn Uhr umgebracht worden, der Mörder müsse ungewöhnlich kräftig sein und Hände haben wie Schaufeln.«

»Balsiger!«

»Der erinnert sich an nichts, weiss nicht, wie und wann er nach Hause beziehungsweise in die Scheune gelangt ist. Aber es gibt Zeugen. Er verliess den Adler ungefähr um sechzehn Uhr dreissig. Besoffen, wie immer an seinen freien Sonntagen. Elf grosse Biere und ebenso viele Schnäpse.« Schwartz breitete eine Landkarte auf dem Schreibtisch aus und tippte mit einem Bleistift auf die Gruppe winziger schwarzer Rechtecke. »Schwant. Von der Kneipe aus ging Balsiger auf der Strasse am Schwantbach entlang hinunter bis zum oberen Ende der Schlucht. Etwa um siebzehn Uhr fünfzehn sah ihn ein Autofahrer die Brücke beim Hotel Schwantbad überqueren. Nun folgte er der Schwantbodenstrasse bis zur Kreuzung hinauf, wo der Fahrweg zum Jordihof abzweigt. Kurz nachdem dieser in den Schiltwald mündet, beginnt der Fussweg – er ist auf der Karte nicht eingetragen –, der quer durch den Wald zur Scheune hinaufführt.« Schwartz zeichnete mit dem Bleistift einen kleinen Kreis ins Grün des Waldes. »Ungefähr um achtzehn Uhr muss er sich hier irgendwo befunden haben – und hier hat man in einer Lichtung unterhalb des Fusswegs die Leiche entdeckt. Kurz bevor Balsiger die Brücke überquerte, also zwischen siebzehn und siebzehn Uhr fünfzehn, verliess Eva Drechsel ihr Zimmer, um, wie sie sagte, etwas Luft zu schnappen. Jemand sah sie vom Fenster aus die Schwantbodenstrasse hinaufspazieren. Man nimmt an, dass Balsiger sie unterwegs eingeholt hat.«

»Und das genügte?«

»Vor sechs Jahren wurde, ungefähr an gleicher Stelle, eine Frau überfallen. Es war auch ein Sonntagnachmittag, an dem Balsiger besoffen unterwegs zur Scheune war, allerdings im Winter; es war bereits dunkel und schneite. Sie konnte sich losreissen und rannte, verletzt, halbnackt, zum Hotel Schwantbad hinunter. Zwar hatte sie ihren Angreifer nicht erkannt, aber man fand ihren Mantel und ihren Pullover auf dem Fussweg, Fetzen ihres Unterhemds und den Büstenhalter in der Scheune, im Heu, auf dem Balsiger seinen Rausch ausgeschlafen hatte. Er wurde angeklagt und verurteilt.«

»Und deshalb soll er jetzt die Drechsel umgebracht haben?«

»Balsiger kannte sie. Dort, wo der Fahrweg vom Jordihof aus dem Schiltwald kommt, steht auf einem Hügelchen eine alte Linde mit einer Bank. Auf dieser wartete sie ab und zu abends auf ihn, wenn er die Milch zur Molkerei in Schwant brachte. Die vom Jordihof machen das noch mit dem von einem Pferd gezogenen zweirädrigen Karren. Sie setzte sich dann neben ihn auf den Bock und fuhr mit bis zum Hotel. Dabei ... Nun ja. Sie trieb ihr Spiel mit ihm, legte es darauf an, ihn scharf zu machen. Das war bekannt. Man nimmt an, dass sie das auch am Sonntag versucht und er, als sie sich ihm entzog, zugepackt hat. Ein bärenstarker Mann wie Balsiger, der sich seiner Kraft nicht bewusst ist, besoffen …« Schwartz zuckte die Schultern.

»Und die Kleider?«

»Viele waren das nicht. Sie war barfuss. Sie scheint oft so spazieren gegangen zu sein bei warmem Wetter. Sie trug nichts als ein blaues Sommerkleid und einen Slip. Man nimmt an, dass er die Sachen später hat verschwinden lassen beziehungsweise …«

»Man nimmt an?«

»Das eine Kleidungsstück hat man gefunden. Den zerrissenen blauen Slip. Wieder in der Scheune, im Heu, auf dem Balsiger seinen Rausch ausgeschlafen hat. Das Kleid bleibt verschwunden. Ebenso ein silbernes Halskettchen mit einem Jadestein.«

»Ach, du Scheisse! Also ist er's doch gewesen.«

»Er behauptet, sich an nichts zu erinnern, aber er sagt, er würde es wissen, wenn er der Evi begegnet wäre, wenn er sie gewürgt hätte. Vor sechs Jahren, da sei er's auch nicht gewesen. Doch der Anwalt habe ihn zu einem Geständnis überredet.«

»Glaubst du ihm?«

»Wenn ich morgen sagte, er solle sich schuldig bekennen – er würde ein Geständnis ablegen. Er hat deinen Befehl, zu tun, was ich sage, wörtlich genommen. Ihm glauben? Ja. Nein. Keine Ahnung, was ich glauben soll. Aber ich habe ein Gefühl. Das Gefühl, irgendetwas ist faul.«

»Dieser Anwalt vor sechs Jahren, war das ein Pflichtverteidiger?«

»Nein. Den haben die vom Jordihof gestellt.«

»Was erwartest du von mir?«

»Dass du nach Schwant gehst und dort herumschnüffelst.«

»Um herauszufinden, ob dein Gefühl stimmt?«

»Nein. Bring mir ein Bild von Schwant zurück – und von Balsiger.«

»Warum fährst du nicht selbst?«

»So etwas liegt mir nicht. Du hast vierzehn Tage. Aufgrund deines Berichts werde ich entscheiden, wie ich ihn verteidigen will.« Schwartz nahm einen mit Schreibmaschine beschriebenen Briefbogen aus der Schublade und reichte ihn Keller. »Hier. Die Bestätigung, dass du für Balsigers Anwalt arbeitest.«

Der Mann auf der andern Strassenseite schob die letzte Karre in einem Anlauf über die Bohle auf den Misthaufen und kippte sie. Er trug ein altes Militärhemd und eine blaue, dungverschmierte Arbeitshose mit zwei Seitenschlitzen statt Taschen. Aus dem einen lugte ein grüner Hemdzipfel hervor; er hatte offensichtlich keine andere Hose darunter an. Ein rundes Käppchen, das aus dem obersten Teil eines Filzhutes herausgeschnitten war, sass wie eine Parodie der Kopfbedeckung orthodoxer Juden auf den kurzen grauen Locken. Einen Augenblick verharrte er neben der Schubkarre, fuhr, die Faust um den Gabelstiel geschlossen, mit dem Zeigefinger der andern Hand unter das Filzkäppchen, um sich zu kratzen. Dann verteilte er den Mist und schichtete sorgfältig die Gabelladungen, die an den Rand kamen. Die Seiten des rechteckigen Haufens sahen aus, als seien sie geflochten, aus fetten Strängen von Kuhdung und Stroh: ein klassischer emmentalischer Miststock. Keller zog den Stuhl ans offene Fenster und setzte sich. Dienstagabend. Nach der Unterredung mit Schwartz am Vormittag in Bern war er nach Biel zurückgekehrt und hatte den Koffer gepackt. Statt der Hauptstrasse über Zill hatte er die Nebenstrasse über die Brandegg genommen. Im Brandeggwald, mitten in einer Kurve – an der Gemeindegrenze, wie er später erfuhr –, hatte plötzlich der Asphaltbelag aufgehört. Der Deuxchevaux-Kastenwagen war auf dem Schotter ins Rutschen geraten, über den Strassenrand hinausgeschlittert und, das linke Vorderrad zwischen zwei jungen Buchen verkeilt, stehen geblieben. So war er zu Fuss nach Schwant gekommen, zweieinhalb Stunden später als geplant. Jetzt sass er am Fenster seines Zimmers im Gasthof Adler und schaute hinaus. Die Kuppen der Hügel, die im Westen, eine die andere überragend, zum Wald aufstiegen, aus dem er vier Stunden zuvor herausgetreten war, den Koffer in der Rechten, und aufs Tal hinausgeblickt hatte, leuchteten hellgrün, während die Abhänge, schwarzgrün, im Schatten lagen. Der Himmel, fleckenlos blau, ohne die schmutzig weissen Ränder wie in Biel, färbte sich am Horizont, der gezackten Silhouette des Brandeggwaldes, zögernd rosa. Darüber schwebte die Sonne, hingemalt. Ihre Strahlen blitzten von den silbernen Stanniolblättern, die in den fruchtbehangenen Kirschbäumen der Obstgärten flatterten, um die Vögel zu verscheuchen. Hunde bellten, irgendwelche Metallgeschirre schepperten, die Stimmen unsichtbarer Menschen, der Schwantbach rauschte, aus dem Stall hinter dem Misthaufen gegenüber das langgezogene Muhen einer Kuh. Ein Junge, der einen Karren hinter sich herzog, kam die Dorfstrasse herunter, barfuss, in einer Turnhose, den Oberkörper nackt, und kratzte mit einer roten Plastikschaufel Pferdeäpfel vom Asphalt. Der Wind war lau, roch faulig-süss nach dem Wasser des Bachs, nach Dung, nach Heu. Licht von dieser Qualität, dachte Keller und seufzte, wehmütig, wollüstig, als sitze er am Fenster zu einer andern Zeit.

2

Die Bruchsteinmauer sog die Strahlen der Abendsonne auf. Flocken von Rostschutzfarbe blätterten von der Gittertür, als Keller sie aufstiess und hinter sich wieder schloss. Vereinzelt wucherten kurze, von Vertilgungsmitteln entfärbte Unkrautbüschel im Kies. Er ging auf dem Weg, der die Gräberreihen entzweischnitt, zwischen den Lebensbaumhecken hindurch, auf den mit Granitplatten ausgelegten Platz am andern Ende zu, in dessen Mitte die Äste einer Trauerweide auf die Fliesen herabhingen. Er trat an den Brunnen dahinter – das Steinbecken ragte aus der Mauer, die auf der andern Seite zum Schwantbach abfiel –, liess Wasser in die hohle Hand rinnen und spritzte es sich ins Gesicht. Nur der vordere Teil des Friedhofs war belegt. Der Rest, von magerem Gras bewachsen, war leer bis auf vier kleine Gräber an der Mauer über dem Bach. Hier verwesten die ungetauften Kinder. Keine Leichenkapelle. In einer Ecke ein Haufen von Grabsteintrümmern, die Namen und Inschriften auf den Bruchstücken zu willkürlichen, rätselhaften Silben zerrissen. Er schritt die Gräberreihen ab. Kein Grab war älter als fünfundzwanzig Jahre. Vier Keller entdeckte er. Der eine, Melchisedek Keller, vor sechzehn Jahren verstorben, muss sein Grossonkel gewesen sein. Wenn dessen Nachkommen noch hier lebten, dann hatte er entfernte Verwandte in Schwant. Erst nach geraumer Weile fiel ihm der Unterschied auf: Links vom Mittelweg standen zumeist Grabsteine, auf die irgendwelche Sprüche wie IHR LEBEN WAR LIEBE UND ARBEIT oder Bibelzitate eingemeisselt waren; rechts nur Holzkreuze mit schmalen Giebeldächern aus Blech, und alle trugen unter den Namen und den Jahreszahlen dieselbe Inschrift EINGEGANGEN ZUM HERRN. Auch Melchisedeks Gebeine ruhten unter einem davon. Toblers rhetorische Frage: »Wer hat hier sonst solche Namen!« Natürlich. Unter den Holzkreuzen lagen die Sektierer. Sogar im Grab war ihnen keine Hoffart gestattet. Aaron. So hatte sein Grossvater geheissen. Dass seine Vorfahren dazugehört hatten, das hatte er nicht gewusst. Er lachte. Die Laute klangen wie durch Watte, und er roch nichts, als sei sein Geruchssinn betäubt. Er ertastete mit der Zunge die Plomben und die Stiftzähne im Mund. Die Friedhofsstille wuchs. »Ergib dich dem Leben«, sagte er laut und dachte an die Flasche Wein im Auto. Über ihm rüttelte ein Falke, als sei Keller die von ihm belauerte Beute. Mittwoch. Bereits der zweite Abend, an dem er die Sonne ihr kitschiges Rosa am Himmel über Schwants Horizont ausgiessen sah.

»Die Jordis?« Schwengeler hustete, berührte mit zitternden Fingern die Lippen. Seine schweren Atemzüge wehten die Schnapsfahne über den Schreibtisch.

Keller fuhr sich wie Schwengeler mit der Hand über den Mund, grinste, verlegen und verschwörerisch, wie er hoffte, und fragte: »Hätten Sie etwas zu trinken?« Ein Lächeln stahl sich in Schwengelers Gesicht. Er stand auf und watschelte zum Wandschrank. Im Nu standen eine Flasche Gravensteiner und zwei volle Gläser auf dem Schreibtisch. Sie stiessen an und tranken in einem Zug aus. Schwengeler schenkte wieder ein und kippte auch den zweiten Apfelschnaps hinunter, während Keller nur daran nippte. Mittwochvormittag, kurz nach neun. Am Abend zuvor hatte er aus dem Adler in Schwant die fünf Reparaturwerkstätten in Zill, die er im Telefonverzeichnis unter dem Stichwort »Garagen« gefunden hatte, angerufen und gefragt, ob sie seinen Wagen noch heute abschleppen würden. Umsonst. Schliesslich hatte ihm die Kellnerin geraten, es bei der Genossenschaftlichen Reparaturwerkstätte zu versuchen, und es hatte geklappt. Zwar konnte er den Wagen erst am späten Nachmittag abholen, aber er war bereits mit dem Achtuhrbus nach Zill, dem Bezirkshauptort, gefahren.

»Mit den Jordis habe ich nichts mehr zu schaffen.« Schwengelers schwabbelige Wangen, rosa angehaucht, hatten sich gestrafft.

»Weshalb?«

»Weil ich nicht mehr ... Es ist privat.« Schwengelers Hand war zur Flasche gekrochen. Aber er zog sie zurück.

»Warum haben Sie Balsiger damals, vor sechs Jahren, zu einem Geständnis überredet?«

»Er lügt. Balsiger ist nicht richtig im Kopf. Sonst hätte ich ihn verklagt. Wegen übler Nachrede. Überall erzählt er das herum, seit er entlassen worden ist.« Schwengelers Rechte schloss sich um die Flasche und rückte sie neben das Glas. »Aber jetzt sitzt er ja wieder.«

Keller stand vom abgewetzten Besuchersessel auf. »Was für ein Spiel wurde vor sechs Jahren mit Balsiger getrieben?«

»Ich habe im Interesse meines Klienten gehandelt.« Schwengeler schickte sich an, den Pfropfen aus der Flasche zu ziehen.

Keller riss sie ihm aus der Hand. Der Pfropfen rollte über die Tischplatte und fiel auf den grauen Nadelfilzteppich. »Ich werde es herauskriegen, Schwengeler.«

»Was fällt Ihnen ein? So lasse ich mir nicht kommen.« Schwengeler blickte wie gebannt auf die Schnapsflasche in Kellers Hand.

»Ich will mit dem Wachtmeister sprechen, der vor sechs Jahren mit dem Fall zu tun hatte. Wo ist die Polizeiwache?«

»Nein, mit dem Bärenwirt.« Schwengeler schien erfreut. »Tobler ist nicht mehr bei der Polizei. Er führt jetzt das Restaurant Bären.«

Keller stellte die Flasche auf den Schreibtisch und ging. Als er die Tür mit der Aufschrift ELIAS SCHWENGELER – RECHTSANWALT UND NOTAR hinter sich geschlossen hatte, hielt er die Finger beider Hände, gespreizt und ausgestreckt, vor die Augen. Sie zitterten nicht.

Draussen, irgendwo hinter dem Fliegengitter im Rahmen des offenen Fensters, kreischte in regelmässigen Abständen eine Motorsäge auf. Drinnen sauste das Fleischmesser auf und nieder, jedes Mal knapp an den Fingerspitzen vorbei, und schnitt im Rhythmus der Schläge Schnipsel um Schnipsel von der Leber. Wo die Hand diese auf den Hackklotz presste, quoll Blut unter den Fingerbeeren hervor. Von der Stirne fiel ein Schweisstropfen ins zitternde Gewimmel der braunroten Fetzen. Keller hatte im Restaurant Bären nach dem Wirt gefragt, und man hatte ihn in die Küche gewiesen. Tobler, als Koch kostümiert, antwortete ihm, ohne die Arbeit zu unterbrechen: »Damals, vor sechs Jahren, dachte ich, der Otto war's nicht. Ich glaubte, man wolle ihn zum Sündenbock machen. Doch ich täuschte mich. Er gestand.«

»Unter Druck?«

»Wie meinen Sie das?« Tobler klatschte einen neuen Leberlappen auf den Hackklotz und warf Keller einen misstrauischen Blick zu, bevor er zu schneiden fortfuhr.

»War sein Anwalt dabei?«

»Schwengeler? Er war es, der nach dem Untersuchungsrichter verlangte, da Balsiger ein Geständnis ablegen wolle.«

»Was ist mit Schwengeler eigentlich los?«

Tobler lachte. »Seine Exfrau. Dabei hätte er's wissen sollen. Seine Mutter gehörte ja auch zu ihnen. Elias. Wer hat hier sonst solche Namen! Für die ist die Ehe etwas Unauflösliches. Aber er verliess seine Frau. Und die saugt ihn ganz schön aus. Beim Geld hört auch bei den Sektierern in Schwant das Christentum auf. Dazu geht er jetzt mit der vom Puff. Das ist zu viel. Der Neffe seiner Frau droht, ihn krankenhausreif zu schlagen.«

»Schwengelers Exfrau kommt aus Schwant?«

»Sie ist eine Jordi.«

»Vom Hof, auf dem Balsiger Knecht ist?«

»Die jüngere Schwester des Bauern.«

»Wen verdächtigten Sie damals, bevor Balsiger sein Geständnis ablegte?«

»Nein, Herr Keller.« Tobler legte das Messer auf den Hackklotz, steckte den unzerteilten Rest der Leber, ein daumenballengrosses Stück, in den Mund und kaute. Ein dünnes Blutrinnsal lief ihm über das bartstoppelblaue Kinn. »Frisch. Noch fast warm. Möchten Sie auch kosten?« Plötzlich hing ein Leberschnipsel, von Toblers Finger pendelnd, zwischen ihnen. Keller stiess es sauer auf. Tobler grinste, legte den Kopf zurück und sog den Leberfetzen mit aufgestülpten Lippen in den Mund, fischte einen Petersilienstängel aus der Schüssel neben dem Hackklotz, schob ihn der Leber nach und wischte mit dem Handrücken Kinn und Mund ab. »Nicht jedermanns Sache, rohe Leber zu essen. Aber gesund.« Er stiess die Schwingtür zum Restaurant auf, rief über die Schulter: »Einen Augenblick!«, und verschwand. Keller lehnte sich an die gelb-weiss gekachelte Wand und schnupperte. Es roch nach Blut. Tobler kehrte mit zwei Schnapsgläsern zurück, reichte das eine Keller. »Wohl bekomm's!«

Das Glas duftete. Apfelschnaps. Der schien hier bei einem Gespräch dazuzugehören. Keller trank aus und versuchte, wie Tobler zum Zeichen der Wertschätzung mit der Zunge zu schnalzen. »Vorausgesetzt, Sie wären noch bei der Polizei und es würde sich herausstellen, dass Otto Balsiger Eva Drechsel nicht umgebracht hat, wen würden Sie dann verdächtigen, Herr Tobler?«

Der Wirt schaute Keller abschätzend an. »Die im Puff.« Der Schatten eines verschmitzten Lächelns flog über sein Gesicht.

»Im Puff?«

»Im Hotel Schwantbad.«

»War die Drechsel eine Dirne?«

»Ein Luder war sie. Aber eine Dirne eigentlich nicht.«

»Ein Bordell in Schwant? Wie ist das möglich?«

»Fragen Sie Schulthess, meinen Nachfolger, den neuen Chef der Polizeiwache hier in Zill.«

An der Wand hing, das Lederkoppel mit der Pistolentasche noch umgelegt, die Uniformjacke, gekrönt vom steifen Dienstkäppi, wie eine schwarze Vogelscheuche vor dem gebrochenen Weiss des Putzes. Plastik- und Metallmöbel. Keller sass, die Beine übereinandergeschlagen, auf einem Stuhl vor dem Schreibtisch. Als er das Schildchen BITTE NICHT RAUCHEN erblickte, fuhr seine Hand in die Jackentasche, um die Zigarrenpackung hervorzuholen und eine Löwe BC anzuzünden. Aber er zog sie wieder heraus, leer, liess die Arme baumeln und wippte mit dem linken Schuh. Das Sonnenlicht, das durch die offenen Fenster strömte, blendete ihn. Hinter dem Schreibtisch der Umriss eines Mannes: Schulthess. Er hatte Schwartz' Brief überflogen und beantwortete Kellers Fragen, höflich, wortreich, aber ohne etwas mitzuteilen. Als Kellers Augen sich ans Licht gewöhnt hatten, versuchte er, in Schulthess' Gesicht zu lesen. Doch die Haut lag straff, als gehöre sie zur Uniform, über den Knochen. Er stellte sich vor, Schulthess sitze auf der Klobrille und entleere, die schwarze Hose und die weisse Unterhose in einem Wulst auf den Dienstschuhen, strengen Gesichts den Darm. Die Vorstellung erheiterte ihn nicht. »Hätten Sie vielleicht einen Schnaps?«, fragte er.

»Nicht im Dienst, Herr Keller.« Ein massgeschneidertes Lächeln kräuselte Schulthess' Lippen. Keller gab auf.

Nur einmal blitzte in den Amtsaugen des Wachtmeisters etwas auf. Als Keller sagte, Tobler habe ihm geraten, ihn zu fragen, warum die Polizei das Bordell in Schwant dulde, entschlüpfte Schulthess der Satz »Der soll vor seiner eigenen Tür wischen«, bevor er auseinandersetzte, der Betrieb im Hotel Schwantbad funktioniere so, dass das Gesetz keine Handhabe biete, um einzugreifen.

Ringsum klapperte, klirrte, schepperte, zischte es; Kleider raschelten, Satzfetzen schwirrten, Gelächter gluckste; das Klingen der Weingläser, der Duft des Essens. Das Restaurant Bären. Um die Tische sassen die Gäste, schmuck wie die Geranien, die die Dorfbewohner auf ihre Fenstersimse reihten. Die Männer, Schweiss an den Schläfen, die Jacken über die Stuhllehne gehängt, in weissen Hemden; die Frauen in Sommerblusen, die die Büstenhalter durchscheinen liessen. Alle geübt in der Mimikry der dörflichen Welt, deren Abbild, die Gaststube, ihre Worte und ihre Gesten bestimmte. Die wenigen jungen Gesichter, gebräunt, glatt, probten die Masken der Erwachsenen, ihre noch blanken Augen bereits verdammt, zu werden wie die der alten: stumpf, nur in heimlichen Seitenblicken die geschundene Seele spiegelnd. Keine Arbeiter in blauen Überkleidern, Schnapsgläser in den Fäusten. Keine kaputten Typen ausser Keller, der im Teller stocherte. Sooft er eine Gabelvoll zum Mund führte, vermeinte er Toblers Schweisstropfen zu schmecken. Die Hingabe der Gäste an das Mittagessen hatte ihn verführt, und er hatte, während er auf Tobler gewartet hatte, ohne lange zu überlegen, die Spezialität des Hauses bestellt: geschnetzelte Leber. Das Hemd klebte ihm am Rücken, und auch an seiner Schläfe perlte der Schweiss. Aber das genügte nicht. Nur ein anderer Gast fiel wie er aus dem Rahmen und ass allein an einem Tisch. Eine junge Frau mit hartem Gesicht, der Mund bitter, das blonde Haar zu einem zahmen Afrolook frisiert, die weite Bluse, die auf die Oberschenkel reichte, und die bauschige Türkenhose fliederblau, die Füsse nackt in Ledersandalen. Auch sie stocherte im Teller, auf dem sich rot-grün ein gemischter Salat häufte. Einen Moment lang verhakten sich ihre Blicke. Sie musterte ihn wie ein Insekt. Er schnupperte am Mineralwasser in seinem Glas, netzte die Lippen, und obschon er sich vorgenommen hatte, heute keinen Alkohol mehr zu trinken, rief er: »Einen Halben Beaujolais, bitte!« Erst als der Wein vor ihm stand und er ein paar Schlucke getrunken hatte, ass er weiter. Einen nach dem andern, nach jedem eine Pause einlegend, um wieder mit der Gabel in der Leber zu stochern, schob er die Bissen zwischen die Zähne, kaute trotzig und würgte sie, die letzten bereits kalt, hinunter. Als er den Teller von sich stiess und das Glas, das er aus der Karaffe wieder gefüllt hatte, an dessen Stelle rückte, trat Schwengeler in die Gaststube und setzte sich zur lila Frau. Während Keller den Wein trank, in kleinen Schlucken, jeden kostend, versuchte er vergeblich, zu verstehen, worüber sich die beiden unterhielten. Ab und zu warfen sie ihm Blicke zu, als sprächen sie von ihm. Endlich – die Mittagsgäste brachen bereits auf – gesellte sich Tobler zu ihm, bestellte noch eine Karaffe Beaujolais, und sie tranken einander zu.

»Das Gespräch mit Schulthess ist unergiebig gewesen. Auch als ich mich nach dem Bordell erkundigt habe, ist er ausgewichen. Im Übrigen meint er, Sie sollten vor Ihrer eigenen Tür wischen«, sagte Keller und fügte die Lüge hinzu: »Er hat mir geraten, Sie zu fragen, warum Sie aus dem Polizeidienst ausgeschieden seien.«

»So. Hat er das?«, brummte Tobler und drehte das Glas auf dem weissen Tischtuch hin und her. Er hatte die Kochmütze abgelegt, und Kellers Blicke schweiften, wie angezogen, immer wieder zum kahlen Schädel. Mit einem Ruck hob Tobler den Kopf. »Dann will ich es Ihnen sagen. Ich wollte das Bordell in Schwant weghaben. Aber ich habe ihre Beziehungen unterschätzt. Ich wurde gewarnt, meine Finger vom Puff zu lassen, doch ich gab nicht auf. Da sollte ich plötzlich versetzt werden. Ins Seeland. Ich hatte jedoch keine Lust, Zill zu verlassen. Weil ich eigentlich gelernter Koch bin, damals gerade das Restaurant Bären zu verpachten war und ich kurz vorher eine kleine Erbschaft gemacht hatte, reichte ich meinen Abschied ein und wurde Wirt.« Keller blieb noch. Tobler liess eine weitere Karaffe Wein kommen. Sie unterhielten sich über irgendwelche Dinge. Schwant wurde nicht mehr erwähnt, Balsiger war vergessen. Vom Sie zum Du übergehend, in saufbrüderlicher Zärtlichkeit, wie sie nur denjenigen zufällt, deren einzige Gemeinsamkeit die ist, dass ihnen das Leben widerfährt, tranken sie sich in den Nachmittag hinein.

Keller stand unter dem schmiedeeisernen Wirtshausschild, dem Umriss eines Bären, dessen verzerrter Schatten auf dem Trottoir schwankte. Ein Luftzug.

Aber die Hitze hockte noch in der Strasse. Er zog die schwarze Lederjacke aus, packte sie mit der Rechten am Kragen und liess sie neben dem Bein baumeln. Die Sonne schien ihm in die Augen, als er sich dorfaufwärts wandte. Hinter den fleischigen grünen Blättern und den roten Blüten der Geranien belauerten ihn die Fensterscheiben. Er setzte die Sonnenbrille auf und entzog sich ihnen. Der grelle Asphalt wurde grau. Kinder kamen ihm entgegen, Kirschentrauben über den Ohren; sie stopften die dunklen Früchte in die Münder, schwatzten, lachten, schrien. Ein heisser Wind fiel ihn an, wehte Rosenblätter von den Balkonen, schlug ihm den süsslichen Duft der blühenden Linden ins Gesicht.

Der Geruch von Getriebeöl und Benzin. Er atmete tief ein, um die Unwirklichkeit des Dorfsommers draussen loszuwerden. Die Genossenschaftliche Reparaturwerkstätte. Ein zierlicher Mechaniker, das lange Haar von einem Netz an den Schädel gepresst, die Schutzbrille vor den Augen, schweisste an der Unterseite eines gelben Renault 18, der auf einem pneumatischen Kreuzheber balancierte. Seinen Wagen sah er nirgends. In der Ecke der Werkstatt ein Verschlag. Darin, vom Neonlicht gebleicht, sass jemand hinter dem Schreibtisch und tippte Zahlen in einen Rechner. Verblüfft starrte Keller durch die Glastür. Die Frau in Lila.

Auf einem Stuhl dem Schreibtisch gegenüber, hinter dem sie sich wieder der Arbeit zugewandt hatte, wartete er darauf, dass sein Auto eintraf. Die Lederjacke hing über der Lehne. Er war sich unangenehm seiner Kleider bewusst, kreuzte und entkreuzte die Beine, um sich nicht zu kratzen. Er hob den linken Arm und beschnupperte die Achselhöhle. Schweissgeruch. Er schob den Hemdsärmel von der Armbanduhr. Noch keine zehn Minuten, seit sie ihn gebeten hatte, Platz zu nehmen. Seine Blicke prallten von ihrem harten Gesicht ab. Nur ihre rechte Hand, die über dem Rechner schwebte, schien zu leben. Ihre überlangen Finger hüpften. Gebannt schaute er ihnen zu, bis sich die Frau allmählich verwandelte: Er sah ihre Halsschlagader pochen. Knarrend rutschte der Stuhl weg. Er erhob sich. Ihre Augen folgten seinen Bewegungen, als er mit Daumen und Zeigefinger die Hose von den Oberschenkeln zupfte und die Jacke anzog. »Ich gehe inzwischen einen Kaffee trinken«, sagte er und fügte spöttisch hinzu: »Hätten Sie etwa Lust mitzukommen?« Ihr Ja überraschte ihn. »Können Sie denn einfach so weg?«, fragte er lahm.

»Kommen Sie schon.« Sie stand auf und berührte seinen Ellbogen. In der Werkstatt liess sie ihn warten, während sie zum gelben Renault hinüberging. Als sie dem Mechaniker die Hand auf die Schulter legte, stellte dieser den Schweissbrenner ab, drehte sich um und schob die Schutzbrille in die Stirn. Ein weibisches Gesicht. Auch seine Gesten waren es. Ein schwuler Mechaniker, dachte Keller.

Als Keller den Bahnhof erblickte, wurde ihm warm ums Herz. Er sah sich an einem der hellen Holztische sitzen, im Zweite-Klasse-Buffet, mitten im Tohuwabohu. Hier würden sie ihre Schnäpse trinken, die Arbeiter in den blauen Überkleidern. Ihre Worte würden poltern wie das Geröll in der angeschwollenen Emme, ihre schweren Schuhe über den ausgetretenen Riemenboden trampeln, die Rauchschwaden unter der hohen Decke brodeln. Er wies auf die Bahnhofsgaststätte. »Gehen wir doch ins Buffet.«

Stille. Nur die Absätze der Kellnerin, die sich von ihrem Tisch entfernte, klapperten auf dem Linoleum. Die Wülstchen unter den Schulterblättern, sichtbar durch die straffe Bluse, zitterten zu ihren Schritten. Ausser ihnen bloss ein halbes Dutzend Gäste, einzeln an den Tischen. Männer mit Nackenfurchen und rosigen Gesichtern, das weisse Haar auf den kantigen Schädeln ungebärdig, aber hinten und auf der Seite gestutzt, in grauen Anzügen, mit blauen oder roten Krawatten; die Bäuche wölbten die gestrickten Westen. Zills Rentner, die auf den Sommerabend zudämmerten. Ihre wulstigen Lippen spitzten sich, wenn sie die Zigarren dazwischensteckten, die Veltlinergläser an die Münder hoben. Das Licht des Spätnachmittags blieb in den Gardinen hängen. Die Alten schienen zu frieren. Keller setzte die Kaffeetasse ab und sagte: »Ich mag Bahnhofbuffets. Auch die stillen wie dieses. Im Zweite-Klasse-Buffet in Biel allerdings …«

Sie unterbrach ihn. »Woher kennen Sie Otto Balsiger?«

Er stutzte. Dann begriff er. Schwengeler. »Aus dem Militärdienst. Ich war sein Oberleutnant. Und Sie?«

Sie hob mit beiden Händen die Tasse an den Mund, blies den Kaffee kühl, schwieg.

»Was haben Sie mit Schwengeler zu schaffen?«

Sie trank einen Schluck, stellte die Tasse auf den Tisch zurück. »Er ist mein Vater.«

»Ihr Vater hat Balsiger vor sechs Jahren zum Geständnis überredet.«

»Damals lebte ich im Ausland.«

»Vor sechs Jahren hat man Balsiger zum Sündenbock gemacht. Und jetzt versucht man es wieder.«

»Wer?«

»Vielleicht die vom Hotel Schwantbad.« Er konnte ihren Gesichtsausdruck nicht deuten. »Glauben Sie, dass er die Drechsel umgebracht hat?«

»Nein.«

»Auch im Suff nicht?«

»Er ist sanft wie ein Lamm, wenn er betrunken ist, spricht mit sich selbst, mit den Pflanzen und den Tieren, manchmal mit den Engeln.«

»Wie ein Irrer?«

»Wie ein Stummer, der plötzlich reden kann.« Auf einmal brannte Hass in ihrem Gesicht. »Von zwölf an, bis ich sechzehn war, gab mich meine Stiefmutter jeweils während der Schulferien nach Schwant auf den Jordihof. Die fromme Luft der Wahren Christen dort sollte mich Gott gefügig machen. Ich wurde es nicht. Aber ich erstickte. Der einzige Lichtblick war Otto. Ich beneidete ihn, damals, in meiner Einfalt. *Er* brauchte nicht fromm zu sein. Als uneheliches Kind – man kannte ja nicht einmal seinen Vater – war er ein gefallener Mensch, nicht nur ein halbverlorener wie ich. Mensch? Denen galt er weniger als eine Kuh im Stall! Mir war es verboten, mit ihm zusammenzusein. Doch ich suchte seine Gesellschaft, wenn ich mich unbeobachtet glaubte. Wir wurden so etwas wie Freunde.«

»Haben Sie auch einen dieser alttestamentlichen Vornamen?«

»Ich heisse Uta.« Als er sie erstaunt ansah, fügte sie hinzu: »Meine Mutter war Deutsche.«

»Ich heisse Peter.«

Sie legte Geld für ihren Kaffee auf den Tisch. »Ich muss gehen. Sagen Sie der Kellnerin, dass Sie einen

Anruf erwarten. Margrit wird telefonieren, sobald Sie Ihren Wagen abholen können.«

»Margrit?«

»Sie haben sie gesehen. Sie hat geschweisst, als Sie kamen.«

»Ich hielt sie für einen schwulen Mechaniker.«

»Haben Sie Angst vor Schwulen, Herr Keller?«, fragte sie und entfernte sich.

Er trank den Kaffee aus, der inzwischen kalt geworden war, rang sich zu einem Verzicht durch, als er Lust nach einem Glas Wein verspürte, warf trotzdem einen Blick zur Theke, nach der Kellnerin, und entdeckte, dass Uta zurückgekommen war und neben ihm am Tisch stand.

»Wissen Sie eigentlich, worum es in Schwant geht?« Sie musterte ihn. Graue Augen mit goldenen Sprenkeln. »Nein. Sie haben keine Ahnung, in was Sie da geraten sind. Aber schnüffeln Sie nur herum. Mit Otto hat es nichts zu tun, und es wird ihm nicht helfen. Ich glaube nicht, dass Sie etwas ausrichten werden. Doch vielleicht stiften Sie das nötige Unheil. Dort und hier in Zill.« Ihre Löckchen lügen, dachte Keller, dieses Gesicht müssten glatte Haare umrahmen. »Wenn Sie allerdings etwas für Otto tun wollen, sorgen Sie dafür, dass er ins Zuchthaus kommt. Dort wäre er wenigstens jemand.« Als sie sich zum Gehen wandte, sagte sie über die Schulter: »Ich mag sie auch, die Bahnhofskneipen.«

Was hatte Uta gemeint? Keller drehte grübelnd die leere Kaffeetasse hin und her. Zum Teufel mit Schwant! Er gesellte sich zu den Fremdarbeitern, die sich um den runden Tisch neben einer der Jugendstil-Eisensäulen, die die Decke trugen, gesetzt und deren Worte und Gelächter die Stille verjagt hatten. »Sono socialista«, fing er an und radebrechte italienisch, bis er merkte, dass es Spanier waren. Sie liessen sich zu einer Runde einladen, hörten seinen anbiedernden Sätzen zu, antworteten mit irgendwelchen berndeutschen Brocken, maskierten ihre Verachtung mit Lachen. Später focht er mit einem von ihnen am Computerspiel einen Krieg der Sterne aus und gewann die Flasche Wein, um die sie gewettet hatten. Schliesslich kam der Anruf, und er verliess das Bahnhofbuffet. Auf der andern Strassenseite gestikulierten, einander zugewandt, Tobler und Schulthess – dieser in Uniform. Sie sahen ihm nach, als er, die Weinflasche unter den Arm geklemmt, auf dem Trottoir hinunterging, und standen noch da, als er den Deuxchevaux-Kastenwagen, die Seitenscheibe hochgeklappt, eine Löwe BC rauchend, um die Alkoholfahne zu tarnen, am Bahnhof vorbeifuhr. Er winkte ihnen zu, achtete aber nicht darauf, ob sie zurückwinkten.

Der sprichwörtliche Busen, der die Bluse sprengt. Sie knöpfte einen Knopf mehr auf, blickte in den runden Spiegel der Puderdose, zog die Lippen nach, warf den Kopf in den Nacken, strich sich, Keller halb zugewandt, die rasierte Achselhöhle entblössend, mit der Linken das Haar zurecht, legte die Dose in die Handtasche aus Krokodillederimitation zurück, nahm eine Packung Barclays heraus, liess sie zu Boden fallen, rundete ihre Lippen, um ein »Oh!« zu hauchen, bückte sich, um die Zigaretten aufzuheben, der kurze Rock rutschte an den Schenkeln hoch, ihre Hand streifte sein Knie. Ihm war, als sei er in einen drittklassigen Film geraten. An einer Ausweichstelle der schmalen Schluchtstrasse, die von Zill nach Schwant führte, hatte sie auf hochhackigen Schuhen neben einem roten Coupé gestanden, ihn angehalten – eine Panne –, und er hatte sich angeschickt, ihr beim Radwechsel zu helfen. Da sich herausgestellt hatte, dass auch im Reifen des Ersatzrads keine Luft war, hatte sie ihn gebeten, sie bis zum Hotel Schwantbad mitzunehmen. Als sie eine Zigarette in den Mund steckte und ihm einen Feuer heischenden Blick zuwarf, wurde ihm bewusst, dass es genau das war: eine Verführungsklamotte. Er schaltete in den zweiten Gang zurück und sagte: »Gib dir keine Mühe. Ich bin schwul.« Sie sah ihn entgeistert an. Ihr praller Leib schien zu schrumpfen. »Wer hat dich auf mich angesetzt?«, fragte er. Sie nahm die Zigarette von den Lippen, versuchte, sie in die Schachtel zurückzustopfen, aber sie zerbröselte. Er fuhr auf die nächste Ausweichstelle und hielt an, zog die Lederjacke aus, faltete sie und legte sie neben dem Sitz auf den Boden, krempelte die Ärmel hoch und sagte wie beiläufig: »Nein, Frauen mag ich nicht. Ich geniesse es, ihnen weh zu tun. Mehr noch als ein Zuhälter.« Mit einem Ruck wandte er sich ihr zu, fasste mit Daumen und Zeigefingern beide Ohrläppchen und zog ihren Kopf zu sich heran, die Augen auf die gebleichte Locke gerichtet, die ihr in die Stirne hing, blies ihr die Weinfahne ins Gesicht und wiederholte: »Wer?«

»Cora«, stiess sie erschrocken hervor. »Sie hat einen Anruf gekriegt. Von Schulthess.« Doch plötzlich wich der Schreck aus ihrem Puppengesicht, ihre Lippen zuckten spitzbübisch, sie fuhr ihm mit den Händen unter die Achseln und kitzelte ihn. Verblüfft liess er ihre Ohren los, lachte unwillkürlich – ein Lachen, das zum hysterischen Gelächter wurde, während sie die Autotür aufstiess, hinaussprang, aus den Schuhen schlüpfte und, die Schuhe in den Händen, schluchtabwärts rannte. Neben dem Deuxchevaux schäumte der Schwantbach über die Steinblöcke und glitzerte in der Abendsonne. Die Äste der Tannen, die in den Nischen zwischen den Nagelfluhfelsen der Schluchtwände wuchsen, tanzten im Wind.

Die Dämmerung wich allmählich der Dunkelheit. Eines nach dem andern blitzten die Lichter der verstreuten Höfe an den Hängen des Schwantbachtals auf. Die Nacht schluckte den Friedhof. Keller sass unter der Trauerweide auf der über die trockenen Grasbüschel ausgebreiteten Lederjacke, an den Baumstamm gelehnt, trank Schluck um Schluck aus der Flasche den billigen Wein, den er beim Krieg der Sterne gewonnen hatte. Vergeblich versuchte er sich die zwei Gräber in Biel vorzustellen, die er noch nie gesehen hatte. Selmas und Anjas. Er tupfte sich Wein unter die Augen, und das konnte er sich vorstellen: wie er blutige Tränen weinte. Die Toten rührten sich nicht, aber er hörte sie schweigen. Als die Flasche leer war, kehrte er zum Auto zurück, das er neben dem Friedhof geparkt hatte, fuhr zum Gasthof Adler, schlich sich in sein Zimmer und kroch nackt unter die blau-weiss gewürfelte Daunendecke.

3

Sieben Greise. Sie musterten Keller, der sich unter den Blicken unwillkürlich duckte. Ihre Triefaugen weideten sich an seinem Körper: Vampire. Die Lebensgier hing wie eine Ausdünstung im düsteren Raum. Endlich brachte die Kellnerin die dampfende Schüssel und schöpfte. Die Augen liessen von Keller ab. Die Greise machten sich über die Suppe her, bliesen den ersten Löffelvoll kühl. Auch er fing an zu essen, verblüfft über seinen Heisshunger. Die sieben schlürften noch immer mit gespitzten Lippen die Gemüsesuppe, als sein Teller bereits leer war. Donnerstagmittag. Links und rechts neben ihm Gymnasiallehrer Doktor Stockmann und Steuerverwalter Schulthess, der Vater des Chefs der Polizeiwache, gegenüber Oberrichter Bitzius zwischen Pfarrer Spörri und Notar Schwengeler, einem Onkel des Rechtsanwalts in Zill, an den Tischenden Brigadier Pfeiffer und der Arzt Doktor Breiten – alle sieben im Ruhestand. Obschon jeder so etwas wie einen Charakterkopf hatte, sahen sie sich ähnlich. Alle trugen graue Anzüge, wenn auch mit unterschiedlichen Mustern, weisse Hemden, Krawattennadeln, schwarze Halbschuhe – Keller liess den Suppenlöffel unter den Tisch fallen, um das nachzuprüfen –, alle hatten wässerige Augen, fleckige, dürre Haut. Aber daran lag es nicht.

Es war die Aura, die sie umgab. Keller betrachtete einen nach dem andern, während sie die Suppe aussassen. Keine Vampire. Nur alte Männer, die sich ans Leben klammerten: Rentner. Sie dosierten ihre Gesten, als mässen sie einander die Zeit zu. Warum fürchtete er sich vor ihrer Hilflosigkeit? Er ballte die Fäuste. Bestimmt brauchte er sich der straffen Haut seiner Handrücken nicht zu schämen?

Wenn bei Tagesanbruch ein Hahn gekräht hatte, auf dem Misthaufen gegenüber dem Adler, dann hatte ihn Keller nicht gehört. Als er am Morgen kurz nach acht aus der Eingangstür des Gasthofs trat und, bevor er die vier ausgetretenen Sandsteinstufen hinunterstieg, den Bauernhof betrachtete, trippelten nur drei braune Hühner ihre verschlungenen Wege über Dung und Stroh, gluckten, scharrten, pickten. Im Südwesten krönten ein paar Wölklein die Hügel. Die Strasse lag bereits in der prallen Sonne. Lustlos schritt er dorfaufwärts. Als er auf der Brücke anlangte, blieb er stehen und stützte die Unterarme auf die gemauerte, mit schwärzlichen Flechten überwachsene Brüstung, liess die Hände über den Rand baumeln. Unten kräuselte sich das Wasser, auf dessen Haut die Mücken hüpften. Die Steine am Grund waren veralgt. Da, wo sich der Brandeggbach in den Schwantbach ergoss, sprudelte das Wasser auf, aber sein Rauschen übertönte das Summen der Insekten in den Weiden an beiden Ufern nicht. Auf einer Kiesbank nickten die rötlichen Blüten des Sumpfstorchschnabels. Eine grosse Bremse setzte sich auf Kellers Handrücken. Er liess sie gewähren, bis sie sich mit dem Stechrüssel festgesaugt hatte, und kostete den Schmerz. Dann zerquetschte er sie mit dem Daumen der anderen Hand – Blut spritzte aus ihrem Leib – und schnippte sie mit dem Zeigefinger weg. Ihre Überreste stürzten im Spiralflug in den Bach. Als er das Blut von der winzigen Stichverletzung leckte, fragte er sich, was mit ihm los war. Er wusste es nicht. Aber jetzt war er bereit, mit den Ermittlungen in Schwant anzufangen. Zuerst der Gemeindeschreiber. Er sah zum Hügel, auf dessen Kuppe neben einer Pappel die hölzerne Kapelle und an dessen Fuss das Gemeindehaus stand.

Hinter dem Schalter, über dem es auf der braunen Holztäfelung in schwarzen gotischen Buchstaben hiess GEMEINDEVERWALTUNG, tauchte ein Gesicht auf, gerötet, von einem grauen widerspenstigen Haarschopf gekrönt, zerfurcht, seltsam lebhaft. Ein Krüppel, fuhr es Keller durch den Kopf, und er sagte: »Mein Name ist Keller. Schwant ist mein Heimatort.«

»Keller«, murmelte der Mann und verschwand. Keller streckte den Kopf durchs Schalterfenster und sah ihn durch eine Seitentür das Büro verlassen. Nein, der Mann war kein Krüppel. Als er zurückkam, trug er einen Aktenordner unter dem Arm und eine Karteikarte in der Hand. »Keller«, sagte er und blickte auf die Karte. »Peter, des Albert und der Marie-Claire, geborener Beuchat, in Biel geboren, heimatberechtigt in Schwant, verwitwet.« Plötzlich blitzten die blauen Greisenaugen, und seine Hand fuhr aus der Schalteröffnung. »Aebischer. Ich bin auch Witwer.« Keller, verdutzt, rührte sich nicht. »Sind Sie's nicht?« Aebischer hielt ihm, die Rechte noch immer zum Händedruck darbietend, mit der Linken die Karteikarte vor die Augen.

»Doch. Meine Frau hat sich umgebracht.« Keller schlug die Knöchel am Schaltersims an, als er sich anschickte, die ausgestreckte Hand zu schütteln.

Aebischers Gesicht zuckte. »Ich besitze ein Bild Ihres Grossvaters.« Er versuchte ein Lächeln, das zur Grimasse missriet. »Ein Foto aus dem Aktivdienst 1918. Er hat ihn zusammen mit meinem Vater selig geleistet. Die zwei als junge Leutnants während des Generalstreiks in Bern.« Er klappte den Aktenordner auf, blätterte darin, drehte ihn Keller zu und wies auf ein Dokument. »Seine Geburtsurkunde. Ihr Grossvater ist hier geboren. Aber das wissen Sie.« Keller tat, als lese er, obschon er die alte deutsche Handschrift nicht entziffern konnte. »Er ist dann ausgewandert, und mein Vater ist hiergeblieben. Möchten Sie das Foto sehen?«

Keller kippte den Rest des Apfelschnapses hinunter, trank den letzten Schluck Kaffee aus und liess einmal mehr die Blicke durch das Zimmer gleiten, über die bemalte Holztruhe mit der Jahreszahl 1876, den Kavalleriesäbel und den Elferkarabiner, die gekreuzt an der Wand hingen, den schwarzen Tschako darüber, das Nussbaumbüfett, das Foto darauf: das Porträt einer jungen Frau, an der rechten oberen Ecke ein Trauerflor. Aebischer hatte das Bild in die Hand genommen und in die abgestandene Luft des Zimmers geflüstert: »Sie hat auch den Freitod gewählt.«

Aus den Gardinen, durch die mausgrau das Julilicht fiel, rieselte der Staub, das Zimmer schien der Wirklichkeit entrückt, als hause Aebischer in den Trümmern seiner Träume. Keller hatte sich ins Wohnzimmer nötigen und Kaffee und Apfelschnaps vorsetzen lassen, ein bräunliches Bild in Aebischers Fotoalbum betrachtet, zwei Kavallerieleutnants mit gezwirbelten Schnurrbärten, die aus steifen Gesichtern ins Leere starrten, die Zwischenseite aus Seidenpapier mit dem kleinen Finger berührt und einen Augenblick über Aebischers Behauptung nachgesonnen, der Mann links sei sein Grossvater. Er stellte das Glas und die Tasse auf das Rauchtischchen neben die Vase mit den Plastikblumen und sagte: »Ich bin nicht meinetwegen hier. Ich arbeite für Otto Balsigers Anwalt. Ich war Ottos Oberleutnant. Um ihn geht es. Allerdings bin ich ausgemustert worden seitdem.«

»Ausgemustert? Das wurde ich auch. Bereits in der Rekrutenschule, als sich herausstellte, dass ich die Fallsucht hatte. Ausgemustert wie ein Krüppel!«

»Was weiss man eigentlich über Otto Balsigers Vater?«

»Nichts. Seine Mutter verriet nie, mit wem sie sich eingelassen hatte.«

»Aber in einem Dorf wie Schwant. Da wurde doch allerlei gemunkelt.«

»Gemunkelt? Allerdings! Die einen hielten *mich* für den Vater, andere einen von denen da oben« – Aebischer wies mit einer Kopfbewegung auf das eine Fenster, hinter dessen Scheibengardinen sich die Umrisse des Hügels mit der Kapelle abzeichneten –, »wieder andere irgendeinen Soldaten.«

»Und sind Sie der Vater?«, fragte Keller mit gespielter Schalkhaftigkeit.

»Hübsch war sie schon, die Verena Balsiger. Aber mich mit ihr einlassen, damals, als neugewählter Gemeindeschreiber gerade am Ziel meiner Wünsche angelangt und somit ihr Vorgesetzter? Nein. Sie war minderjährig, und ich hätte mich strafbar gemacht. Sie arbeitete als Putzfrau, machte die Kapelle oben sauber, die Gemeindebüros hier, half im Hotel Schwantbad aus, wenn dort Militär einquartiert war.« Aebischer schnaubte verächtlich, als sei die ferne Erinnerung Gegenwart. »Hübsch, stur und etwas beschränkt. Auch ich versuchte, aus ihr herauszukriegen, wer der Vater war. Aber sie schwieg. Wenn es einer wusste ausser ihr, dann der alte Amos. Er nahm sich der Verena an und brachte sie bei seinem Schwager unter, auf dem Jordihof.«

»Vielleicht war er der Vater.«

Aebischer sah Keller verblüfft an und brach in Gelächter aus. »Der alte Heilige? Nein. Um ihren Sohn, den Otto, kümmerte er sich nie. Nur um sie. Bis zu seinem Tod. Und das hätte er nie getan, wenn er nicht gewusst oder vermutet hätte, dass der Vater ein Amositer ist.«

»Ein Amositer?«

»Einer der Wahren Christen. Was wissen Sie über Schwant, Herr Keller?«

»So gut wie nichts. Deshalb bin ich zu Ihnen gekommen.«

»Zu mir? Nein. Fragen Sie im Hotel Schwantbad nach Oberrichter Bitzius. Der kann Ihnen viel besser auseinandersetzen, was es mit Schwant auf sich hat.«

»Ich habe gehört, das Hotel Schwantbad sei ein Bordell.«

»Nein. Nein. So kann man das nicht sagen. Obschon in der Bar Dinge vorkommen, die wir lieber ...« Aebischer würgte den Satz ab, als habe er schon zu viel gesagt. »Sie müssen mich jetzt entschuldigen.« Hastig geleitete er Keller hinaus. An der Tür sagte er: »Ich werde veranlassen, dass Oberrichter Bitzius Sie erwartet. Melden Sie sich heute Mittag im Hotel Schwantbad. Um halb zwölf. Wenn Sie nachher noch Auskünfte brauchen, dann wenden Sie sich an mich. Ein Keller ist mir immer willkommen.«

Im Durchgang unter der Einfahrtsrampe, die auf den Heuboden führte, strömte das Wasser aus der Eisenröhre in den Brunnentrog. Ein einlullendes Plätschern, das die Geräusche untermalte, die hinten aus den Ställen drangen: das Rasseln der Ringe, an denen die Schwanzschnüre hingen und die an den Drähten unter der Decke hin- und herfuhren, wenn die Kühe nach den Fliegen schlugen, das Klirren der Halsketten, mit denen sie an die Krippen gebunden waren, ihr Schnauben und Wiederkäuen; das Grunzen der Schweine; das Scharren eines Pferdes; irgendwo gackerten Hühner. Keller atmete die satten Gerüche ein, schritt über die Bohlen der Jauchegrube, am Tor zur Tenne vorbei und klopfte an die Haustür. Nichts regte sich. Er wandte sich ab. Neben dem Haus döste ein runder, bauchiger, kunstvoll aus Scheiten geschichteter, dachhoher Holzschober in der Vormittagswärme. Er bog um die Ecke und stand auf dem Kopfsteinpflaster zwischen Gartenzaun und Hausfront. Zwei Reihen von je sechs Fenstern, deren Scheibengardinen unten links und rechts in die Ecken gerafft waren. Darüber, vom einen Ende des hölzernen Rundbogens, der sich unter das Dach schmiegte, zum andern reichend, der Bretterbalkon, in dessen Brüstung geschwungene Formen ausgesägt waren. Die Hauswand, der Bogen, die Brüstung von der Sonne verbrannt. Der Garten strotzte vor Gemüse. Kein Gräschen wuchs zwischen den Pflastersteinen.

Er gelangte auf die der Ordnung abgewandte Seite des Hofs: ein Platz, vom Bauernhaus und vom »Stöckli«, dem Altenteil, flankiert, vorne vom Speicher und hinten vom Schweinepferch begrenzt. Nackte, rissige gelbliche Erde mit Inseln von kurzem, staubigem Gras. Geräte, Maschinen. Hühner, trippelnd, scharrend, pickend. Die mächtige Linde, in deren blühender Krone die Bienen summten, schlug ihren Schatten quer über den Platz. Ein süsser Duft hing in der Luft. Irgendwoher Laute, die die träge Stille des Sommertages unterbrachen, an- und abschwellend, als wimmere ein wundes Tier. Er schaute sich um. Sie mussten aus dem vergitterten Seitenfenster im Erdgeschoss des Bauernhauses kommen. Er trat näher. Die Fensterflügel waren geöffnet, nach innen, aber zwischen ihnen hing, zugezogen, ein grauer Vorhang. Die Stimmen zweier Männer, die eine monoton, klagend, die andere in einem zischenden Stakkato, beide unverständlich. Die Worte klangen zwar vertraut, aber seltsam verzerrt, entmenschlicht. Nur einen Namen verstand er. Amos. Beide Männer sprachen ihn aus, in fragendem Tonfall, am Ende irgendwelcher Sätze, die in Stille mündeten. In einer dieser Pausen rief er: »Ist jemand da?« Eine alberne Frage, auf die keine Antwort kam. Nach einer Weile nahmen die zwei Stimmen ihr unverständliches Gespräch wieder auf.

Er überquerte den Platz, klopfte an die Haustür des »Stöcklis«, ging um das Gebäude herum und schickte sich an, zum Bauernhaus zurückzukehren, als er die Frau erblickte. Sie sass in einem Korbsessel, unter der Linde in der Sonne. Er räusperte sich laut und schritt auf sie zu, aber sie rührte sich nicht. Eine Greisin. Ihre Arme hingen neben den Seitenlehnen. Der Kopf, zurückgeworfen, ruhte auf der Kante der Rückenstütze. Der schwere, schwarzgekleidete Leib füllte den Sessel. Über den Knien lag eine gehäkelte Decke. Die Augen waren geschlossen. Der Mund klaffte. Er streifte mit spitzen Fingern ihre Armbeuge und sagte: »Guten Tag.« Keine Antwort. Er neigte sich zu ihrem Ohr und schrie: »Mein Name ist Keller. Ich komme wegen Otto Balsiger.« Nichts. Zögernd fasste er mit beiden Händen ihr Kleid an den Schultern, zog den Körper nach vorne und liess los. Sie schwappte zurück wie ein Sack, lag reglos im Sessel. Die Sonne schien ihr in den Mund. Seine Gedanken stockten. Die Erinnerung an den Vater, den massigen Leib, wie zerflossen im Sarg, die Nase, spitz aus dem Gesicht stechend, den Sonnenstrahl, der durch das Fenster gefallen war und die halboffenen Lippen getroffen hatte, den Duft der Blumen im Leichenzimmer, so süsslich wie der der Lindenblüten. Er hätte jetzt dieses graue Fleisch berühren sollen, am Handgelenk unter der losen Haut zwischen den Sehnen nach dem Puls bohren. Stattdessen zündete er eine Löwe BC an, blies den Rauch ins welke Gesicht. Dieser kringelte flüchtig über ihrem weissen Haar, verwehte.

Er stand wieder vor dem vergitterten Fenster und hörte eine Weile dem von Pausen unterbrochenen, seltsamen Gespräch drinnen zu. Dann streckte er die Hände durchs Gitter und riss mit einem Ruck den Vorhang in der Mitte auseinander. Das Gesicht zwischen zwei senkrechte Eisenstäbe gepresst, die Hände an den Schläfen, um die Taghelle draussen abzuschirmen, versuchte er hineinzuschauen. Als sich die Augen ans Halbdunkel im Innern gewöhnt hatten, gewahrte er einen der beiden Männer, einen Riesen mit krausem grauem Haar, der mitten im Zimmer im Licht stand, das durch den Spalt zwischen den Vorhängen fiel. »Ich fürchte, der alten Frau unter der Linde ist etwas zugestossen«, rief Keller. Das Gesicht des Mannes verzerrte sich, und ohne zum Fenster zu blicken, sondern einer unsichtbaren Zimmerecke zugewandt, brach er, die Silben verschluckend, in einen zischenden Redeschwall aus, von dem Keller nur das letzte Wort verstand, das fragende »Amos?«.

Sobald der Mann verstummte, neigte er den Kopf, als horche er auf eine Antwort. »Hören Sie mich?«, schrie Keller. Die Gesichtszüge verwandelten sich, wurden schlaff, schwammig, und auch die Stimme war verändert, als der Mann wieder sprach, schleppend, die Wörter zerdehnend, unverständlich ausser dem »Amos?« am Schluss. Kaum war er fertig, schien er wie zuvor einer unhörbaren Entgegnung zu lauschen. Dann begann er von neuem, zischend, mit verzerrten Zügen. Das Selbstgespräch eines Irren. Unter der Jacke klebte das Hemd an der Haut. Die Sonne schien auf den Lederrücken. Keller fröstelte. Er drehte sich um und musterte den Platz. Nichts hatte sich verändert. Nur die braunen Hühner waren weitergetrippelt.

Während er unschlüssig verharrte, wurde ihm bewusst, dass er neben dem Selbstgespräch des Irren schon eine Weile das Tuckern eines Dieselmotors hörte. Er folgte dem Geräusch ums Bauernhaus herum. Aus dem offenen Tor zum Heuboden schaute die Schnauze eines Traktors. Er ging die Einfahrtsrampe hinauf, am Trecker, dessen Motor lief, am angehängten, leeren Erntewagen vorbei und sah sich um. Links türmte sich das Heu, rechts standen Wagen und Geräte und waren Strohballen gestapelt. Kein Mensch. Er wollte schon kehrtmachen, als er das Flimmern an der Wand über dem Strohberg bemerkte. Er zwängte sich zwischen zwei alten Pferdefahrzeugen, einem Break und einem Jauchewagen durch und traute seinen Augen nicht. Im Halbdunkel des schmalen Raums zwischen Stroh und Hauswand lief auf dem Bildschirm eines Geräts ein Pornofilm. Davor, Keller den Rücken zuwendend, sass ein Mann auf einem Strohbund und seufzte sich zum überlauten Japsen und Keuchen aus dem Apparat etwas einsame Lust ab. Weg von hier, dachte Keller, weg aus diesem Schwant. Aber er blieb hinter einem der Holzbalken, die den Dachstuhl trugen, stehen, zuerst wie gebannt, Voyeur wider Willen, dann um die Situation zu nutzen, wie er sich einredete, bis der Mann das Gerät abgeschaltet, in Plastikfolie gewickelt, in einer Holztruhe unter leeren Getreidesäcken verstaut hatte und sich anschickte, das Stromkabel aufzurollen.

Keller wartete hinter dem Eingangstor, dass der andere herauskam. Kein Mann, sondern ein Bursche mit glattem Gesicht und braunen Locken, aber, wie der Irre hinter dem vergitterten Fenster, ein Riese, dessen strotzende Kraft auch die losen Kleider, die graue Arbeitshose und das kragenlose blaue Barchenthemd mit dem Edelweissmuster, nicht zu verhüllen vermochten, ein Menschentier, schön wie aus einem Heimatfilm. Er schwang sich auf den Traktor. Keller trat hinter dem Torflügel hervor, streckte die Hand nach dem Zündschlüssel aus, drehte, zog ihn ab. Der Motor stotterte, verstummte. Der Bursche riss die Augen auf. Sein Gesicht verlor die Farbe. »Woher kommen Sie?«

»Sie sollten nach der alten Frau unter der Linde sehen. Sie liegt wie tot im Korbsessel.«

»Grossmutter?« Der Bursche fasste sich. Er schien erleichtert. »Nein. Nein. Sie schläft oft so in der Sonne. Zu wenig Blut im Kopf.« Sein Blick wurde misstrauisch. »Was streichen Sie hier herum?«

»Ich komme wegen Otto Balsiger.«

»Der ist im Zuchthaus.«

»Nein. In Untersuchungshaft.«

»Sind Sie von der Polizei?«

»Wie alt bist du?«

»Achtzehneinhalb.«

»Und wie heisst du?«

»Jakob.«

»Was für ein Mensch ist Balsiger?«

»Otto?« Jakob sah Keller verblüfft an. »Er ist unser Knecht.«

»Du bist der junge Jordi. Stimmt's?«

Jakob nickte.

»Glaubst du, er hat sie umgebracht?«

Jakob mied Kellers Blick. Seine Hand fuhr zum leeren Zündschloss. »Ich muss wegfahren.«

»Ich möchte mit Frau Balsiger sprechen.« Jakob reagierte nicht. »Ottos Mutter. Wann treffe ich sie an?«

»Abends.«

»Und deinen Vater?« Als Keller das entsetzte Gesicht sah, fasste er mit der Rechten nach Jakobs Unterarm, wies mit einer Kopfbewegung zum Heuboden und sagte: »Keine Angst, ich werde ihm dein Geheimnis nicht verraten. Vorausgesetzt, du verrätst mir, wer versucht, Balsiger die Schuld für den Mord an der Drechsel in die Schuhe zu schieben.« Jakob riss sich los, sprang vom Traktor und mit einem Satz von der Seitenmauer der Einfahrtsrampe, rannte auf die Haustür zu. Als Keller ihm folgte, hörte er, wie der Schlüssel im Schloss umgedreht wurde.

Das Hügelchen wölbte sich wie eine Insel aus der flachen Mulde zwischen den beiden Hängen. Der eine, sonnenhell, von den Weidepfaden der Kühe gerieft, stieg zur letzten Kuppe vor dem Schwantbachtal empor. Am andern standen dunkel und kühl die Fichten des Schiltwaldes. Ein Ort, abgeschieden, als hätten sich die Menschen davongestohlen, nur ein paar Spuren ihrer Anwesenheit zurückgelassen: den Schotterweg, der die Mulde durchschnitt, das Haus, das hinter der Anhöhe hervorlugte, das schmale Band der Asphaltstrasse in der Ferne, die verwitterte Holzbank, auf der Keller sass. Die Augen geschlossen, presste er den Rücken an die zerklüftete schwärzliche Rinde. Er lauschte den Lauten der Natur, aber erkannte nur das Murmeln des Bächleins. Am liebsten hätte er, wie ein Tier das Fell, das schwarze Hemd am Stamm der Linde gerieben, unter der Eva Drechsel auf ihren Mörder gewartet hatte. Er konnte sich nicht vorstellen, dass hier jemand erwürgt worden war.

Ein Prickeln im Nacken, als beobachte ihn jemand. Er schaute zum Haus hinauf, das hinter der Kuppe kauerte. Obschon er niemand entdeckte, rutschte er auf der runden Bank aus dem Blickfeld der fernen Fenster, auf die andere Seite des gewaltigen Stamms. Wieder schloss er die Augen, bemüht, diesmal an den Mord zu denken. Evas entblösste Brüste, die Warzen zitternde Tierchen. Zwei Hände wie Schaufeln, die sich um den Hals legten. Die Zunge zuckend zwischen den Lippen. Balsigers Gesicht. Keller riss die Augen auf. Nein. Solche Bilder gehörten in die Köpfe der Dörfler. Die hielten Balsiger für schuldig, weil er ihnen als Täter genehm war; ein Mörder wie er stellte die dörfliche Ordnung nicht in Frage. Zum ersten Mal empfand Keller etwas wie Wut. Die Polizei nahm an, die Tat sei bei der Bank unter der Linde begangen worden; danach habe der Täter sich den leblosen Körper über die Schulter geworfen – für einen Mann wie Balsiger ein Leichtes –, den Schotterweg am Fuss des Hügelchens überquert, sei ein Stück den Fusspfad an der Grenze zwischen dem Fichtenwald am Hang und dem Laubwald in der Mulde hinaufgegangen, habe dann die Leiche in die Lichtung dreissig Meter unterhalb des Pfads geworfen. Er suchte alles ab, vom mutmasslichen Tatort bis zur Lichtung, mehr als zwei Stunden lang. Nichts. Ausser dem Gefühl, jemand beobachte, ja verfolge ihn. Immer wieder wandte er sich plötzlich um oder warf verstohlen einen Blick über die Schulter, bemerkte in der Richtung, aus der er gekommen war, einen Zweig, der sich bewegte, hörte Äste knacken, wenn er lauschte, vermeinte, einen Schatten durchs Laub huschen zu sehen. Er folgte den Reifenspuren, die aus der Lichtung führten, wohl denen der Polizeifahrzeuge, gelangte an den Waldrand, wo er, als er vom Jordihof zurückgekehrt war, sein Auto geparkt hatte. Bevor er wegfuhr, schaute er zum Hügelchen in der Mulde hinüber – und erstarrte. Jemand kniete mit dem Rücken zu ihm vor der Bank unter der Linde. Ein Mann. Keller rannte los. Als er oben ankam, war der Mann verschwunden. Unter der Bank war ein flacher, tellergrosser Stein aus der Erde gerissen. Das Loch war leer.

Als Keller um halb zwölf im Hotel Schwantbad angelangt war, hatten ihn, gruppiert um den gedeckten Tisch im Séparée, statt nur Bitzius die sieben Pensionäre erwartet und ihn eingeladen mitzuhalten. Nach dem Essen rückte Bitzius den Stuhl zurück. »Sie interessieren sich also für Schwant?« Keller zog Schwartz' Brief aus der Jackentasche und reichte ihn Bitzius. Dieser klaubte mit zittrigen Fingern die Brille aus dem Futteral, setzte sie auf und studierte den Brief, gab ihn schliesslich weiter und wartete, bis jeder seine Brille hervorgekramt und ihn gelesen hatte, bevor er sich wieder an Keller wandte. »Doktor Schwartz. Ein fähiger Strafverteidiger. Aber er hat keinen guten Ruf. Warum arbeiten Sie für ihn?«

»Um Himmels willen, Arnold«, warf Doktor Breiten, ein Kahlkopf, dessen linke Wange einen Schmiss trug, mit knarrender Stimme ein. »Herr Keller steht nicht vor Gericht.«

Bitzius' Augen unter den buschigen weissen Brauen blickten einen Moment lang ratlos in die Runde. Dann räusperte er sich und sagte: »Ich bin gewissermassen Schwants Chronist.«

Fast eine Stunde lang liess er sich über Schwants Geschichte aus, von der ersten Erwähnung des Flurnamens im dreizehnten Jahrhundert bis zur Gegenwart. Schon bald hörte Keller nur noch halb hin. Auch die anderen langweilten sich offensichtlich. Als Bitzius auf die Sektierer zu sprechen kam, horchte Keller auf. Im neunzehnten Jahrhundert sei, erläuterte Bitzius, vor allem im Kanton Bern, als Reaktion auf die liberale Theologie des Zürcher Professors Alois Emanuel Biedermann eine religiöse Bewegung entstanden, die auf den Pietismus der deutschen Herrnhuter zurückgegriffen habe. Davon habe sich um 1870 in Schwant, unter der Führung eines gewissen Amos Zingg, eine besonders radikale Sekte abgespalten, die Gemeinschaft der Wahren Christen. Zingg, eigentlich ein Zimmermeister, habe die noch heute stehende hölzerne Kapelle gebaut. Seither sei immer ein direkter Nachkomme Zinggs Prediger und Oberhaupt der Wahren Christen gewesen – ihr »Amos«, wie sie ihn nannten, und wegen dieser Bezeichnung hiessen die Sektierer denn auch im Volksmund die »Amositer«. Bemerkenswert aber sei die lokalpolitische Konsequenz dieser Sektengründung. Früher habe Schwant als das »Dorf am falschen Ende des Emmentals« gegolten, weil es, obschon zum Kanton Bern gehörig, nur über die Brandeggstrasse, also vom Nachbarkanton aus, erreichbar gewesen sei. Dieser Name habe noch heute für ihn, Bitzius, seine ironische Gültigkeit. Denn der Bau der Schluchtstrasse nach Zill, dem Bezirkshauptort, 1936 habe Schwant nicht, wie erhofft, erschlossen. Nach dem Krieg, in den vierziger und fünfziger Jahren seien immer mehr Schwantener in die Industriegebiete abgewandert. Geblieben sei das konservative Element, das alles Neue ablehne, eben die Sektierer. Das Ergebnis dieser Abwanderung habe sich an jener denkwürdigen Gemeindeversammlung im Jahre 1957 drastisch offenbart: mit einem Mal hätten die Wahren Christen über die Stimmenmehrheit in Schwant verfügt. Seither stehe einer Minderheit, die Industrie und Tourismus, den Fortschritt, endlich das zwanzigste Jahrhundert nach Schwant bringen möchte, eine Mehrheit gegenüber, die keine Veränderung wünsche. Bitzius sprach weiter. Sein Mondgesicht strahlte. Keller überlegte, wie er sich dem Redeschwall entziehen könnte, als Bitzius zum Schluss kam und hinzufügte: »Haben Sie Fragen?«

Keller gab vor, er denke nach, und sagte dann: »Warum treffen Sie sich in einem Bordell?«

Bitzius öffnete die Lippen zu einer Antwort und schwieg, offenen Munds. »Unverschämtheit«, rief Brigadier Pfeiffer. Sein kurzgeschorener, knochiger Schädel mit den abstehenden Ohren zitterte, der graue, gestutzte Schnurrbart schien sich zu sträuben. Doktor Breiten, der Arzt, lachte meckernd und geriet ins Husten. Pfarrer Spörris Bulldoggengesicht verzog sich besorgt. Er hob die linke Hand, versetzte Breitens Rücken ein paar matte Schläge und wackelte dazu mit dem Riesenkopf, der auf schmächtigen Schultern thronte.

Steuerverwalter Schulthess' zerknitterte Stirn furchte sich noch mehr. »Davon ist mir nichts bekannt«, sagte er mit heiserer Stimme. Doktor Stockmann, der Gymnasiallehrer, schüttelte nachdenklich das Pädagogenhaupt.

Notar Schwengeler stützte, den massigen Oberkörper vorgebeugt, beide Hände flach auf den Tisch und sagte: »Natürlich wissen wir, was in der Bar vorgeht, und wir müssen es in Kauf nehmen, obschon wir die Eigentümer sind.«

»Wir sieben gemeinsam«, bekräftigte Spörri.

»Was geht ihn das an?«, schnarrte Pfeiffer.

»Ich für mich würde es vorziehen ...«, fing Schulthess an und verstummte.

»Gewissermassen gehört auch das, gehören auch wir zur Geschichte Schwants«, erklärte Bitzius.

»Eine Fussnote nur«, murmelte Stockmann.

»Erzähl's ihm, Arnold. Aber fass dich diesmal kurz, wenn du kannst.« Breitens knarrende Stimme.

Bitzius legte los. Alle sieben hätten sie 1936 an der Universität Bern zu studieren begonnen, ohne zu wissen, dass ihnen etwas gemeinsam war: der Heimatort, Schwant. Allerdings stammten lediglich ihre Vorfahren von dort. Diesen unwahrscheinlichen Zufall habe ein achter Student entdeckt, ein gewisser Walter Gerber, der im Unterschied zu ihnen in Schwant geboren worden sei und dort gewohnt habe. Walter habe sie zusammengebracht. Als Walters Eltern bei einem Autounfall ums Leben gekommen seien, sei der einundzwanzigjährige Student als einziger Sohn Eigentümer des Hotels Schwantbad geworden. Dies habe zu der Gepflogenheit geführt, dass sie jeden Monat ein Wochenende als Walters Gäste im Hotel Schwantbad verbracht hätten. Nach und nach sei ihnen so Schwant ans Herz gewachsen. Sie hätten sich die Gesellschaft der acht Freunde Schwants genannt und einander in jugendlicher Begeisterung geschworen, stets dem Fortschritt verpflichtet zu sein und nicht zu ruhen, bis das zwanzigste Jahrhundert in Schwant Einzug gehalten habe. Bitzius wies auf das gerahmte Foto eines Studenten im Vollwichs, das in der Mitte der Wand hinter ihm hing, und verkündete: »Noch vor Kriegsende ist Walter an Leukämie gestorben, und wir erbten das Hotel Schwantbad.«

Stockmann verwarf die Hände. »Ein Danaergeschenk!«

»Verdammt. Ich habe getan, was ich konnte. All die Jahre.« Schwengelers Gesicht und die von einem grauen Lockenkranz umrankte Glatze liefen rot an.

»Niemand macht dir einen Vorwurf«, besänftigte ihn Spörri und fuhr, zu Keller gewandt, fort: »Herrn Schwengeler oblag früher die Verwaltung unseres gemeinsamen Eigentums. Dieses Amt hat jetzt sein Neffe inne, Herr Elias Schwengeler junior. Auch er ist Notar. In Zill.«

Im letzten Jahrhundert, führte Bitzius aus, sei das Schwantbad ein bekanntes Thermalbad gewesen. Aber der Badebetrieb sei 1940 eingestellt worden. Die Gäste, auf die Hotel und Restaurant seither zählen könnten, reichten zu einem rentablen Betrieb nicht aus. Es habe jedoch eine zusätzliche Einnahmequelle gegeben. Jedes Jahr sei mehrmals Militär einquartiert gewesen.

»Immer eine Kompanie«, unterbrach ihn Pfeiffer, »Rekruten in der Verlegung, Auszügler im Wiederholungskurs; Offiziere und Unteroffiziere im Hotel, die Mannschaft in der Dépendance.«

So habe der Betrieb einen bescheidenen Gewinn abgeworfen, ausreichend sogar für eine kleine Rücklage. Bitzius deutete auf die Wandtäfelung und die schweren Holzmöbel, die mit Schnitzereien verziert waren, auf die bemalte Balkendecke, auf das Tafelparkett. »Das hat uns erlaubt, unser Séparée stilecht zu restaurieren.«

»Das Hotel Schwantbad ist eines der schönsten Bäder des Emmentals«, flüsterte Schulthess' Geisterstimme. »Ein klassischer Fachwerkbau, der unter Denkmalschutz gehörte.«

»Deine Freunde vom Heimatschutz scheinen diese Meinung nicht zu teilen«, hielt ihm Breiten entgegen.

Bitzius nahm den Faden wieder auf. Aber dann hätten die Militärbehörden beschlossen, die Einquartierungen einzustellen. Damit hätten die Schwierigkeiten begonnen. Bald hätten sie vor der Alternative gestanden, zu verkaufen oder der Pächterin zu gestatten, diese Bar einzurichten.

»Wie Sie sehen, Herr Keller, haben wir unseren Schwur von damals gehalten und den Fortschritt nach Schwant gebracht. In der Form eines zwielichtigen Etablissements«, spottete Breiten.

Pfeiffer musterte Breiten massregelnd. »Immerhin haben wir unseren Hauptwohnsitz nach Schwant verlegt. Seit wir im Ruhestand sind. Auch du.«

»Allein die Steuern, die wir der Gemeinde entrichten …« Schulthess vollendete den Satz nicht.

»Vielleicht ist die Vorsehung noch nicht fertig mit uns.« Spörris Stimme klang trotzig. »Noch leben wir alle.«

»Sieben welke Blumen des Fortschritts.« Stockmann liess ein versonnenes Lächeln die schmalen Lippen kräuseln.

Keller stellte ein paar Fragen, aber bald gab er auf.

Eva Drechsel? Da solle er sich an die Wirtin, Frau Zurkinden, wenden. Otto Balsiger? Möglicherweise erfahre er etwas von Aebischer, der sein Pate sei. Er fragte sie nicht, warum sie ihn zum Mittagessen eingeladen und ihm alles erzählt hatten, weil er es zu wissen vermeinte; es half ihnen, zu glauben, was Pfarrer Spörri behauptet hatte: dass sie noch lebten.

4

»Schwant ist also Ihr Heimatort«, sagte Eschmann.

»Die Keller. Von denen ist hier nur noch einer übrig, seit der da den alten Ephraim eingepackt hat.« Linder deutete mit dem Daumen auf Eschmann.

»Eingepackt?«, fragte Keller.

»Eingesargt, meint er«, erklärte Aebischer.

»Dann sind Sie der Leichenbestatter?«

»Das gibt es bei uns auf dem Land nicht. Ich bin Schreinermeister und mache auch die Särge.« Das Weissweinglas verschwand in Eschmanns Faust, als er es an die Lippen hob.

»Das beste Holz verschwendest du bestimmt nicht an die Kästen.« Linder zwinkerte Aebischer und Keller zu.

»Wichtig ist, dass es gut aussieht. Gebeizt. Schöne Beschläge. Für den Linder liegt schon lange ein Stück Ausschussholz bereit.« Eschmann lachte polternd.

»Die Leichen muss er selbst hineinlegen.« Linder schüttelte sich, als schaudere ihn bei dieser Vorstellung. »Das wäre nichts für mich. Die stinken.«

»Man streut ein Salz dazu, das den Geruch bindet.« Eschmann griff nach der Karaffe, um das Glas wieder zu füllen. »Die Toten sind nicht schlimm. Die Weiber sind's, mit ihrem Geflenne. Die schicke ich jeweils hinaus, bevor ich mich an die Arbeit mache.«

Die Kellnerin brachte die Jassdecke und die Karten. Aebischer, der Keller den anderen vorgestellt hatte, als dieser vom Jordihof in den Adler zurückgekehrt war, schickte sich an, die Karten zu mischen. Linder und Eschmann krempelten ihre Hemdsärmel hoch und rückten ihre Stühle zum Kartenspiel zurecht. Sie hatten wuchtige Leiber und quadratische Schädel, in denen flinke, misstrauische, selbst im Gelächter nie lachende braune Augen steckten. Ihre zerklüfteten Gesichter schienen die unbarmherzige Schroffheit zu spiegeln, die unter dem weichen Teppich der Getreidefelder, der Wiesen und der Wälder des Landes draussen lauerte. Donnerstagabend. Keller kam sich vor wie im Traum: Ein Fremder in seinem Heimatort, spielte er am runden Stammtisch Karten mit den Gespenstern seiner Vorfahren. Über ihre toten Lippen krochen die Ansagen: »Stöck! Dreiblatt! Bock!«

Am Rand des Blickfelds Aebischers rötliches Ohr, im Mittelpunkt die Schmeissfliege, die zwischen der Gardine und dem Fenster auf und ab schwirrte und immer wieder gegen die Scheibe stiess. Keller beobachtete sie, als seien sie seelenverwandt. Wieder diese Unlust. Als er mittags im Hotel Schwantbad erfahren hatte, Frau Zurkinden sei erst um halb vier zu sprechen, hatte er Aebischer aufgesucht. Jetzt sass er in der Gemeindeschreiberei und liess sich erklären, wie Amos Zingg Aebischer dazu gebracht hatte, bei Verena Balsigers unehelichem Sohn Pate zu stehen. »Da er und ich Verenas Vorgesetzte gewesen waren, regte er an, dass ich die Patenschaft für das Kind übernähme und er die Mutter unterbringe. Damals war der Amos noch nicht Gemeindepräsident, aber er sass im Gemeinderat, und ich konnte …«

»Dieser Sektenprediger ist zugleich Gemeindepräsident?«, unterbrach ihn Keller, ohne den Blick von der Fliege zu wenden.

»Der Alte war es. Heute ist es Emanuel Hiltbrunner, einer aus dem Ältestenrat der Amositer. Hat das Oberrichter Bitzius nicht erwähnt? Ich gehöre zur Gegenseite, zur Minderheit. Aber wie die Gemeinderäte und der Gemeindepräsident muss ich mich alle vier Jahre zur Wiederwahl stellen, und dieser ist in gewissem Sinn mein Vorgesetzter. Es ist wichtig, dass ich mit ihm zurechtkomme; ich bin nicht frei. Deshalb habe ich Sie zum Oberrichter geschickt.« Die Fliege schoss hinter dem Vorhang hervor und entkam Kellers Blicken. »Allerdings an den Verhältnissen hier kann auch die Gesellschaft nichts ändern.«

»Die Gesellschaft?«

»Die Gesellschaft der Freunde Schwants. Die sieben alten Herren.«

Keller zwang sich, Aebischer anzusehen, und überlegte, was ihn an dessen Gesicht störte. »Wie ist

Otto Balsiger aufgewachsen? Jemand hat behauptet, denen auf dem Jordihof gelte er weniger als ein Stück Vieh.«

»Als uneheliches Kind unter den Wahren Christen ...« Aebischer liess den Satz in der Schwebe. »Aber Otto hat es ihnen nicht leichtgemacht. Er war verstockt. In der Schule kam er nicht mit. Manchmal hatte ich das Gefühl, er stelle sich dumm. Nur etwas tat er gern. Dazu habe ich ihn gebracht. Turnen. Er war im Turnverein Zill. Einer der Besten. Mindestens bis zur Rekrutenschule. Aber dort kam er ins Trinken. Diese Sache vor sechs Jahren, die geschah im Rausch.«

»Also waren Sie nicht erstaunt damals?«

»Im Gegenteil. Ich konnte es zuerst nicht glauben. Den Frauen gegenüber war Otto scheu, nie bösartig. Überhaupt suchte er nie Streit. Aber dann gestand er.«

»Und diesmal?«

»Einer, der so etwas schon einmal versucht hat? Man weiss eben nicht, was sich in der Seele eines Menschen verbirgt. Wenn ich an meine Frau denke ...« Aebischer verstummte, seine Miene erstarrte, und Keller begriff, was ihn gestört hatte. Die Lebendigkeit dieses zerfurchten Gesichts unter dem ungebärdigen grauen Haarschopf war nichts als eine Maske.

Der Schatten des Hotels wuchs bereits auf die Terrasse hinaus. Der Wind riss Keller den Rauch der Löwe BC vom Mund. Die Sonne, die durch eine Lücke in der Kugelkrone der Rosskastanie fiel, schien ins Glas und brachte den Weisswein zum Leuchten. Ein Augenblick erbarmungsloser Schönheit: dieses Licht und ein Himmel von solchem Blau. Ach, Selma, nur einmal wieder zu malen! Die Frau gegenüber hatte den Kopf auf die Arme geworfen, das lange rote Haar, ein paar Strähnen vom Wind bewegt, lag ausgebreitet auf dem grünen Eisentisch. Ihre Schluchzer verloren sich im Rauschen des Bachs, der die Gartenterrasse des Hotels Schwantbad umspülte, bevor er in der Schlucht verschwand. Als er sie gefragt hatte: »Stimmt's? Eva war zwar keine Dirne, aber sie war ein Luder«, hatte sie ihn mit ausdruckslosem Gesicht angestarrt, bis ihr unvermittelt die Tränen unter den Lidern hervorgequollen waren. Erst in diesem Moment hatte er ihre grünen Augen bemerkt, Augen, wie Selma sie gehabt hatte.

Frau Zurkinden hob den Kopf, fuhr mit den Fingern durchs Haar, rieb mit den Handrücken die Tränen aus den Augen. Eine Frau zwischen vierzig und fünfzig. Ihr Gesicht, Tränenspuren im Make-up, die Wimperntusche verschmiert, in der Helligkeit des Julitags kindlich, verrucht. »Ein Luder? Vielleicht war sie es. Ich kam nicht zurecht mit ihr. Und sie mit sich selbst auch nicht«, flüsterte sie, suchte Kellers Blick und fügte hinzu: »Aber Eva war meine Tochter.«

»Das wusste ich nicht«, log er und sah von ihrem Gesicht weg. »Aus erster Ehe?«

»Natürlich wussten Sie es.« Ihre Züge strafften sich. »Sie und Ihresgleichen! Ich kenne die Methoden. Wer hat sie so genannt?«

»Ein ehemaliger Polizist. Tobler.«

Sie verhielt den Atem, zuckte kaum merklich mit den Lippen und wiederholte, was Schulthess, der Chef der Polizeiwache in Zill, gesagt hatte: »Der soll vor seiner eigenen Tür wischen.«

»Heissen Sie Cora?«

»Nein«, antwortete sie. »Einen Augenblick.« Sie stand auf und entfernte sich. Er blickte ihr nach. Das rote Haar tanzte in ihrem Rücken, die nackten Füsse steckten in silbernen, hochhackigen Sandalen, der blaue Rock mit den blassen Blumenmustern schwappte um die Fesseln, um deren linke sich ein Kettchen spannte.

Ein Plastikgesicht, umrahmt von präzisen blonden Locken. Die Augen spiegelten nichts. Aber der Körper warf einen üppigen Schatten. Sie trug einen blassroten Overall. Frau Zurkinden, die, das Makeup wieder intakt, in die Rolle zurückgeschlüpft war, in der sie Keller eine Stunde zuvor auf der Gartenterrasse empfangen hatte, die der tüchtigen Geschäftsfrau, stellte sie vor: »Frau Debrunner, meine Schwester.« Die zwei Frauen setzten sich. Ihr Begleiter war bei der Rosskastanie stehen geblieben. Er lehnte hinter den beiden am Baum, ein gebräunter jüngerer Mann, das Polohemd, die kurze Hose, die Socken, die Turnschuhe weiss, das rechte Knie über das linke geknickt, die Arme baumelnd, den am Stamm ruhenden Kopf mit dem Zigarettenreklame-Kinn zur Seite geneigt, um den Hals einen Lederriemen, an dem, sichtbar im Hemdausschnitt, ein goldenes Medaillon hing. Im Hintergrund knirschte ein fetter, breitschultriger Kellner, mit dem Serviertuch wedelnd, über den Kies.

»*Ich* bin Cora.« Frau Debrunner legte ihre Lederhandtasche auf den grünen Eisentisch. »Ich führe die Bar.«

»Dann haben Sie also diese Blondine geschickt?«

»Eine Blondine, Herr Keller?« Cora sah ihn an, aber in diesem Gesicht las er nichts.

»Um mich auszuhorchen. Nach Schulthess' Anruf.«

Cora wandte sich an ihre Schwester. »Verstehst du, wovon er redet, Annette?«

»Der Chef der Polizeiwache hat *mich* angerufen, Herr Keller«, sagte Frau Zurkinden, »um mir mitzuteilen, Sie würden wahrscheinlich hier auftauchen. Sie arbeiteten für Balsigers Anwalt, hätten aber keine offizielle Funktion, und ich sei nicht verpflichtet, Ihre Fragen zu beantworten. Trotzdem habe ich es getan, fast eine Stunde lang, bis Sie mich …«

»Was?«, rief Cora. »Du hilfst ja Evas Mörder.«

»Typen wie Balsiger verdienten die Todesstrafe.« Die Tenorstimme des Mannes, der am Baum lehnte.

»Balsiger ist nicht der Mörder. Nur der Sündenbock.« Keller trank sein Glas leer und stellte es auf den Tisch zurück.

»Der Untersuchungsrichter ist aber anderer Meinung.« Der Mann stiess sich vom Stamm ab und trat hinter Cora.

Keller ging nicht auf ihn ein. »Tobler hat mir geraten, mich im Hotel Schwantbad umzusehen.«

Die beiden Frauen tauschten einen Blick. »Du siehst, Cora«, sagte Frau Zurkinden, »er lässt mich nicht in Ruhe.«

»Was meinen Sie damit?«, fragte Keller.

»Nichts, was Sie angeht«, antwortete Cora anstelle ihrer Schwester.

»Die Blondine, die dieses Theater auf der Schluchtstrasse abgezogen hat, die ist doch vom Hotel Schwantbad. Denken Sie, ich werde sie nicht finden?« Keller versuchte eine Beschreibung des Busenwunders.

»Das könnte doch …«, platzte der Mann hinter Cora heraus.

Aber diese schnitt ihm das Wort ab. »Eine solche Frau arbeitet nicht hier.«

Keller stand auf, ging um den Tisch herum und blieb vor dem Mann stehen. »Was könnte das doch?«

Der Mann schaute Cora, die den Kopf nach ihm umgedreht hatte, einen Augenblick ratlos an. Dann hellte sich sein Gesicht auf. »Es könnte eine Beschreibung von Cora sein.« Er grinste.

»Ich mag Zuhälter nicht«, sagte Keller, wandte sich zum Gehen, prallte mit dem Kellner zusammen und murmelte: »Entschuldigen Sie.« Der andere nickte, ihm zu, wie Keller meinte, aber es musste ein Zeichen für den Mann in Weiss gewesen sein; denn dieser packte ihn von hinten, und der Kellner schlug ihm die Faust in den Bauch.

Keller lag, japsend, zusammengekrümmt, mit den Armen den Kopf schützend, am Boden, während die Männer ihm noch ein paar Fusstritte versetzten. Cora schrie: »Gib's ihm, Meinrad«, und Frau Zurkinden rief: »Aufhören!« Keller hatte sich überrumpeln lassen wie ein Anfänger. Vor Wut über sich selbst spürte er den Schmerz kaum.

»Was machen wir mit ihm?« Meinrads Tenor.

Ein spitzer Absatz traf Keller ins Kreuz. Es gelang ihm, reglos liegen zu bleiben. »Hol einen Eimer Wasser.« Coras Stimme. Schritte entfernten sich. Keller öffnete die Augen zu Schlitzen, aber da sein Gesicht dem Boden zugewandt war, sah er nur rote Ameisen zwischen den Kieseln herumkrabbeln. Nach ein paar Minuten näherten sich die Schritte wieder. Sobald sie innehielten, rollte Keller weg, schnellte auf und überliess sich den antrainierten Reflexen. Es dauerte nur Augenblicke. Allerdings hätte er sich beinahe noch einmal überraschen lassen, als Cora plötzlich eine Spraydose aus ihrer Handtasche zog und versuchte, ihm die Flüssigkeit ins Gesicht zu sprühen. Aber er bemerkte es im letzten Moment und tauchte weg. Der Strahl traf Meinrad in die Augen. Kurz darauf war es vorüber. Der Kellner kniete auf dem Kies, die Hände an den Bauch gepresst, und kotzte. Meinrad hockte am Fuss der Rosskastanie. Cora kauerte vor ihm und tupfte ihm mit einem Papiertaschentuch die Tränen von den Wangen. Keller schubste sie weg. Sie kippte auf ihren rosa Hintern. »Meinrad«, flüsterte sie. Ihre Puppenaugen glommen. Keller packte mit der Linken den Lederriemen an Meinrads Hals und zog. »Wer ist diese Blondine?« Der andere sagte nichts. Keller fürchtete, in den fremden Pupillen sein Spiegelbild zu erkennen, und stiess das Gesicht mit der Rechten zurück. Der Riemen riss. Das Medaillon blieb in seiner Hand. Er klappte es auf. Coras Foto. Er schloss den Deckel, holte aus und warf es über die Terrassenbrüstung in den Schwantbach.

»Sie gehen jetzt besser, Herr Keller«, sagte Coras Schwester, die noch am Tisch sass. Es kam ihm vor, als verbeisse sich Annette Zurkinden das Lachen.

»... drum, Herr Jesu Christ, sei unser Gast und segne uns, was du uns bescheret hast.« Nach dem Amen wurden der Käse und die Kanne herumgereicht.

Keller goss die henkellose Tasse mit Milchkaffee voll, schnitt eine Käsescheibe ab und griff sich eine dampfende Pellkartoffel aus der Tonschüssel in der Tischmitte, schälte und zerteilte sie mit dem Messer, spiesste einen Bissen auf die Gabel und führte ihn zum Mund, brach ein Stück Käse ab und schob es nach, kaute, schluckte, trank etwas Kaffee und sagte: »Otto ist doch nur der Sündenbock. Der Mörder ist ein anderer.« Die Essgeräusche stockten. Vier Augenpaare richteten sich in beklemmendem Schweigen auf ihn. Draussen vor dem Fenster auf dem Holzschober tirilierte eine Amsel.

»Bei Tisch sprechen wir nicht«, sagte die Alte, stiess das Messer in ein Kartoffelviertel und steckte es in den Mund. Der Riese mit dem krausen grauen Haar, der am Vormittag das seltsame Selbstgespräch hinter dem vergitterten Fenster geführt hatte, brach in ein zischendes Flüstern aus, das sie überhörte. Als

Keller auf dem Jordihof eingetroffen war, gegen halb acht, war er, wie mittags im Hotel Schwantbad, zum Essen eingeladen worden, zum Abendbrot, zu dem sie sich in der unmittelbar hinter der Haustür liegenden Küche gerade niederliessen. Sobald sein Hinterteil die Bank berührt hatte, hatten sich die Köpfe über die gefalteten Hände gebeugt, und die heisere Stimme der Alten, die er unter der Linde wie tot hatte schlafen sehen und die jetzt auf einem hochlehnigen Stuhl am Tischende sass, zusammengekrümmt und doch thronend in ihrer Leibesfülle, hatte das Tischgebet gesprochen, zum an- und abschwellenden, doch stets gedämpften Selbstgespräch des Irren. Dieser, zu ihrer Rechten auf der Wandbank, streckte die linke Hand unter den Tisch, als wolle er sie verstecken, ass, ohne je aufzusehen, ohne Gabel oder Messer zu benutzen, mit den Fingern der andern, zischte, sooft der Teller leer war, bis sein Nachbar Jakob, den Keller hinter den Strohballen auf dem Heuboden beobachtet hatte, ihm eine neue Kartoffel schälte und zerteilte. Gegenüber der etwa fünfzigjährige Mann, der auf Kellers Klopfen die Haustür geöffnet hatte und der mit seinen im Verhältnis zum buckligen, schmächtigen Körper übermässig stämmigen Armen und breiten Händen, mit seinen dem Irren ähnlichen Gesichtszügen wie dessen Karikatur wirkte. Neben ihm Verena Balsiger, Ottos Mutter: ein bröckelndes

Madonnengesicht, das angegraute Haar im Nacken zu einem Knoten geschlungen, leuchtende, hungrige Augen, der Leib gedunsen. Keller, auf der Wandbank neben Jakob, nahm aus den Augenwinkeln die ängstlich argwöhnischen Blicke wahr, die ihm dieser, ebenfalls aus den Augenwinkeln, zwischen den Bissen zuwarf. Die Küche roch nach Kaffee, Kartoffeln, Kohl und Dung. Trotz des schwachen Lichts brannte die Glühbirne unter dem emaillierten Blechlampenschirm nicht. Draussen die dumpfen Geräusche des Hofs. Drinnen schmatzte und schlürfte der Irre, rasselte der Atem der Alten, schabte ab und zu eine Schuhsohle über die Backsteinfliesen. Hinter der geschlossenen Tür neben dem Herd das Ticken einer Pendeluhr.

Als alle mit Essen fertig waren, stand der Bucklige auf, riss den Zettel vom Wandkalender, reichte ihn der Alten und setzte sich wieder. Die anderen strafften ihre Körper, senkten die Köpfe, legten die Hände, ungefaltet, nebeneinander auf den Tisch, bevor sie zu lesen begann, das Gemurmel des Irren übertönend. Der Neukirchener Kalender! Ein Bild aus der frühen Kindheit stieg in Keller auf: Er sah seine Grossmutter, schnaufend, das Kalenderblatt abreissen und vor den Grossvater hinlegen, sah diesen sich am Tischende zurechtrücken und die Lippen, deren trockene Küsse seine Kinderstirn gewohnt war, unverständliche Worte formen, sah plötzlich statt des vertrauten Gesichts ein entrücktes Greisenantlitz mit einem merkwürdigen Schleier in den Augen – den er jetzt auch in denen der Alten erblickte. Ein Schauer lief ihm über den Rücken. Aus diesen wässerigen Augen schaute Gott. Er wurde wieder ihrer Stimme inne. »... und wie Paulus sagt: ›So bist du nicht mehr Knecht, sondern Kind; wenn aber Kind, dann auch Erbe durch Gott.‹ Galater vier, sieben.« Raschelnd falteten sich die Hände. Die Alte betete. Kaum hatte sie mit einem bestimmten »Amen!« geschlossen, endete das Selbstgespräch des Irren mit einem fragenden »Amos?«. Die Augen wieder klar, stechend auf die Wirklichkeit gerichtet, befahl sie: »Bring deinen Vater zurück.« Jakob schickte sich an, den Irren von der Bank zu schieben.

Keller warf dem Buckligen, den er für Jakobs Vater gehalten hatte, unwillkürlich einen verblüfften Blick zu, und der sagte: »Der Bauer kann nichts dafür. Er ist schwermütig.« Jakob führte seinen Vater, die Linke um dessen rechten Ellbogen geklammert, hinaus. Verena Balsiger verteilte die Kartoffeln, die noch übrig waren. Sie schälten sie und legten sie in die Schüssel zurück. Auch Keller pellte mit. Bevor er der Einladung der Alten folgte und das Wohnzimmer betrat, die »Stube«, sah er sich das Kalenderbild über dem Block mit den Abreisszetteln an. Die

Reproduktion eines Ölbilds: ein Mann, der auf der Wiese neben einem blühenden Apfelbaum stand, die Sense schwang, hemdsärmlig, kahl, verwachsen, als hätte der bucklige Jordi Modell gestanden.

»Sie ist gleich fertig«, flüsterte Verena Balsiger in Kellers Ohr und kehrte in die Küche zurück. Die Alte sass in der Ecke vorne, wie am Vormittag in einem Korbsessel, eine gehäkelte Decke über den Knien, und hielt, den Kopf zur Seite geneigt, ein Buch ins Licht, das durchs Fenster schräg hinter ihr fiel. Keller, an den grünen Kachelofen gelehnt, die Kante der steinernen Sitzfläche im Kreuz, liess die Augen durchs Zimmer schweifen, über die verblasste Bemalung des Schranks, die Standuhr, deren Ticken er bereits in der Küche gehört hatte, den Tisch mit der geblümten Wachstuchdecke, bis sie am Bild haften blieben, das in einem der verzerrten Lichtvierecke hing, die die sinkende Sonne an die Wand gegenüber zeichnete. Er trat näher. Ein neuer Holzrahmen, hinter dem Glas im vergilbten, ovalen Passepartout ein bräunliches Foto: ein Jüngling, steif dastehend, in einem Halbleinenanzug, statt der Krawatte die zu einer Schleife gebundene Kordel mit den zwei kleinen, runden Troddeln auf der weissen Hemdbrust, die Hände in Gürtelhöhe übereinandergelegt. Woher kenne ich dieses Gesicht, fragte er sich, und zugleich wurde ihm bewusst, dass das Foto vor mehr als fünfzig Jahren aufgenommen worden sein musste. Unter dem Bild stand, mit Tusche in gotischen Buchstaben auf das Passepartout gemalt: *Erkennet doch, dass der Herr Seine Heiligen wunderbar führt. Psalm 4,4.*

»Der Amos. Mein Bruder selig. Sein Konfirmationsfoto«, erklärte die Alte.

»Wie ein Heiliger sieht er nicht aus.« Keller blickte sie an. »War er's?«

»Sie sind nicht gläubig, Herr Keller. Der Amos ist das Gefäss *Seines* Wortes. Des Herrn Wort aber ist heilig, das Gefäss jedoch sündiges Fleisch.« In den Augen unter den schweren Lidern wieder der Schleier der Entrückung. Das welke Gesicht wandte sich nicht ab, als sie das Buch zuklappte und hinter sich aufs Fensterbrett legte. Auf dem blauen Leineneinband prangte in goldenen Lettern das Wort LOSUNGEN.

»War er Otto Balsigers Vater?«

Ihre Finger schlossen sich um die Armlehnen, sie stemmte sich hoch, liess sich wieder zurückfallen. »Geben Sie mir das Foto.« Sie streckte die Hand aus. Er nahm das Bild vom Haken und reichte es ihr. »Mein Neffe hat es gerahmt und mir geschenkt. Zum Achtzigsten. Vor drei Wochen.« Sie drehte es ins Licht. »Obschon Verena nicht zur Gemeinschaft gehörte ...«

»Zur Gemeinschaft der Wahren Christen?« Keller zog einen Stuhl unter dem Tisch hervor und setzte sich ihr gegenüber.

»Mein Bruder kümmerte sich um sie, verschaffte ihr eine Stelle als Putzfrau in der Gemeindeverwaltung und in der Kapelle, brachte sie auf unserem Hof unter, als sie dann …« Sie verstummte.

»Als sie dann schwanger wurde, weil er sich mit ihr eingelassen hatte.«

»Weil er als Gemeinderat für die Armenpflege verantwortlich war. Seine Amtspflicht nannte er es.« Ihre Augen, eben noch abweisend auf Keller gerichtet, suchten, umflort, das Jünglingsgesicht auf dem Foto. »Aber der Herr, der Gott Israels, ist ein eifriger Gott. Der Amos gehört nicht in ein weltliches Amt.« Sie legte das Bild auf die gehäkelte Decke über den Knien und flüsterte: »Er hat sich versündigt.«

»Weil er Verena Balsiger hier untergebracht hat?«

»Sie ist in *Seiner* Hand heute.«

»Und Otto?« Sie lehnte den Kopf an die Rückenlehne, schloss die Augen und schwieg. »Vor sechs Jahren überredete Schwengeler, Ihr Schwiegersohn, Otto zu einem Geständnis, obschon er nicht der Täter war. Warum?«

»Wer nicht glaubt, der ist schon gerichtet.«

»Gerichtet!«, rief Keller aus, stand auf, wich vor dem Geruch von Schweiss und Moder, den ihre Kleider verströmten, zurück und sog die abgestandene Luft des Zimmers ein. »Ich glaube, auch diesmal ist Otto nichts als ein willkommener Sündenbock.«

Die Lippen der Alten begannen zu zucken. Zuerst drang kein Laut aus ihrem Mund. Dann stiess sie, die Augen noch immer geschlossen, hervor: »Zuerst Ruben. Dann Josua. Schliesslich Esther. Und jetzt ist der Knecht ein Mörder. *Er* sucht heim der Väter Missetat an den Kindern bis in das dritte und vierte Glied.« Sie hob den Kopf, nahm das Bild von den Knien, musterte das Foto, sagte: »Es liegt ein Fluch auf unserem Hof seither, Josef.«

»Wer ist Josef?«

Sie fuhr zusammen, als sei sie ertappt worden, drückte das Bild an den unförmigen Busen. »Nein. Ich bin kleingläubig.« Ihre Stimme klang unvermittelt wie die eines Kindes. »Es sind nur die Prüfungen, die *Er* seinen Heiligen auferlegt. Nicht wahr, Amos?« Sie legte den Kopf an die Lehne zurück.

»Mein Grossvater gehörte auch zur Gemeinschaft. Aaron hiess er. Aaron Keller.«

»Bis ins dritte und vierte Glied«, flüsterte sie und schloss die Augen.

Bereits an der Tür sagte Keller: »Hängen Sie das Foto nicht wieder in die Sonne. Sonst verblasst es.«

Sie hörte ihn nicht. Wie am Vormittag lag sie klaffenden Munds im Korbsessel, als sei sie tot.

Keller bot Ruben, dem buckligen Jordi, eine Löwe BC an. Dieser sagte: »Sonst rauche ich nur beim Imkern«, und warf, bevor er eine Zigarre aus der gelbbraunen Packung zog, einen verstohlenen Blick zum Bauernhaus hinauf, dessen Fensterscheiben in der Sonne blitzten, und zu Jakob hinüber, der in Hörweite, einen Drahtkorb in der Linken, eine zweizinkige Gabel in der Rechten, die Wiese abschritt, Wegeriche ausstach und in den Korb warf. Keller gab Ruben Feuer. Sie standen an der Ecke des Bienenhauses, am Rand des Obstgartens, wo die Wiese abschüssig wurde, pafften, sahen den Bienen zu, die, von den letzten Flügen zurückkehrend, auf den Brettchen landeten und, von den Fühlern der Wächterinnen betastet, durch die Löcher in die Stöcke krochen. Nein, erklärte Ruben, vor sechs Jahren habe er Otto nicht für schuldig gehalten. Ja, er glaube, dass Otto zum Geständnis überredet worden sei. Nein, auch diesmal denke er nicht, Otto sei der Täter. Ja, der Mörder oder jemand anderes müsse es wohl darauf angelegt haben, Otto zum Sündenbock zu machen, aber er habe keine Ahnung, wer das sei. Auf die Frage, warum Schwengeler damals seinen Klienten zu einem Geständnis gedrängt habe, obschon dieser seine Unschuld beteuerte, antwortete er: »Solche studierten Herren versteht unsereins nicht.«

»Aber er ist doch Ihr Schwager«, wandte Keller ein.

Ruben schwieg, rauchte vor sich hin.

»Weshalb glaubt Ihre Mutter, ein Fluch laste auf dem Hof?«

»Wir. Ihre Kinder. Sehen Sie mich an. Ein Krüppel! Und Josua ...« Ruben brach ab und schaute sich nach Jakob um, der eben hinter dem Speicher verschwand.

»Ihr Bruder? Warum ist er nicht in einer psychiatrischen Klinik?«

Ruben blickte Keller verblüfft an. »Er ist der Bauer.«

»*Sie* kümmern sich doch um den Hof.«

»Aber er gehört ihm. Er ist jünger als ich.«

Keller fiel der Begriff ein. »Das Minorat.« Ruben nickte. »Seit wann ist Josua so?«

Ruben dämpfte die Stimme. »Seit Linas Tod. Ja, er ging mit einer aus dem Hotel Schwantbad. Einer Katholischen. Einer Ausländerin. Sie mussten heiraten. Aber Lina fand sich nie zurecht hier. Vor allem mit Mutter nicht. In Italien ist es wohl schöner. Jedenfalls wollte sie dorthin zurück. Allerdings nicht ohne das Kind. Jakob war dreijährig. Mutter und Josua hätten ihn nie weggegeben. Da ging sie in den Weiher.« Er wies auf den künstlichen Teich unweit des Bienenhauses, den »Feuerweiher«, in den das überlaufende Wasser des Brunnens beim Bauernhaus oben abgeleitet wurde. »Seither ist Josua schwermütig.«

»Und Ihre Schwester?«

»Esther? Die musste etwas Besseres haben. Einen Rechtsanwalt. Deshalb hat sie diesen Geschiedenen geheiratet. Elias Schwengeler. Aber der will sie jetzt nicht mehr.« Ruben blies die Asche von der Zigarre. »Wir haben Mutter keine Freude gemacht. Sie ist verbittert. Und jetzt im Alter, wo sie wunderlich wird, ist für sie Otto schuld an allem. Weil er ein Unehelicher ist.«

»Nicht Verena?«

»Verena hat sich bekehrt.«

»Bekehrt? Sind Sie's auch?«

»Ich bin hier aufgewachsen.«

»Was für ein Mensch ist Otto?«

Rubens Gesicht hellte sich auf. »Der arbeitet für zwei. Und wie er mit den Tieren umgeht! Bläss, der Hund, ist eingegangen, seit er wieder weg ist. Hat einfach nichts mehr gefressen, nur noch gewinselt. Der Otto ist schon recht.«

»Was halten Sie von der Stieftochter Ihrer Schwester?«

»Von Uta? Ach, sie ist …« Ruben verstummte. Seine Miene verdüsterte sich. Er rauchte ein paar Züge und sagte: »Mutter denkt, sie ist des Teufels. Früher hetzte sie Otto gegen uns auf. Heute versucht sie's mit Jakob.«

»Ihre Mutter hat einen Namen erwähnt. Josef.

Ihr verstorbener Vater?« Ruben schüttelte den Kopf, blies eine Rauchwolke aus, warf den Zigarrenstummel auf den Boden und drückte ihn mit dem Absatz seiner schweren Schuhe in die Erde. »Wer ist Josef?«

Ruben antwortete nicht. Auf der nächsten Hügelkuppe lohte eine Fichte in den letzten Sonnenstrahlen. Im Westen schwebten rotgelbe Wolkenbänder. Auf den Anhöhen im Osten waren die Grenzen zwischen Licht und Schatten noch scharf. Das Tal füllte sich mit Dunst. Im »Stöckli« oben jammerte das Harmonium *O Heiland, reiss die Himmel auf.* Ruben blickte zwischen verkniffenen Lidern zum Horizont und sagte: »Einmal möchte ich es sehen. Das Meer.«

Als habe sich die Frömmigkeit, die in der alten Jordi glühte, veräusserlicht, hingen ringsum an den Holzwänden des Wohnzimmers im »Stöckli« Bibelsprüche, in goldenen romanischen Versalien auf dunkelgrünen Samt gestickt. Die Vierzigwattbirne im Lampenschirm aus Pergamentpapier warf gelbliches Licht auf das weisse Wachstuch. Mit spitzen Fingern hob Verena Balsiger eine blaue Porzellantasse vom Kunststofftablett, stellte sie vor Keller und sagte: »Dieses Service ist ein Geschenk von Rosa Aebischer selig, der Frau des Gemeindeschreibers.«

»Und das Harmonium dort«, platzte Keller heraus, »vom Amos?«

Sein Spott prallte am Leuchten ihrer schwarzblauen Augen ab. »Oh, das wissen Sie.« Die Haut um ihre Mundwinkel riss, als sie lächelte.

»Erzählen Sie mir von Otto, Frau Balsiger.«

»Ich bin die Verena.« Sie leerte einen Löffel voll Pulverkaffee in die Tasse und goss heisses Wasser aus der Porzellankanne darüber.

Er trank einen Schluck der faden Brühe. »Glauben Sie, dass Otto es getan hat?« Sie antwortete nicht. »Sie sind doch seine Mutter!«

Ihre Augen wurden trüb. »Ich kann ihm nicht helfen.«

»Wer ist Ottos Vater?«

Sie stierte auf das Wachstuch und schwieg, das Gesicht grau. Doch plötzlich belebte es sich. Sie hob den Blick, las, die Augen, wieder leuchtend, auf die goldenen Buchstaben an der Wand hinter Keller gerichtet, mit lauter Stimme: »Sie aber netzte *Seine* Füsse mit Tränen, trocknete sie mit den Haaren ihres Hauptes, küsste und salbte sie.«

Keller stand auf. »Darf ich sein Zimmer sehen?«

Sie führte ihn hin. Bevor sie ihn allein liess, sagte sie unvermittelt: »Ottos Vater war ein Soldat. Er hiess Ernst.« Keller machte einen Schritt auf sie zu, um sie auszufragen, aber sie fügte mit blecherner Stimme hinzu: »Es soll kein Hurenkind in die Gemeinde des Herrn kommen«, und zog die Tür zu.

Ein Tisch, ein Stuhl, ein Eisenbett, eine nackte Glühbirne, keine Bilder, sauber. Als Otto Balsiger zum ersten Mal eine Gefängniszelle betreten hatte, musste sie ihm vertraut vorgekommen sein. Keller durchsuchte das Zimmer, besonders den Wandschrank und die Tischschublade, fand nichts, was ihm weiterhalf, setzte sich auf das straffgestrichene, weissbezogene Federbett und starrte auf den offenen Schrank. An die Innenseite der Türflügel waren mit Reissnägeln drei grossformatige Farbfotos geheftet. Links eine Gruppe von Turnern, wohl der Turnverein Zill, und eine von Grenadieren im Kampfanzug, an einem Hang hinter dem bärtigen Oberleutnant Keller aufgereiht. Rechts Balsiger in der grünen Ausgangsuniform, die Mütze zwei Fingerbreit über den Brauen. Auf dem Foto hatte er die leuchtenden, hungrigen Augen seiner Mutter. Ihr Blick beklemmte Keller.

Erst die Klänge des Harmoniums draussen brachen den Bann. Er verliess Ottos Kammer, ohne die Mulde in der Daunendecke zu glätten. Im Wohnzimmer sass Verena am Harmonium und spielte, den Kopf in den Nacken geworfen. Ihr Hinterteil rutschte auf dem Hocker hin und her, das Gebläse ächzte, die mit elastischen Binden umwickelten Beine stampften auf und nieder. Keller trat neben sie, um sich zu verabschieden, aber sie hörte ihn nicht: Ihre schwarzblauen Augen schauten die Ewigkeit. Er trat aus dem süsslichen Geruch der Frömmigkeit, unter die Sterne der Julinacht.

Linder zog unter Aebischers wachsamen Augen die Karten vom Stapel, knallte sie auf den Tisch und zählte mit lauter Stimme die Punkte der letzten Spielrunde zusammen, Eschmann griff nach der Weissweinkaraffe und füllte die Gläser nach, Keller gähnte und dachte sich einen Witz aus, den er der Jassrunde erzählen würde, auf dem Bildschirm des Fernsehers, der auf dem Ofen mit den handgemalten Kacheln thronte, flimmerte unbeachtet der »Zeitspiegel«, als plötzlich ein Henkelglas auf die Kunststofffliesen des Bodens polterte, an einem Stuhlbein zerbarst und Bier auf den Stammtisch spritzte. Die einzigen Gäste im Adler ausser ihnen, zwei hünenhafte Burschen, die sich zum Verwechseln ähnlich sahen, waren aufgesprungen und umkreisten die Eisensäule in der Mitte, indem der eine jeweils grinsend die Hosenträger des andern ergriff und zurückschnippen liess, dieser darauf verbissenen Gesichts jenem die flache Hand vor die Brust stiess, so dass er ein paar Schritte rückwärts taumelte. Elsa, die Kellnerin, kam mit Müllschaufel und Handbesen hinter der Theke hervor und kauerte sich hin, um die Scherben aufzukehren. Eschmann und Linder rutschten neben Keller, der auf dem abgerundeten Teil der Wandbank in der Ecke sass, und verfolgten, Seitenblicke auf Elsas prallen Hintern werfend, mit verkniffenen Augen den grotesken Tanz der zwei Riesen. Der Wirt, ein schmächtiger, bleicher Kahlkopf, eine weisse Schürze vor dem Spitzbauch, näherte sich und sagte zu Aebischer, der sich wieder dem Tisch zugewandt hatte und die Karten mischte: »Diesmal rufe ich die Polizei.«

»Nein, den Amos«, erwiderte Aebischer, ohne aufzuschauen.

»Der hat doch das letzte Mal nur untätig dagestanden, während sie die Stühle kaputtschlugen, und auf sie eingeredet, bis sie gingen.«

»Ruf den Amos an!«, befahl Aebischer und schob Linder den Kartenstapel zum Abheben zu.

Der Wirt schlurfte hinaus.

»Die Minderzwillinge«, flüsterte Eschmann in Kellers linkes Ohr. »Sie waren schon immer wild, besonders seit dem Tod ihrer Mutter. Aber seit der Vater im Krankenhaus ist, sind sie ausser Rand und Band.«

»Und dabei«, tuschelte Linder ins rechte, »sitzt der alte Minder im Ältestenrat der Amositer.«

Keine zehn Minuten später betrat der Amos die Gaststube. Er sah zum Stammtisch hinüber, sagte: »Ich komme eben von der Bibelstunde«, und ging auf die beiden Burschen zu, die, inzwischen ineinander verkrallt, am Boden herumrollten. Formlos hing der schwarze Anzug an seinem Leib. Die Hände auf dem Rücken verschränkt, sagte er ohne Hast: »Dan! Naphthali! Ihr habt es doch versprochen. Hört auf.« Keller starrte. Das Gesicht auf dem Foto. Allerdings älter, weicher, von halblangem rotem Haar umrahmt. Ein Gesicht, das die Traurigkeit, die es zeichnete, trug wie ein Lächeln. »Dan! Naphthali!«, wiederholte der Amos. Sie beachteten ihn nicht.

Auf einmal stand die Kellnerin neben dem Amos, schüttete einen Eimer Wasser über die Zwillinge, rief: »Euer Amos ist da!«, und versteckte sich hinter der Theke.

Die beiden erhoben sich. Obschon sie Hünen waren, musste der Amos nicht zu ihnen aufschauen. Eine böse Heiterkeit lag auf ihren Gesichtern. Plötzlich packte der eine den Amos von hinten, und der andere schlug ihm die Faust in den Bauch. Keller warf seinen Mitspielern einen Blick zu. Eschmann und Linder grinsten. Aebischers Augen glitzerten. Keiner rührte sich. Der Amos lag zusammengekrümmt am Boden. Dan und Naphthali betrachteten ihn. Der eine meinte: »Vater sagt selbst, er sei unwürdig.«

»Alle Ältesten sagen das«, fügte der andere hinzu. Als sie sich zum Gehen wandten, schnellte der Amos auf und verstellte ihnen den Weg. Es war, als sehe

Keller sich selbst zu. Der Amos bediente sich der gleichen Griffe, Hiebe und Finten, die er am Nachmittag auf der Gartenterrasse des Hotels Schwantbad angewendet hatte. Auch jetzt dauerte es nur Augenblicke, dann kniete der eine der Zwillinge da, vornübergebeugt, die Hände an den Bauch gepresst, hockte der andere, an die Eisensäule gelehnt. Die Stammgäste glotzten.

Keller schob sich hinter dem runden Tisch hervor und trat zum Amos, der mit hängenden Armen zwischen den beiden Burschen stand. »Mit mir wärst du nicht so leicht fertig geworden, Josef.«

Der Amos hob den Kopf und blickte ihn verblüfft an. Es dauerte eine Weile, bis sich in den hellen Augen etwas regte: Freude oder Furcht. »Peter«, sagte er, »du bist also dieser Keller, der für Ottos Anwalt arbeitet«, und streckte zögernd die Hand aus. Der Jüngling auf dem Bild im Wohnzimmer des Jordihofs, dem Konfirmationsfoto des alten Amos, war Keller bekannt vorgekommen, weil er ihn an Josef Zingg, einen Jugendfreund, erinnerte. Aber er hatte ihn erst jetzt erkannt, an seinen Reflexen. Sie hatten sich vor zwanzig Jahren in Biel kennengelernt, beim Training in Oschi Arakus Turnkeller.

Als der Amos und die Zwillinge gegangen waren, sagte Aebischer: »Ich wusste nicht, dass Sie Zingg kennen.«

»Ich auch nicht«, antwortete Keller. »Damals hiess er Josef und war Zimmermann, nicht Sektenprediger.«

Später erwähnte er, Verena Balsiger habe erklärt, Ottos Vater sei ein Soldat namens Ernst gewesen.

Aebischer zuckte die Schultern. »Ihre alte Behauptung. Aber kein Füsilier, kein Offizier oder Unteroffizier der Infanteriekompanie, die zur fraglichen Zeit im Hotel Schwantbad einquartiert war, trug diesen Namen. Das habe ich nach Ottos Geburt selbst überprüft.«

Keller sass auf dem einzigen Stuhl am Fenster seines Zimmers im Adler und lauschte dem Rauschen des Schwantbachs, das die nächtliche Stille des Dorfs noch gespenstischer machte. Er kam sich verloren vor. Was sollte er hier? Er verstand seinen Heimatort nicht. Der Amos – es fiel ihm schwer, sich den Jugendfreund und den Prediger der Wahren Christen als dieselbe Person vorzustellen – hatte ihn für den nächsten Tag zum Mittagessen eingeladen. Er dachte an Zinggs Stimme. Sie klang verhalten – und entrückt. Ein Klopfen riss ihn aus seinem Sinnen, und er rief: »Die Tür ist offen.«

Wachtmeister Schulthess trat ins Zimmer, sah sich um und setzte sich aufs Bett. »Was war los im Hotel Schwantbad heute Nachmittag?«

»Die Blondine.«

»Cora Debrunner?«

»Nein.« Keller erzählte von der Episode in der Schlucht und beschrieb die blonde Frau.

Schulthess schüttelte den Kopf. »Sie bilden sich da etwas ein. Ich kenne niemand, auf den diese Beschreibung zutrifft.« Aber Keller vermutete, dass er wusste, wer sie war. Schulthess stand auf. »Diese Prügelei. So etwas dulde ich nicht.«

»Wer hat mich angezeigt?«

»Niemand.«

»Wie haben Sie's denn erfahren?«

»Es ist meine Aufgabe, zu wissen, was im Bezirk vor sich geht. Sie sind gewarnt«, sagte er und ging.

Keller legte sich schlafen. Die blau-weiss gewürfelte Daunendecke roch nicht mehr nach Lavendel, sondern nach Schulthess' uniformiertem Polizistenarsch.

5

Der Fernseher auf dem Ofen mit den handgemalten Kacheln brachte die letzten Ergebnisse von »Aktenzeichen XY«. Eduard Zimmermanns Maskengesicht füllte den Bildschirm. Die Gaststube des Adlers lag im Halbdunkel. Sie war leer bis auf den Mann im blauen Sommeranzug. Er sass hinter dem Stammtisch, unter der einzigen Lampe, die brannte, auf der Eckbank, aufrecht, das Kinn über dem enggeschlungenen Krawattenknoten und dem spitzen Adamsapfel vorgereckt, die Unterarme auf die Tischplatte gelegt, die grossen Hände, zwischen denen ein Schwenker mit Kognak stand, weiss und flach im elektrischen Licht. Schulthess, der Chef der Polizeiwache Zill, in Zivil. Neben ihm, auf der Bank, ein Koffer. Keller trat näher, um sich zu vergewissern. Es war der seine. »Was soll das?«, fragte er.

»Bringen Sie ihm auch einen Rémy«, rief Schulthess. Gläserklirren hinter der Theke. Der Wirt trat aus der Dunkelheit, schenkte mit zitternden Händen ein, kehrte hinter den Tresen zurück und erstarrte zum undeutlichen weissen Fleck. Keller hörte ihn atmen. »Setzen Sie sich«, befahl Schulthess. Keller zögerte – der Kognak würde scharf schmecken, nicht samtig –, liess sich nieder und trank. »Ich habe Sie gewarnt, Keller. Zweimal.«

»Jetzt weiss ich, an wen Sie mich erinnern, Schulthess.« Keller deutete mit dem Daumen über die Schulter auf den Bildschirm. »An diesen Verbrecher dort. Sie tragen sein Gesicht.« Freitagabend. Der elfte Tag in Schwant.

Am Freitag der Woche zuvor war Keller auf die von Efeu überwachsene Fassade des Gebäudes zugeschritten, das durch einen Waldzipfel vom Hotel Schwantbad abgeschirmt war, und vor den vier Stufen, die zur Haustür hinaufführten, stehen geblieben. Ein glitzerndes Fahrrad lehnte neben der Treppe an den Efeuranken. Zwischen den Pflastersteinen des Vorplatzes wucherten knöchelhohe Unkrautbüschel. Vormittag. Die Hitze bereits drückend. Der vierte Tag in Schwant, und noch immer kam ihm die von Tierlauten und einem unaufhörlichen leisen Rauschen untermalte ländliche Stille unnatürlich vor. Am Vorabend im Adler hatte er seine Jasspartner gefragt, wen sie verdächtigen würden, wenn sich herausstellen sollte, dass Balsiger nicht der Täter sei. Linder und Eschmann hatten fast gleichzeitig geantwortet, dieser: »Die Hippies«, jener: »Die Alternativen«, worauf Aebischer erklärt hatte, sie meinten beide dasselbe: die Wohngemeinschaft in der ehemaligen Dépendance des Hotels Schwantbad. Keller stieg die Sandsteinstufen hinauf, und nachdem er vergebens einen Klingelknopf gesucht hatte, pochte er mit dem Klopfer an die Eichentür. Gekläffe. Krallenbewehrte Pfoten scheuerten im Innern des Hauses über die Fliesen, kratzten an der Tür. Das Tier schien bis zum Sturz hochzuspringen. Niemand kam, aber er hütete sich zu öffnen. Hunde mochten ihn nicht. Er ging um die Dépendance herum. Auf der Hinterseite stiess er auf einen umzäunten Garten. Ein junger Mann, den braungebrannten, schmächtigen Oberkörper nackt, einen breitrandigen Strohhut auf dem Kopf, kauerte, den Rücken Keller zugewandt, im Weg zwischen den Beeten, in denen mickriges Gemüse wuchs, und scharrte lustlos mit einer kurzstieligen Hacke in der Erde. Unvermittelt richtete er sich auf, streckte sich, die Fäuste ins Kreuz pressend, nahm den Hut ab – er war fast kahl geschoren – und warf ihn über einen Salatkopf, wischte den Schweiss von der Stirne, bückte sich nach der Thermosflasche, die im Mangoldbeet stand, goss den Becher voll und trank einen Schluck.

»Eistee?«, fragte Keller, die Unterarme auf die Zaunlatte gestützt.

Der Mann fuhr herum, verschüttete ein paar Tropfen und grinste. »Genau. Mit Zitrone.« Er trat an den Zaun und hielt Keller den Becher hin. »Möchten Sie auch?« Er trug einen schütteren Schnurrbart. Im Philtrum, knapp über der Oberlippe, sass eine Pustel.

Die Vorstellung, dass diese und die graurötliche Zunge, die eben aus dem Mund glitt, um den Pickel zu belecken, in den Tee getaucht gewesen waren, ekelte Keller. Aber er würgte ein paar Schlucke hinunter, reichte den Becher zurück und verbiss sich das Lachen, als ihm bewusst wurde, dass er beim Trinken die Augen geschlossen hatte. Um sich der Blicke seines Gegenübers zu entledigen, die mit freundlicher Neugier auf ihm ruhten, bemerkte er: »Das Gemüse scheint nicht so richtig zu gedeihen.«

Die glatte Stirn krauste sich. Der Mann wandte sich von Keller ab und schaute in den Garten hinaus. »Die verdammten Bauern haben hier jahrelang Kunstdünger gestreut und Gift gespritzt. Das machen wir nicht. Der Boden ist ausgelaugt, und es braucht Zeit, bis alles wieder im Gleichgewicht ist.«

»Mein Name ist Peter Keller. Ich komme …«

»Reto Markwart.« Der andere streckte seine Hand aus.

Keller schüttelte sie und fuhr fort: »Ich komme im Auftrag von Balsigers Anwalt. Die Dorfbewohner verdächtigen Sie.«

Markwarts Miene wurde kalt. Den Kopf gesenkt, murmelte er: »Dieser Schweinehund.« Dann sah er Keller in die Augen, stiess hervor: »Ein mieser Schnüffler!«, schien zu schlucken und spuckte ihm ins Gesicht, rannte quer über die Gemüsebeete, setzte mit einer Flanke über den Gartenzaun und verschwand. Keller griff in seine Jeanstasche nach einem Papiertuch, fand keines, riss ein Büschel Gras aus, wischte sich den Speichel ab, der von der Stirn in die linke Braue rann, und folgte Markwart.

Als er an der Hausecke anlangte, stand Markwart oben auf der Sandsteintreppe, und ein schwarzer Dobermann schlüpfte aus der Türspalte. Markwart streckte den Arm aus, wies mit dem Zeigefinger auf Keller und rief: »Fass, Petra.« Das Auto war zu weit entfernt. Keller hetzte in den Obstgarten und die Leiter hoch, die an einem Kirschbaum lehnte, und blickte nach unten. Der Hund stand am Fuss der Holme, ein röchelndes Knurren drang aus seiner Kehle. Markwart, der hinterhergelaufen war, riss die Leiter weg, und Keller hing am Baum. Mit Mühe schwang er sich auf einen Ast. Als er wieder hinunterschaute, war Markwart weg, der Hund aber noch da. In der Ferne, zwischen den Fichten im Tal, schäumte der Schwantbach. Keller sass, den linken Arm um den Stamm geschlungen, steif auf dem Ast. Über seinem Kopf hingen Trauben schwarzroter Kirschen. Unter ihm knurrte der Hund, sooft er sich bewegte.

Er erkannte die massige Frau, die eine Dreiviertelstunde später auf den Vorplatz fuhr, im Augenblick, da sie aus ihrem alten Unimog stieg. Die Bildhauerin

Maga Abbühl. Sie begriff erst, wer er war, als er sie daran erinnerte, dass sie beide vor neunzehn Jahren in Bern Max von Mühlenens Malkurse besucht hatten. Sie stand unter ihm, die in grauen Kordhosen und Gummistiefeln steckenden Beine gespreizt, die Hände in die Hüften gestützt, den Kopf mit den grauen Locken in den Nacken geworfen, und lachte zu ihm hinauf, während der Dobermann, mit dem Schwanzstummel zuckend, ihr Knie beschnupperte. »Peter Keller, von einer Hündin auf den Kirschbaum gejagt.«

»Bring sie bitte weg. Ich möchte hinunter.«

»Was suchst du hier?«

»Ich komme im Auftrag von Otto Balsigers Anwalt. Ich wollte Markwart ein paar Fragen stellen.«

»Was? Ich denke, du hast dich zum Künstler gemausert.«

»Ich male nicht mehr. Ich bin Privatdetektiv.«

»Und arbeitest für Evas Mörder. Kein Wunder, dass Reto Petra auf dich gehetzt hat.« Die linke Hand glitt von ihrer Hüfte an den Hals des Hundes und verharrte dort. »Er war in sie verliebt.«

»Du kanntest sie?«

»Sie war ab und zu bei uns.«

»Wie war sie?«

»Da fragst du am besten Uta.«

»Uta? Uta Schwengeler? Sie wohnt hier?«

»Sie hat die Dépendance gemietet, von ihrem Vater, und uns hergeholt.«

»Uns? Wer ist das?«

»Eine Art Wohngemeinschaft. Ursprünglich nur Frauen und ein paar Kinder. Aber seither sind einige Männer zu uns gestossen. Typen wie Reto. Nicht Machos wie du. Die meisten sind im Urlaub.«

»Ich muss mit Markwart sprechen.«

»Nein.« Sie entfernte sich. Der Hund blieb.

»Ist Uta jetzt hier?« Sie antwortete nicht. »Hast du Eva Drechsel gemocht, Maga?«, rief er, als sie die Sandsteinstufen erreicht hatte.

Auf dem Treppenabsatz wandte sie sich um. Die Sonne traf ihre randlose Brille. Sie lächelte, spöttisch oder versonnen, sagte – zu sich selbst, wie ihm schien, er hörte es kaum –: »Ich war auch verliebt in sie«, und pfiff dem Hund. Die Haustür fiel hinter ihnen zu.

Josef Zingg zog die Jacke aus, hängte sie über die Stuhllehne, nahm die weisse Serviette aus dem Ring und breitete sie rautenförmig über den Bauch, indem er einen Zipfel zwischen dem dritten und vierten Knopf ins Hemd stopfte. Während Keller Paula Zingg musterte, blickte sie mit verkniffenen Lippen ihren Mann an. Der rieb die Kuppe seines rechten Daumens an den glatten rosaroten Spitzen seiner kurzen Finger. Dann verschwand der Löffel in der rötlich behaarten Hand. Die Erinnerung an den Abend vor siebzehn, achtzehn Jahren. Der Regen hatte ihr das Haar an den Schädel geklatscht, war in ihren dargebotenen Mund geronnen, die Lippen hatten zuerst fad, plötzlich aber salzig geschmeckt, als sich ihre Tränen ins Wasser gemischt hatten, sie hatte ihn weggeschoben, Atem geholt, hervorgestossen: »Ich bin doch mit Josef verlobt«, und er war in Gelächter ausgebrochen. Keller wusste nicht mehr, warum er mit Paula zusammen ins Gewitter geraten, wie es zum Kuss gekommen war. Doch er sah noch das wohlerzogene, verschlossene Gesicht sich verändern: regenüberströmt, glänzend im Schein der Strassenlampe, unvermittelt nackt. Wer war sie heute, diese Frau mit den unstet glimmenden Augen ihm gegenüber, den blonden Chignon hoch am Hinterkopf? Die Suppe war versalzen. Sie assen, kaum sprechend, das Mittagsmahl zu Ende, zu dem Josef Zingg Keller am Vorabend eingeladen hatte. Zum Trinken gab es Wasser, nicht Wein.

Paula rührte mit dem Silberlöffel im Kaffee, das Rosenthal-Porzellan bimmelte. Zingg tauchte mit der Rechten einen Keks in seine Tasse, zog ihn heraus, hielt die hohle Linke darunter, um die Tropfen aufzufangen, und führte ihn zum Mund. Paula hörte auf zu rühren. »Peter, damals zogen wir doch fast gleichzeitig von Biel weg. Du und Selma nach Deutschland, nach Berlin. Wir nach Thun. Du wolltest an die Hochschule der Künste, um dort …«

Keller unterbrach sie. »Selma ist tot.«

Zingg hob den Kopf. »Das tut mir leid, Peter.«

Keller zuckte zusammen. Wieder die unnatürliche Stimme wie gestern: verhalten, entrückt. Hier sprach der Prediger der Wahren Christen, ihr Amos, nicht Josef, der Jugendfreund. »Warum betest du nicht vor dem Essen wie deine Tante?«

Zingg schaute Keller an, wie er im Adler die Minderzwillinge, ihnen zuredend, angeblickt hatte. Aber plötzlich glitt die heitere Traurigkeit von seinem Gesicht, und es war nur noch bitter. »Du wunderst dich über mich.« Er lachte trocken. »Manchmal wundere ich mich selbst.« Er betrachtete Keller, als sehe er ihn zum ersten Mal. »Ja, dir kann ich es erklären.«

Paula sah ihren Mann besorgt an. »Josef, Peter ist nicht hier, um …«

Zingg überhörte sie. »Ein Verhängnis, Peter, das ist es. Nicht Gottes Fügung.« Er stand auf, trat ans Fenster und sprach aufs Land hinaus. Sein Vater habe zwei Söhne gehabt, Amos, seinen älteren Bruder, und ihn, Josef. Seit mehr als hundert Jahren hätten die Söhne des Oberhaupts und Predigers der Gemeinschaft der Wahren Christen stets eine Zimmermannslehre gemacht, wobei jeweils der älteste, der immer

Amos geheissen habe, zum Nachfolger des Predigers, der zweitälteste zu dem des Leiters der Zimmerei, die der Gemeinschaft gehöre, bestimmt gewesen seien. In der fünften Generation jedoch, der seines Vaters, sei der älteste Sohn, lange bevor er sein Seelsorgeramt angetreten habe, beim Holzfällen von einem Baum erschlagen worden, weshalb später ein anderer Sohn, eben sein, Zinggs, Vater, zum Prediger erkoren worden sei, und obschon dieser Josef geheissen habe, so wie er selbst, habe man ihn vom Augenblick an, als er das Sektenoberhaupt geworden sei, Amos genannt, da der Name im Lauf der Zeit so etwas wie eine Berufsbezeichnung geworden sei. Zingg drehte den Kopf, schleuderte den Satz ins Zimmer: »Aber ich war ein Rebell!«, und schaute wieder hinaus. Bei der Aushebung habe er sich zu den Grenadieren gemeldet, statt, wie von ihm erwartet, zur waffenlosen Sanität. Keller fiel ein, dass ihn damals, als Neunzehnjährigen, das Beispiel seines um drei Jahre älteren Freundes Josef bewogen hatte, auch Grenadier zu werden. Nach der Rekrutenschule, fuhr Zingg fort, habe er sich, vom Vater verstossen, ja verflucht, in Biel niedergelassen, wo sie sich, Selma, Keller, Paula und er, kennengelernt hätten, und gedacht, Schwant, den Amositern und ihrer erstickenden Frömmigkeit, ein für allemal den Rücken gekehrt zu haben. Vor sechzehn Jahren hätten sie dann, wie er, Keller, wisse, einander aus den

Augen verloren, weil er und nach der Hochzeit auch Paula nach Thun gezogen seien. Dort habe er einen aussergewöhnlichen Mann zum Freund gewonnen. Zingg trat vom Fenster weg, hinter den Stuhl, auf dem er beim Mittagsmahl gesessen hatte, und stützte die Hände auf die Rückenlehne. »Ich lernte ihn in meiner Stammkneipe kennen.« Er beugte sich über den Tisch. Seine Augen brannten. »Er war Pfarrer. Aber was für einer! Der duckte sich nicht vor einem strafenden Gott, verkroch sich nicht vor der sündigen Welt, nein, er lebte, ja schwelgte in ihr. Gott ist die Liebe – das war ihm ein Versprechen, nicht eine Drohung.« Er nahm die Hände von der Lehne und wandte sich ab. »Ich fand wieder zum Glauben. Als vor fünf Jahren die Universität Bern einen Sonderkurs ausschrieb, in dem Spätberufene zu Theologen ausgebildet wurden, meldete ich mich und wurde aufgenommen. Ich wollte werden, was Göpf war: Pfarrer.« Zingg verstummte.

Als sich das Schweigen hinzog, sagte Paula: »Du kennst ihn vielleicht, Peter. Er schreibt auch Gedichte. Gottfried Balmer. Bis vor kurzem war er Pfarrer in einer der Kirchgemeinden des Amtsbezirks Zill. In Grabenwil.«

Keller konnte sich nicht beherrschen. Er lachte, bis ihm die Tränen kamen.

Zingg liess sich auf seinen Stuhl fallen. »Du hast recht, wenn du mich auslachst.«

»Nein, Josef. Die Ironie des Schicksals!« Keller rang nach Atem. »Weil ich dich damals kennenlernte, wurde ich Grenadier und später Otto Balsigers Zugführer. Und weil ich dieses Frühjahr den Pfarrer Gottfried Balmer kennenlernte, kam ich zu den fünfzehntausend Franken, die mich hierhergebracht haben. Balmer lebt jetzt in Biel.«

Zingg nickte. »In Grabenwil musste er weg, weil er sich scheiden liess und als Linker galt.«

»Vor allem, weil er sich mit jungen Mädchen herumtrieb«, ergänzte Paula.

»Es steht uns nicht an, den Stab zu brechen über ihn.« Wieder die entrückte, verhaltene Stimme, die Maske heiterer Traurigkeit. »Hüte deine Zunge vor dem Bösen und deine Lippen, dass sie nicht Trug ...«

Paula, die blass geworden, dann errötet war, schlug mit der Faust auf den Tisch und schrie: »Hör auf, Josef.«

Zingg sah sie einen Augenblick verwirrt an, murmelte dann: »Entschuldige«, und wandte sich an Keller. »Ironie des Schicksals. Genau. Weil ich Theologie studierte, wollte sich mein Vater mit mir versöhnen, und weil sich mein Vater mit mir versöhnen wollte, kam mein Bruder um, und weil mein Bruder umkam, wurde ich Amos.« Vor drei Jahren sei sein Bruder unvermutet in Thun aufgetaucht und habe ihn angehalten, den Vater zu besuchen. Er habe mehrere Monate gezögert, sei aber schliesslich hingefahren. Am Bahnhof Zill habe ihn sein Bruder abgeholt. Unterwegs sei es geschehen. Das Auto sei auf der vereisten Strasse ins Schleudern geraten und in die Schlucht gestürzt. Sein Bruder sei auf der Stelle tot gewesen, er nur verletzt. Im Krankenhaus Zill habe ihn dann sein Vater besucht und verlangt, dass er nun die Stelle seines Bruders einnehme. »Ich sass in der Falle.« Zingg sah Keller flehend an. »Verstehst du das? Ich war verantwortlich.« Entschieden habe er sich natürlich nicht von einem Tag auf den andern, der Entschluss sei allmählich gereift. Aber ein halbes Jahr später seien Paula und er nach Schwant gezogen. Er habe seinem bisherigen Leben abgeschworen und versuche zu werden, was sein Vater gewesen sei: der Prediger der Gemeinschaft der Wahren Christen. Vor siebzehn Monaten sei sein Vater gestorben. Seine erste Amtshandlung als Amos sei die Abdankung gewesen. »Der Trauergottesdienst«, fügte er nach einer Pause hinzu.

Die dunkel gebeizte Täfelung, das helle Holz der Schwedenmöbel, die Gespenster seiner Jugendfreunde. Keller fröstelte. Paula, die seinen Blicken gefolgt war, bemerkte: »Ich bin noch nicht dazu gekommen, die Wände abzulaugen«, fuhr mit den Fingern vor den Mund und sah ihren Mann bestürzt an. Dieser schien sie nicht gehört zu haben. Die Standuhr – ähnlich der im Jordihof, das Gehäuse mit blassen Ornamenten bemalt – tickte zu seinem Schweigen.

»Ein schönes Stück«, sagte Keller und zeigte auf die Uhr. Am liebsten hätte er sich davongemacht. Aber er blieb und stellte seine Fragen.

»Natürlich bin ich das Oberhaupt der Wahren Christen, und vielleicht machen sie mich irgendwann auch zum Gemeindepräsidenten. Aber als Amos.« Zingg schlug die Hände an den Kopf. »Ich bin wie zerrissen, Peter. Der Josef, den du gekannt hast, ist hier ebenso fremd wie du.« Der Mord sei Sache der zuständigen Behörde, er habe keine Meinung dazu. Balsiger kenne er kaum, da er sich mit seinen Verwandten vom Jordihof schlecht verstehe. Ja, das Konfirmationsfoto seines Vaters habe er der Tante zum Achtzigsten geschenkt, aber das habe nichts geändert, sie halte ihn für unwürdig. »Und ich bin's. Du hast es ja gesehen, gestern, im Adler. Meinem Vater wären die Minderzwillinge wie die Lämmer gefolgt. Und ich – ich habe mich geprügelt.« Wenn seine Tante einen Josef erwähnt habe, dann habe sie nicht ihn gemeint – als Josef existiere er für sie gar nicht –, sondern seinen Vater. Als Keller fragte, was er von Eva Drechsel gehalten habe, antwortete er: »Von der Tochter der Schwantbadwirtin? Ich weiss es nicht.«

»Sie war eine Dirne«, sagte seine Frau.

»Paula, bitte, du kannst doch nicht …«

Sie unterbrach ihn. »War sie es oder nicht, Josef?«

»Ja, Paula, sie war's«, murmelte er und senkte den Kopf. Keller fiel der Spitzname ein, den Selma und er damals Paula insgeheim gegeben hatten: die »Keusche Susanna«, weil sie Selma anvertraut hatte, sie wolle unberührt heiraten.

Sie luden ihn ein, für die Dauer seines Aufenthalts bei ihnen zu wohnen. Er lehnte ab. Als er sich von Paula verabschiedete, flüsterte sie ihm zu: »Ich mache mir Sorgen um Josef. Hast du gesehen, wie er isst? Wie sein Vater. Oder die Geste mit seinen Fingern. Die hat er früher nie gemacht.«

Die von der Sonne versengte Holztür schloss sich hinter Keller. Das Schwantbachtal flimmerte in der Nachmittagshitze. Er schloss die Augen und versuchte, sich die Potsdamer Strasse in Berlin vorzustellen, den grauen Himmel, die grauen Fassaden, die grauen Gesichter, die Nutten, die fremde Sprache, und einen Moment lang war ihm wohl ums Herz. Aber der heisse, süssliche Wind riss ihm die Augen auf, das Tal lag wieder da: gelb, grün, satt.

Nach dem Mittagessen bei Zinggs fuhr Keller nach Zill, kaufte Wanderschuhe und den teuersten Wein, den er finden konnte, drei Flaschen Château Talbot, und nachdem er diese, geöffnet, am Boden unter dem

Fenster seines Zimmers im Adler aufgereiht hatte, begab er sich, die Wanderschuhe bereits an den Füssen, zur Gemeindekanzlei. Dort ging er mit Aebischer die Liste der Einwohner Schwants durch, liess sich auf der fünfundzwanzigtausender Karte zeigen, wo sie wohnten, und erhielt ein paar Auskünfte über sie. Im Adler bestellte er zwei Schinkenbrote, trug sie und ein leeres Glas auf sein Zimmer, setzte sich ans offene Fenster, ass die Brote zum Château Talbot. Als sie verzehrt waren, trank er weiter den duftenden Médoc und starrte aufs Land hinaus. Im Zeitraffer dunkelte der Tag weg, blühte Licht in den Fenstern am Hang gegenüber, verlosch. Bevor die dritte Flasche leer war, schlief er, den Nacken an der Rückenlehne, auf dem Stuhl ein.

Am andern Morgen die trügerische Leichtigkeit im Kopf, die Glieder schmerzten, der Tag zu hell. Aber er fing an. Einen nach dem andern suchte er sie auf, die Bewohner Schwants, auf ihren Höfen, in ihren Einfamilienhäusern, die Sektierer und die andern, kreuz und quer durchs Alphabet: die Aebersold, Bieri, Christeler, Dummermuth, Eggimann, Frauchiger, Gygax, Heiniger, Iseli, Jufer, Krähenbühl, Liniger, Münger, Nyffenegger, Oesch, Pfeuti, Ramseyer, Santschi, Trachsel, Utiger, Venner, Wüthrich, Zulliger. Jeden Morgen nach dem Frühstück plante er auf der Karte den Fussmarsch, bevor er aufbrach. Zehn

Tage lang erlief er das Tal. Schwant brannte sich in seine Sohlen.

Am Samstagabend gelangte er auf den Hof seiner Verwandten. Die Vettern zweiten Grades, Nathan und Peter Keller, hatten einander nichts zu sagen. Dieser wusste nichts von jenem; er kannte nur Grossonkel Melchisedeks Grab. Jener nicht einmal das von Grossonkel Aaron in Biel. Aber sie duzten sich, und Keller wurde zum Nachtessen eingeladen. Verstohlen, ängstlich musterten die drei Mädchen mit den blonden Zöpfen, der fast kahlgeschorene Junge, die fette Gattin den Gast. Es gab Pellkartoffeln, Käse und Milchkaffee, Nathan betete, auch Keller faltete die Hände.

Vom Sonntag an wussten alle, die er aufsuchte, wer er war und was er wollte, noch bevor er etwas gesagt hatte. Vom Montag an waren die meisten abweisend, ja feindselig. Am Dienstag fiel ihn auf dem Looslihof der Hund an, worauf er sich aus einer jungen Esche einen Knüppel zurechtschnitt. Mittags ass er jeweils im Restaurant des Hotels Schwantbad, abends in der Gaststube des Adlers, versuchte, mit den Gästen ins Gespräch zu kommen, fragte das Personal aus. Am Mittwoch bat ihn die Schwantbadwirtin Annette Zurkinden, nicht mehr ins Restaurant zu kommen – in der Bar bediente ihn Cora von Anfang an nicht –, und warnte ihn vor Meinrad Debrunner,

Coras Mann, und Alfons Camenzind, dem Kellner, mit denen er sich am letzten Donnerstag auf der Gartenterrasse geprügelt hatte; sie erwarteten in den nächsten Tagen den Besuch von Camenzinds Bruder und hätten vor, es ihm zu dritt heimzuzahlen. Am Abend tauchte Schulthess im Adler auf. Keller bringe mit seiner Fragerei die Leute gegen sich auf und es gebe in Schwant genug junge Hitzköpfe, die darauf brennten, ihren Missmut handgreiflich kundzutun; wenn er so weitermache, werde er, Schulthess, eingreifen müssen.

Am Donnerstag besuchte er die sieben Rentner der Gesellschaft der Freunde Schwants. Auch die alten Herren hatten ihn offensichtlich erwartet; sie waren wortreich, aber sagten nichts. Oberrichter Bitzius', Pfarrer Spörris, Steuerverwalter Schulthess' und Brigadier Pfeiffers Heime lagen am Hang neben dem Hotel Schwantbad und hatten wohl früher als Wochenendhäuser gedient. Vor Pfeiffers chaletartiger Scheusslichkeit ragte ein Mast auf, höher als das Gebäude; die rote Fahne mit dem weissen Kreuz hing müde im Wind. Notar Schwengeler und Doktor Breiten hausten in Villen am Bachufer. Zuhinterst im Tal wohnte Gymnasiallehrer Doktor Stockmann in einem umgebauten Bauernhaus; hier wurde Keller die Ehefrau vorgestellt: eine Greisin aus Porzellan, die auf dem zum Atelier umgestalteten Heuboden vor einer Staffelei stand. Am Abend fing er Jakob Jordi ab, als dieser die Milch zur Molkerei karrte, aber entlockte ihm nichts ausser der Drohung, wenn er nicht von sich aus verschwinde aus Schwant, werde man ihm Beine machen. Dreimal klopfte er an die Haustür in der mit Efeu bewachsenen Fassade der ehemaligen Dépendance des Hotels Schwantbad, um Reto Markwart, Maga Abbühl oder Uta Schwengeler zu sprechen, wurde aber nicht eingelassen. Am Freitagnachmittag fuhr er nach Zill. Aber Elias Schwengeler war nüchtern. Seine Hände zitterten nicht. Keine Schnapsfahne. Und keine Antworten auf Fragen, die den Mord, Otto und Verena Balsiger, die Jordis betrafen. Zum Hotel Schwantbad sagte er nur, was Keller bereits wusste: dass er von seinem Onkel die Verwaltung übernommen, die Dépendance seiner Tochter Uta vermietet und dass ihn die finanzielle Lage gezwungen habe, Frau Zurkinden mit der Bar freie Hand zu lassen. Schulthess, der Chef der Polizeiwache, war nicht da, und als Keller unter dem schmiedeeisernen Wirtshausschild des Restaurants Bären anlangte, war die Tür geschlossen: Wirtesonntag.

Am Nebentisch schlug das Mädchen im weissen Baumwollkleidchen auf seine Puppe ein und weinte. Die Mutter spie einen Wortschwall über den Tisch.

Der Vater hielt die Neue Zürcher Zeitung vors Gesicht. Die ersten Fremdarbeiter trafen ein, die Rentner sassen noch da, Reisende warteten auf den Zug, der sie übers Wochenende in die Welt hinausfahren würde. Es war heiss, die Luft stickig. Heute hallte das Buffet Zill vor Lärm. Halb sechs. Keller stiess mit Uta Schwengeler an, die er in der Genossenschaftlichen Reparaturwerkstätte angerufen und die sich mit ihm in der Bahnhofsgaststätte verabredet hatte, roch am Rotwein und trank. Bevor er zu seinen Fragen ansetzen konnte, sagte sie: »Als wir das letzte Mal hier waren … Was ich da versucht habe, war dumm.«

»Weshalb?«

»Ich wollte meinem Vater eins auswischen.« Als sie aus Deutschland zurückgekehrt sei, habe sie in Zill ein Haus gesucht und sich an ihren Vater gewandt. Dieser habe ihr die Dépendance angeboten und zu ihrer Verblüffung nichts dagegen eingewendet, dass dort eine Wohngemeinschaft entstehe. Zu spät habe sie sich zusammengereimt, worum es in Wahrheit ging: um ein Grundstücksgeschäft. Ihr Vater habe Amos Zingg zu verstehen gegeben, die Wohngemeinschaft werde wieder aus Schwant verschwinden, sobald dieser ihm das Grundstück verkaufe, um dessen Erwerb er sich schon lange vergeblich bemühe. Da für den alten Sektenprediger eine Wohngemeinschaft unverheirateter Frauen mit ihren

Kindern, zu der dann noch Männer, nicht die Väter, gestossen seien, der Inbegriff sündigen Lebenswandels gewesen sei, wäre der Verkauf vielleicht zustande gekommen, aber Zinggs Tod habe ihn vereitelt. »Übrigens sind mir erst beim Besuch seines Sohnes die Augen aufgegangen.«

»Josef ... Der neue Amos hat Sie besucht?«

»Uns. Die WG in der Dépendance. Vor ein paar Wochen. Er ist wohl der Einzige in Schwant, der nicht voreingenommen ist gegen uns.« Seit offensichtlich sei, dass sich der junge Zingg nicht unter Druck setzen lasse, dränge sie ihr Vater, die Wohngemeinschaft aufzulösen. Vorletzten Mittwoch beim Mittagessen im Bären habe er ihr mitgeteilt, er werde den Mietvertrag kündigen. In ihrer Wut habe sie darauf ihn, Keller, dazu bringen wollen, in Schwant herumzuschnüffeln. »Wenn mein Vater ein Grundstücksgeschäft plant, ist bestimmt etwas faul daran. Das, hoffte ich, würden Sie aufdecken. Doch was hätte Otto davon? Sie sind hier, um Otto zu helfen, nicht um meinen Vater blosszustellen.«

»Und wenn Ihr Vater Otto vor sechs Jahren zum Geständnis verleitet hat, um den wahren Täter zu decken?«

»Das glaube ich nicht. Mein Vater ist Notar. Rechtsanwalt ist er nur dem Titel nach. Er übernahm damals Ottos Verteidigung, weil ihn seine Schwiegermutter, die alte Jordi, und seine Frau, meine Stiefmutter, dazu überredeten. Wenn er Otto schlecht beraten hat, war das schiere Unfähigkeit.«

Keller riss die glänzende gelbbraune Packung an und drückte einen Stumpen heraus. »Möchten *Sie* Otto nicht helfen?«

Uta schwieg, streichelte mit dem rechten Zeigefinger die linke Hand. Ihre Augenlider, glitzernd vor Silberstaub, zitterten kaum merklich. Keller betrachtete unwillkürlich die eigene Hand und stellte sich vor, Utas Fingerkuppe fahre seiner Lebenslinie nach, klemmte das Zigarrenende zwischen die Lippen, zog die Löwe BC ganz aus der Packung, zündete sie an und stiess den Rauch aus. »Ich möchte nur eines, Herr Keller.« Uta hob den Kopf. »Wieder weg von hier. Seit drei Jahren bin ich zurück, und bereits fühle ich mich wie damals, mit sechzehn, als ich ausriss, nach München, zur Grossmutter: am Ersticken.«

Dieses harte Gesicht – er blies den Rauch über den Tisch, er umkringelte ihr krauses Haar, und es wurde verlockend. »Eva Drechsel war Ihre Freundin?«

»Freundin? Nein.« Unvermittelt lachte sie. »Möglicherweise hielt sie mich für ihre Komplizin.«

»Komplizin?«

»Ihres Aufbegehrens. Auch sie war am Ersticken. Und trotz allem ... Sie war so lebendig. Ein Kobold.« Die Drechsels – so habe damals Frau Zurkinden geheissen – seien in Zill ihre Nachbarn gewesen. Sie selbst sei noch zur Schule gegangen. In ihrer Freizeit habe sie oft auf die kleine Eva aufgepasst. Als sie Zill verlassen habe, sei Eva knapp siebenjährig gewesen. Und dann, kaum hätten sie ein paar Wochen in der Dépendance gewohnt, sei eines Abends ein Mädchen vor der Tür gestanden: Eva, mittlerweile fast sechzehn. Schon bald sei sie bei ihnen ein und aus gegangen, als sei sie in der Wohngemeinschaft zu Hause.

»Tobler, der Bärenwirt, meint, sie sei ein Luder gewesen.«

»Tobler ist ein Schwein. Wissen Sie, dass er früher Polizist war?«

»Ja. Auch Frau Zurkinden, ihre Mutter, sagt …«

Uta unterbrach ihn. »Die und ihr Traum vom eigenen Hotel! Sie hofft, das Hotel Schwantbad zu erwerben. Deshalb hat sie ihre Halbschwester hergeholt, die Debrunner, und sie die Bar aufmachen lassen. Sie tut, als wüsste sie nicht, was dort vorgeht. Aber sie kassiert. Und deshalb geht sie mit meinem Vater ins Bett.« Als Keller Uta verwundert ansah, bekräftigte sie: »Sie ist seine Freundin. Ihretwegen hat er meine Stiefmutter verlassen, und das ist das Gute daran. Aber Eva teilte den Traum ihrer Mutter nicht. Wie sollte sie auch? Sie hatte nur einen: wegzukommen aus Schwant.«

»Auch Ihr Traum.«

»Ja. Auch der meine. Und ich werde es schaffen. Zum zweiten Mal. Im Gegensatz zu Eva. Zwei Jahre noch, bis sie den Beruf von der Pike auf gelernt habe, hat ihre Mutter sie immer vertröstet. Dann werde sie die Hotelfachschule besuchen. Als ob für ein siebzehnjähriges Mädchen zwei Jahre nicht die Ewigkeit wären! Wut, Selbstmitleid, Sehnsucht, Träume – sie erinnerte mich an mich selbst, wie ich war, vor zwölf Jahren.«

»Was war los zwischen Otto und ihr?«

»Sie wollte, und er wollte nicht.«

»*Sie* wollte mit *ihm* ins Bett?«, fragte Keller ungläubig.

»Zumindest hinter einen Busch.« Uta grinste. Die goldenen Sprenkel in ihren grauen Augen funkelten. »Das verschlägt Ihnen die Sprache. Wie den anderen. *Die* wollten alle. Doch bei denen wollte *sie* nicht. Deshalb mussten sie's im Adler andersrum verstehen, als Otto prahlte im Suff. Denn *das* konnten sie sich vorstellen, dass er wollte und sie nicht. Ich weiss es aber von ihr. Deswegen glaubte ich nicht, dass er sie umgebracht hat.«

»Glaubte? Jetzt nicht mehr?«

»Ich weiss es nicht. In Schwant …« Sie liess den Satz in der Schwebe. Er bestellte eine neue Karaffe Wein. Bevor er weiter fragen konnte, gesellte sich Servando, der Spanier, mit dem er vorletzten Mittwoch den Krieg der Sterne ausgefochten hatte, an ihren Tisch. Bald sassen sie auf der Wandbank in einer Runde von Fremdarbeitern. Er radebrechte mit dem Nachbarn zu seiner Linken, sie unterhielt sich, in fliessendem Spanisch, wie ihm schien, mit dem zu ihrer Rechten. Das Du, das sich zwischen ihr und den Spaniern wie von selbst einstellte, übertrug sich auf ihn; plötzlich duzte sie ihn und redete ihn mit »Peter« an, wenn sie ihm eine Bemerkung zuwarf. Die Geräusche, die Stimmen, Wein, Rauch und ihre Nähe – das Buffet Zill roch nach Heimat.

Sie bat ihn, sie nach Schwant mitzunehmen, da sie am Morgen mit dem Bus zur Arbeit gefahren sei. Auf der letzten Ausweichstelle der Schluchtstrasse hielt er an, um zu pissen. Als er wieder im Auto sass, sagte er: »Vielleicht hat Reto Markwart Eva umgebracht.«

»Unsinn.«

»Aber er war verliebt in sie?«

»Er und andere.«

»Wie die Bildhauerin Maga Abbühl?«

»Ja. Sie auch.« Vollmond. In seinem Licht schienen ihre Augen Löcher.

»Und du, Uta?«, fragte er. Sie wandte sich ab. Ihr Haar duftete. Er streckte den Kopf vor ihr Gesicht, die Lippen zum Küssen geschürzt. Ihr Mund blieb hart, und er zuckte zurück. Die Stille zwischen ihnen knisterte. »Bist du lesbisch?«

»Du bist ein Arsch, Keller. Wie die in Schwant«, stiess sie hervor und schlüpfte aus dem Auto. Durch die offene Tür hörte er das Rauschen des Winds und des Bachs und eine Weile noch ihre Schritte auf dem Asphalt. Zwischen den Tannen, in der Tiefe sichtbar, das Schluchtgespenst: schäumendes Wasser.

»Diesmal treiben Sie es zu weit, Keller.« Schulthess trank seinen Kognak aus und stand auf. »Ich selbst habe Ihren Koffer gepackt. Kommen Sie.«

Keller blieb sitzen. »Werde ich verhaftet?«

»Verhaftet? Ich habe Ihnen ein neues Zimmer besorgt. In Zill. Im Hotel Schwantbad will man Sie nicht.«

Als Keller im Adler angelangt war und sich angeschickt hatte, auf sein Zimmer zu gehen, hatte ihm Elsa, die Kellnerin, am Fuss der Treppe stehend, zugerufen, jemand warte in der Gaststube auf ihn. Dort hatte hinter dem Stammtisch Schulthess gesessen. Keller musterte das glatte Polizistengesicht. »Warum?«

»Als ob Sie's nicht wüssten! Bereits bei Ihrer Ankunft, vorletzten Dienstag, hat man Sie darauf aufmerksam gemacht, dass der Gasthof ab heute ausgebucht ist. Gestern Abend und heute Morgen hat man Sie daran erinnert, dass Sie ausziehen müssen. Sie haben es ignoriert. Deshalb hat der Wirt mich um Hilfe gebeten.«

»*Ihre* Lügengeschichte natürlich, Schulthess. Aber der Wirt wird sie bestätigen. Und das will ich hören.« Der weisse Fleck im Halbdunkel hinter der Theke rührte sich nicht.

»Nun, Siegenthaler«, rief Schulthess, »wusste Herr Keller Bescheid?«

Der Wirt löste die weisse Schürze, schlurfte ins Licht und erklärte, die Augen auf Schulthess gerichtet: »Ganz bestimmt.«

Keller erhob sich, sagte: »Ich muss telefonieren«, und trat in den Korridor hinaus, wo sich die Fernsprechzelle befand. Als er zurückkehrte, fragte er: »Wo werde ich einquartiert in Zill?«

»Im Bären.«

»Bei Tobler.« Keller lachte. »Ihr Vorgänger steckt also unter einer Decke mit Ihnen. Grüssen Sie ihn von mir.« Er ergriff den Koffer. »Ich bleibe in Schwant. Sie erreichen mich bei Josef Zingg, dem Amos der Wahren Christen.«

6

Das Geräusch eines Lastwagens in der Ferne, aufklingend und verstummend, das Zirpen der Grillen, Vogelrufe, hörbar durch den Spalt des Oberlichts. Das Damasttischtuch, das Porzellan mit den Goldrändern, das Silberbesteck, die Kristallgläser, die Flammen der drei von der Hitze verbogenen Kerzen im Armleuchter matt im weichen Licht des Juliabends, das durch die Gardinen fiel. Ihre Lippen, blassrot angemalt, glänzten feucht. Das Haar offen; die Schultern bloss, weiss, eckig; fahle Strähnen in den Achselhöhlen. Der Leib hing ungelenk im dunkelblauen Kleid, als sie den Spargel und die Schinkenröllchen auftrug. Er nahm die Flasche aus dem Eiskübel, zog den Korken heraus und goss ein. Paula Zingg hob das Glas und stiess mit Keller an. Während sie Bissen um Bissen in den Mund schoben und Schluck um Schluck tranken, sie erwartungsvoll schwieg und er vorgab, es munde ihm, obwohl der Spargel aus der Dose, die Schinkenscheiben aus dem Plastikbeutel, die Mayonnaise aus der Tube kamen und der Weisswein lieblich statt trocken war, betrachtete er sie fasziniert. Ihre Züge hatten den Ausdruck auf dem Porträt angenommen: bitter und lüstern. Er fühlte ein Prickeln in den Lenden. Montagabend. Der vierzehnte Tag in Schwant.

Am Freitagabend war er kurz vor Mitternacht bei Zingg eingezogen und am andern Tag einmal mehr zu Fuss von Haus zu Haus gegangen, um seine Fragen zu stellen. Als er am Samstagabend bei Sonnenuntergang am Fenster seines neuen Zimmers stand und über die im schwachen Wind schwankenden Ähren auf der Kuppe in die Mulde mit dem Hügelchen hinunterblickte, wurde ihm bewusst, dass es Zinggs Haus war, das er vor neun Tagen von der Bank bei der Linde, dem mutmasslichen Tatort, aus gesehen hatte. Er drehte sich um und bemerkte das Bild an der Wand über dem Kopfende des Betts. Bei seiner Ankunft gestern hatte es noch nicht da gehangen. Das Porträt, zu dem ihm Paula vor neunzehn Jahren Modell gestanden und das er ihr und Josef zur Verlobung geschenkt hatte. Damals, als er sie das Bild, noch auf der Staffelei, zum ersten Mal hatte sehen lassen, hatte sie es lange angeschaut und schliesslich gesagt: »Wie eine fremde Frau mit meinem Gesicht.« Sie musste es während seiner Abwesenheit hingehängt haben.

Keine Kirchenkühle. Die Holzkapelle knackte in der Julihitze. Andächtige Düsternis. Sonntagvormittag. Schweiss auf der blassen Stirn, trat Josef Zingg auf der schmucklosen Kanzel von einem Fuss auf den andern, ein gequälter Riese in Schwarz. »... weil des Herrn Anwesenheit das seelische Klima in Kapernaum reinigt und die Menschen aus ihrer Ich-Verkrampfung löst.« Zu eckigen Gesten rang er sich die spröden Sätze der Predigt ab. Bank um Bank aufgereiht in steinerner Demut die Gesichter der Wahren Christen. Die Kapelle roch nach ihren Leibern, nach Bohnerwachs und Kampfer. In den Pausen raschelten die Kleider. Ein einziger Sonnenstrahl durchschnitt den dämmerigen Raum. In seinem Licht funkelte das Silber des Kelchs und der Kanne auf dem mit einem weissen Tuch verhüllten Tisch vor der Kanzel. Dort lag auch, unter der Damastserviette, das Tablett, auf das Paula in der Küche die zu Würfeln geschnittene Krume eines Kastenbrots gestapelt hatte, während Josef, ab und zu von einem Blick seiner Frau getroffen, die Rinde in den Milchkaffee eingebrockt und in den Mund gelöffelt hatte. Keller hatte sich beim Frühstück zu dritt mit schwarzem Kaffee begnügt, dann auf der fünfundzwanzigtausender Landkarte den zweitletzten Fussmarsch geplant und sich aufgemacht. Aber als er an der Gemeindekanzlei vorbeigekommen war, hatte ihm der Wind den Gesang aus der Kapelle auf dem Hügel zugeweht, und er hatte sich hineingeschlichen und auf der hintersten Bank neben der Eingangstür niedergelassen.

»Glauben im qualifizierten Sinn heisst also glauben, dass Gott Mensch geworden ist«, schloss Zingg und wischte mit dem Taschentuch den Schweiss von der Stirn. Die Wahren Christen standen auf und senkten die Köpfe. Die Stille wuchs, Josefs Gesicht glättete sich, erstarrte in der heiteren Traurigkeit des Amos. Er zog, den Goldschnitt spaltend, am gelben Leseband der wuchtigen Bibel, öffnete sie, richtete sich auf und las; die Stimme füllte die Kapelle. »Die Söhne Elis aber waren böse und fragten nicht nach dem Herrn.« Er griff nach dem roten Leseband und schlug eine andere Stelle auf. »Da aber Samuel alt ward, setzte er seine Söhne zu Richtern ein. Aber sie wandelten nicht auf *Seinem* Wege.« Er hob die Augen und sah über die Sektierer hinweg. »Der Amos ist das Gefäss *Seines* Wortes. Des Herrn Wort aber ist heilig, das Gefäss jedoch sündiges Fleisch.« Er fasste nach dem grünen Leseband. »Aber *Er* ist um des Amos Missetat willen verwundet und um des Amos Sünden willen zerschlagen. Die Strafe liegt auf *Ihm,* auf dass der Amos Frieden hätte, und durch *Seine* Wunden ist der Amos geheilt.« Er beugte sich, die Augen geschlossen, die Hände auf der Bibel gefaltet, in den Sonnenstrahl. Das straff zurückgekämmte, halblange rote Haar leuchtete, das Vaterunser fuhr aus seinem Mund, Fliegen taumelten im Atem der Beter, die es nachraunten.

Als sich die Amositer wieder gesetzt hatten, erklang das Harmonium. Keller nahm die Landkarte aus der Jackentasche und studierte seine Route. Gesang flackerte auf und verstummte. Er schaute auf. Zingg stand vor dem Abendmahlstisch. »Der Mensch prüfe aber sich selbst, und also esse er von diesem Brot und trinke von diesem Kelch.« Er zog die Serviette vom Tablett, goss Wein aus der Kanne in den Kelch. »Denn welcher unwürdig esset und trinket, der esset und trinket sich selber zum Gericht.« Die Köpfe der Sektierer drehten sich um, ihre Augen starrten Keller an, er stahl sich davon. Erst als er draussen war, wurde ihm bewusst: Er hatte die vor ihrem Prediger aufgereihte Gemeinde wahrgenommen – nicht, wo Paula Zingg, wo Verena Balsiger, wo die Jordis gesessen hatten.

Er schaute durch das offene Esszimmerfenster auf das Land hinaus, das er vor zwölf Tagen zum ersten Mal erblickt hatte, als er, den Koffer in der Hand, auf der staubigen Schotterstrasse aus dem Brandeggwald gekommen war. Es hatte sich nicht verändert: grün- und gelbgescheckte Hügel, bewaldete Runsen, an die Hänge geschmiegte Bauernhöfe, auf den Kuppen Linden. Aber er sah es anders; neun Tage lang hatte er das verdammte Tal erwandert – und wozu? Angewidert wandte er sich ab, nahm ein Salamibrot von der Platte auf dem Tisch und biss hinein. Weisses Kastenbrot. Sonntagabend, halb acht.

Als Keller mit der Rechten nach der Literflasche griff und Wein in das Glas goss, das er in der Linken hielt, ging die Tür auf. Zingg, in Hemdsärmeln, verharrte auf der Schwelle, starrte die Flasche in Kellers Hand an und stiess kreidebleich hervor: »Vaters Abendmahlswein!«

»Einen andern habe ich nicht gefunden.« Keller trank einen Schluck. »Ein zweifelhafter Beaujolais.« Er reichte Zingg, der herangekommen war, den Zettel, der auf dem Kopfkissen seines Betts gelegen hatte, als er vom Fussmarsch zurückgekehrt war: *Peter, ich besuche meine Mutter in Lyss und bin erst morgen wieder in Schwant. Josef ist kaum vor sieben da. Die Schinken- und Salamibrote sollten euch Männer bis Montag durchfüttern. Der Wein liegt im Keller. Fühl Dich wie zu Hause. Deine Paula.*

Zinggs Miene verfinsterte sich. Er zerknüllte den Zettel, schleuderte ihn in eine Ecke, errötete, als er Kellers Blick auffing, und drehte sich weg, dem Fenster zu. Hinter seinem Rücken umklammerte die rechte Hand das Gelenk der linken, und diese öffnete und schloss sich zuckend. »Ja, ja«, sagte er laut – und zornig, wie Keller schien –, »bei ihrer Mutter!«

Keller leerte langsam sein Glas. Zingg schwieg. Doch plötzlich wandte er sich um und setzte sich an den Tisch. »Entschuldige. Eine Jugenderinnerung.« Als Sechzehnjähriger habe er heimlich eine Flasche Abendmahlswein aufgemacht, davon gekostet, den Rest im Sandboden des Gemüsekellers versickern lassen. Sein Vater habe nichts gemerkt. Aber wochenlang habe er in der Angst gelebt, Gott habe seinen Frevel gesehen und die Strafe dafür werde ihn treffen. »Meine erste Auflehnung gegen den Vater«, behauptete er und fügte nach einer Pause leise hinzu: »Und gegen Gott.« Er packte die Flasche, hielt sie hoch, lachte gezwungen, rief: »Die Strafe hat mich nicht getroffen«, setzte die Mündung an die Lippen und trank – zu hastig: Der Wein quoll ihm aus den Mundwinkeln und malte rote Flecken auf das weisse Hemd. Er stellte die Flasche zurück, wischte mit der Hand das Kinn ab und fragte: »Glaubst du an Gott, Peter?«

»So kannst du nicht trinken.« Keller stand auf, holte ein zweites Glas aus der Küche, schenkte es voll, reichte es Zingg und sagte, bevor dieser seine Frage wiederholte: »Warum wollte Schwengeler den Verkauf von Land erpressen? Mit der Wohngemeinschaft in der ehemaligen Dépendance des Hotels Schwantbad?«

»Für die sieben alten Herren, die Gesellschaft der Freunde Schwants, und ihre Clique in Zill.« Zingg zuckte die Schultern. »Oder für Aebischer und seine Leute hier. Die versuchen das schon lange.«

»Euch zu erpressen?«

»Das Land zu kaufen.«

»Warum?«

Es liege an den besonderen Verhältnissen in Schwant, erklärte Zingg. Bei kantonalen Wahlen sei es wie anderswo auf dem Land. Die grosse Mehrheit trete für die SVP, die Schweizerische Volkspartei, ein, die ehemalige Bauern-, Gewerbe- und Bürgerpartei, der Rest für die Freisinnigen, die FDP. »Nur fünf haben hier beim letzten Mal sozialdemokratisch gewählt, darunter ich. Ich bin zwar nicht mehr in der Partei, und wenn jemand wüsste ...« Keller unterbrach ihn, gab vor, er müsse austreten, und verschwand im Badezimmer. Dort musterte er sein Spiegelbild. Nicht nur Grenadier war er damals geworden wegen seines Jugendfreundes Josef, sondern auch Sozialdemokrat. Er hielt das Gesicht unter den Hahn, der kalte Wasserstrahl spülte die Erinnerung weg. In dem Augenblick, da er zurückkehrte, goss sich Zingg, an einem Schinkenbrot kauend, eben Beaujolais nach. Als wolle er sich selbst ermuntern, hob er das Glas, betrachtete den Wein, sagte: »Zum ersten Mal seit mehr als zwei Jahren«, trank und fuhr mit seinen Erläuterungen fort. In der Gemeinde sei die Situation früher ebenso gewesen. Die Wahren Christen seien politisch nicht in Erscheinung getreten. Sein Vater habe das geändert, sich zum Gemeinderat und darauf zum Gemeindepräsidenten wählen lassen – besessen von der Furcht, das, was in den fünfziger und sechziger Jahren als Fortschritt gegolten habe, dringe auch nach Schwant und bringe weltlichen, städtischen Geist mit sich, der für ihn des Teufels gewesen sei. Bestärkt habe ihn in dieser Haltung bestimmt auch ungewollt er selbst, Josef, der in seines Vaters Augen in der Stadt, in Biel, gottlos und zudem ein Roter geworden sei. Der alte Amos habe sich jedem Versuch, einen Zonenplan auszuarbeiten, Tourismus und Industrie ins Tal zu locken, widersetzt, habe schliesslich, als der Kanton die Gemeinde zu jenem gezwungen habe, mit einem gerissenen Schachzug seine Widersacher mattgesetzt. Sowohl die sieben alten Herren der Gesellschaft der Freunde Schwants, die im Laufe der Jahre noch einige an die Liegenschaft des Hotels Schwantbad angrenzende Grundstücke erworben hätten, als auch Aebischer und seine Gesinnungsgenossen hätten alles darangesetzt, ihren Besitz in die Bau- und Industriezone zu bekommen. Da aber der Zonenplan bei der Gemeindeabstimmung nur mit den Stimmen der Wahren Christen durchzubringen gewesen sei, hätten sie seinen Vater mit dem Vorschlag zu ködern versucht, das Land, das ihm, als Privatmann, nicht als Sektenoberhaupt, gehört habe, auch einzuzonen, und er sei darauf eingegangen. Ihr Frohlocken darüber, dass selbst der alte Heilige nicht gegen Geldgier gefeit sei, habe sich bald ins Gegenteil verkehrt. Zu spät sei ihnen bewusst geworden, dass Zinggs Land das Kernstück bildete, ohne das die übrigen Parzellen schlecht oder überhaupt nicht erschliessbar waren – es sei denn, der Zonenplan werde geändert, was gegen den Willen der Amositer unmöglich sei –, und sein Vater habe sich geweigert zu verkaufen, zu welchem Preis, an wen auch immer. Seither hätten sie versucht, ihn unter Druck zu setzen. Es sei der Gesellschaft sogar gelungen, das Eidgenössische Militärdepartement vorzuschieben. Brigadier Pfeiffers Werk wahrscheinlich. Es sei um den Bau einer Kaserne gegangen. Jedenfalls habe das EMD ein Angebot gemacht und zu verstehen gegeben, wenn sein Vater nicht verkaufe, könnte es zur Enteignung kommen. Offensichtlich eine leere Drohung, denn seit einigen Jahren werde nicht einmal mehr im Hotel Schwantbad Militär einquartiert.

Zingg erhob sich, um im Keller Wein zu holen. Als er wieder in der Tür auftauchte, in jeder Hand eine Flasche, stellte er diese plötzlich auf den Boden, sprang ins Zimmer hinein, machte einen Ausfallschritt und rief: »Greif an!« Keller sah verblüfft auf, begriff, zögerte einen Augenblick und schnellte vor. Ein paar Finten, Hiebe, Griffe. Zingg parierte perfekt.

Sie standen einander gegenüber, keuchten gleichzeitig: »Wie in alten Zeiten«, brachen in Gelächter aus, warfen sich die Arme um die Schultern und schlugen einander mit der flachen Hand auf den Rücken. Wie zwei Bären, die sich küssen, fuhr es Keller durch den Kopf, und der Schweissgeruch des Jugendfreunds stach ihm in die Nase. Zinggs Augen leuchteten. Er ergriff eine Flasche, öffnete sie, schenkte ein. Sie stiessen an und setzten sich.

»Früher war ich an zwei Abenden in der Woche in Bern. Zum Training. Von Thun aus. Am Anfang auch noch manchmal von hier aus. Aber in letzter Zeit ... Paula dagegen ...« Unvermittelt flüsterte Zingg. »Sie geht einfach, wenn die Lust sie überfällt.«

»Mach's wie sie.«

Zingg stiess hervor: »Wer so schamlos wie sie ...«, und verstummte.

»Was ist los mit dir und Paula?«, fragte Keller.

Statt zu antworten, steckte Zingg den Zeigefinger in den Wein, führte ihn zum Mund, leckte mit der Zunge den Tropfen von der Kuppe. Jäh verliess er das Zimmer, kehrte aber kurz darauf zurück, unter dem Arm das Brett, in der Hand den blauen Plastikbeutel – und den hielt er wie vor sechzehn Jahren: an den Tragschlaufen vom kleinen Finger baumelnd. »Ich habe sie noch, Peter«, sagte er mit einem Jungenlächeln.

Keller, ein flaues Gefühl im Magen, bleckte die Zähne. »Die Wurfpfeile.«

Zingg, gefolgt von Keller, der ihre Gläser mitbrachte, trat in den Flur hinaus, lehnte das Brett mit der Zielscheibe an die Eingangstür, zog die Pfeile aus dem Beutel und verteilte sie. »Fast jeden Sonntagvormittag. Erinnerst du dich?«

Keller zielte und warf den ersten Pfeil. »Die spöttische Bemerkung, die du dir nie verkneifen konntest, wenn die Glocken der Stadtkirche zur Predigt läuteten.« Zingg, das Gesicht wieder alt, trank sein Glas in einem Zug aus. Sie spielten, bis die zweite Flasche Beaujolais leer war.

»Das mit der Bar im Hotel Schwantbad ...«, begann Zingg, als sie sich, erneut am Tisch, an die dritte Flasche machten, und verbesserte laut, als prüfe er, ob er das Wort über die Lippen bringe: »Dem Puff. Das ist auch ein Erpressungsversuch.« Keller zündete eine Löwe BC an. Zingg bat auch um eine, hielt die Zigarre mit spitzen Fingern, paffte. »Die haben längst ihre Pläne. Weniger Industrie als Wintersport: Skilifte, Sesselbahnen. Sie warten nur darauf, dass Vaters Mehrheit abbröckelt.« Er stand auf, trat ans Fenster. Über seiner Schulter sah Keller in der Dunkelheit ein Licht am Hang auf der andern Talseite blinken. Zingg blies den Rauch gegen die Scheibengardinen. »Dabei wollte ich es auch, Schwant ins zwanzigste Jahrhundert holen. Die Wahren Christen sollten ihre Antennen aufs Dach setzen dürfen wie die andern. Die Jüngeren haben sie ja, aber auf dem Heuboden versteckt. Alle wissen es, dass sie Fernseher haben. Ausser meinem Vater.« Mit einem Ruck zog er die Vorhänge zu, kam zum Tisch zurück, legte den angerauchten Stumpen in den Aschenbecher, packte die Flasche – trotz der kurzen Finger verschwand sie fast in seiner Faust –, goss Kellers Glas so voll, dass es überschwappte, füllte das seine. In der Linken die Flasche, in der Rechten das Glas, trank er und schilderte, die Silben immer stärker verschleifend, wie er sich vorgenommen habe, die Amositer aus ihrer sektiererischen Verbohrtheit zu führen, einem freieren Christentum zu. Keller liess seine Augen durch das Zimmer schweifen, in dem Zingg umherirrte. Nicht ein Bild an den dunklen, getäfelten Wänden. Die Ikeamöbel standen herum wie Attrappen. Er schloss die Augen und versuchte, sich das Odéon in Biel vorzustellen. Aber die vertrauten Geräusche – das Zischen der Kaffeemaschine, das Klirren der Gläser und Tassen, das Scheppern der Löffel, die französischen und deutschen Gesprächsfetzen, die in französischer Sprache zum Ausschank gerufenen Bestellungen – erstickten an der fremden Predigerstimme. Zingg hielt erst inne, als die Flasche leer war. Er hob sie vor die Augen, schüttelte sie und ging unsicheren Schritts hinaus, um eine neue zu holen.

Auf dem Rückweg fing ihn Keller vor der Tür ab. »Ist Otto dein Halbbruder?«

Einen Moment lang dachte Keller, Zingg werde sich auf ihn stürzen, aber er presste nur hervor:

»Verena und mein Vater? Diese Lästermäuler!«, und wollte die Schwelle überqueren. Keller schlug vor, noch ein Spiel zu machen. Sie blieben im Flur und tranken und warfen.

Keller, einen Pfeil wurfbereit in der Hand, wartete, dass Zingg, der eben die seinen aus der Zielscheibe zog, beiseitetrat. Doch dieser stellte sich vor ihn hin und fragte: »Glaubst du an Gott?«

Keller murmelte: »Ich habe noch Hunger«, und ging auf das Esszimmer zu.

Zingg hielt ihn am Ellbogen zurück und wiederholte: »Glaubst du an Gott?«

»Wieso?«, erwiderte Keller heftig und entwand sich dem Griff. »Möchtest du wissen, ob du selbst an einen glaubst?«

»Die Menschen brauchen Gott. Deshalb ist es notwendig, dass ich an ihn glaube. Die Frage nach seiner objektiven Existenz ist unwesentlich.« Die auswendig gelernten Behauptungen klangen wie Fragen. Zingg wiegte bedenklich den Kopf. »Alles war so klar, bevor ich nach Schwant zog.« Er bemerkte die Wurfpfeile, die seine Linke noch umklammerte, öffnete die Finger und liess sie fallen. »Weisst du, dass sie jetzt versuchen, mich zu erpressen? Den Erben. Dabei fühle ich mich gar nicht als das, sondern …« Er senkte die Lider, horchte in sich hinein und schaute plötzlich Keller in die Augen. Ein gequälter, nackter Blick, der Keller bannte. »… sondern wie besessen«, vollendete Zingg den Satz, fügte nach kurzem Zögern mit einem zweifelnden Unterton hinzu: »Von meinem Vater.« Seine Faust schloss sich um das leere Glas, das auf dem Telefontischchen stand. Keller griff nach der Flasche, um Zingg einzuschenken, aber dessen Hand zuckte zurück, und der Wein spritzte auf den Läufer.

Zingg stellte das Glas auf das Fernsprechverzeichnis, zerrte Keller am Arm durch den Flur zur Tür am andern Ende, machte sie auf, schob ihn in den Raum hinein, der im Dunkeln lag, und wisperte: »Vaters Studierzimmer.« Ein Schalter klickte, und Keller fand sich, in der Linken noch die Flasche, in der Rechten den Wurfpfeil, vor einem Eichenschreibtisch wieder, auf dessen beiden Seiten in Regalen Bücher aufgereiht waren, in Leinen und Leder gebunden, die Rücken mit goldenen Frakturbuchstaben beschriftet. Er drehte den grünen Schirm der Bürolampe und richtete den Lichtschein auf das Bild, das an der Wand über dem Schreibtisch hing: Bellinis Christus, die Dornenkrone auf dem Kopf, eine vergilbende Reproduktion in einem Glasrahmen. Er setzte die Flasche an und trank, als Zingg hinter ihm sagte: »Ich bin ein Mörder.« Keller fuhr herum und besprühte ihn unwillkürlich mit Wein. »Ich habe meinen Bruder getötet. Ich sass am Steuer damals in der

Schlucht.« Wieder der gequälte, nackte Blick. »Und als ich es meinem Vater gestand, hielt er es für eine Fügung, für Gottes Fingerzeig, dass ich zum Amos bestimmt war.« Keller wurde bewusst, dass Zingg nicht ihn ansah, sondern über seine Schulter hinweg den Christuskopf hinter ihm. Zingg nickte. »Ich bin schuldig, weil ich meinem Vater nicht entkam.« Keller trat neben ihn und reichte ihm die Flasche. Zingg nahm sie automatisch, aber hob sie nicht an die Lippen. »Wenn aber meine Schuld darin liegt, dass ich je in seiner Gewalt war?«, fragte er das Bild und gab sich selbst die Antwort: »Dann bin ich verloren.« Seine Augen glühten. Keller holte mit der Rechten aus und schleuderte den Pfeil mit aller Kraft nach der Reproduktion. Glas knirschte, die Flasche polterte, Zingg schlug beide Hände vors Gesicht. Der Wurfpfeil steckte mitten in Christi Stirn. Um die Wunde herum fächerten die Risse aus im Glas. Keller packte die Flasche, kippte den Wein, den sie noch enthielt, in sich hinein und warf sie weg. Zingg kauerte am Boden, die Hände noch vor den Augen, ein gefällter Goliath.

Annette Zurkinden schüttelte ihr Haar über die Rückenlehne des Stuhls. Schwengelers fette Finger fassten nach ihrer Hand, aber sie entzog sie ihm. Tobler grinste. Keller sagte: »Ich dachte, du hättest etwas gegen die im Puff, Tobler«, und ihre Köpfe fuhren herum.

»Nicht gegen Annette«, erwiderte Tobler. Frau Zurkinden schnaubte verächtlich. »Setz dich.« Tobler wies auf einen Stuhl. »Ich mag mir nicht den Hals verrenken.« Keller, der nach Zill gefahren war, um Tobler aufzusuchen, von der Tür aus die drei am runden Tisch neben dem Ausschank erblickt und sich unbemerkt genähert hatte, liess sich nieder. Montagvormittag, kurz nach neun. Das Restaurant Bären war kühl, fast leer, das Licht gedämpft.

»Haben Sie den Adlerwirt dazu gebracht, mich hinauszuschmeissen?«, fragte Keller Schwengeler.

»Nein«, entgegnete dieser und fügte hinzu: »Aber auch im Hotel Schwantbad wären Sie nicht untergekommen. Auf Anweisung der Eigentümer.«

»Der sieben alten Herren?« Keller, den Zeigefinger auf Schwengeler gerichtet, sah Frau Zurkinden an. »Behauptet *er* das? Oder wissen Sie es von ihnen?«

»Herr Schwengeler senior hat mich angerufen«, antwortete sie.

»Mein Onkel«, erklärte Schwengeler.

»Vier Gravensteiner«, rief Tobler zur Theke.

Frau Zurkinden wehrte ab. »Nicht für uns.« Wieder griff Schwengeler nach ihrer Hand, und sie gab sie zögernd her, ein paar Augenblicke lang.

Keller wandte sich an Tobler. »Du steckst mit drin. Bei dir wollte mich Schulthess unterbringen.«

»Begreifen Sie's noch immer nicht?« Frau Zurkindens grüne Augen ruhten auf Keller. »Mich und meine Angestellten zu drangsalieren. Was soll das dem armen Teufel helfen, der Eva …«

Tobler unterbrach sie. »Dem armen Teufel? Balsiger hat deine Tochter ermordet!«

Schwengeler schaute Tobler halb entschuldigend, halb herausfordernd an. »Ich war dagegen hierherzukommen.«

Frau Zurkindens Blick war nicht von Keller gewichen. »Er hat Sie nur benutzt, um es mir heimzuzahlen. Deshalb hat er Ihren Verdacht auf uns im Hotel Schwantbad gelenkt.«

Schwengeler stand auf und zerrte an ihrem Arm. »Annette, wir gehen jetzt.«

Widerstrebend erhob sie sich und durchquerte an seiner Seite das Restaurant. Auch heute tanzte das rote Haar in ihrem Rücken, steckten die Füsse nackt in hochhackigen Sandalen, spannte sich um die linke Fessel ein Silberkettchen. Schwengeler war kleiner als sie. An der Tür drehte sie sich um. »Wissen Sie, was mein …« Sie presste die Lippen zusammen, holte Atem, sagte: »Ach, nichts als ein korrupter Bulle«, und war weg. Keller fragte sich, ob sie Tobler meinte oder ihn. Die Kellnerin, die herangetreten war, gewahrte die finstere Miene des Wirts, stellte das Tablett sachte auf den Tisch und verschwand hinter der Theke. Tobler kippte eines der vier Gläser hinunter.

Der Apfelschnaps duftete. Keller, den Kopf noch matschig vom Abendmahlsbeaujolais, zauderte, bis plötzlich die Hand vorzuckte; der Gravensteiner schmeckte, die Zunge schnalzte von selbst. »Du hast also nie an Balsigers Unschuld geglaubt?«

»Nicht eine Sekunde«, brummte Tobler ins leere Glas hinein.

»Auch damals nicht, vor sechs Jahren?«

»Nein. Es ist, wie sie gesagt hat. Ich wollte deinen Verdacht wecken. Aber nicht um Annette ... Es ging gegen Cora.« Tobler mass Keller mit einem abschätzenden Blick. »Und gegen Schwengeler.«

»Schulthess! Du solltest mich für ihn im Auge behalten. Deshalb wollte er mich hier im Bären unterbringen.«

»So stellte er es sich vor. Ich war bereit, dich aufzunehmen, weil ich an deiner Lage schuld war. Verdammt! Du hast einen solchen Wirbel gemacht. Jeder in Schwant ist gegen dich. Wenn ich das geahnt hätte ...« Tobler verstummte. Sie schwiegen einander an und tranken den zweiten Schnaps. Die leere Kneipe summte in Kellers Ohren. Schliesslich beschrieb er die Blondine, die ihn vor zwölf Tagen in der Schlucht angehalten hatte. Tobler nickte. »Das könnte Rita Maybach gewesen sein. Aber die ist weg. In Zürich oder Bern.« Er gluckste. »Eine Teilzeitdirne, die ab und zu in der Bar des Hotels Schwantbad arbeitet für Cora Debrunner, Annettes Halbschwester. Sie hat natürlich Rita auf dich angesetzt.« Er lehnte sich vor und belauerte mit seinen Polizistenaugen Keller. »Die Debrunner war es, die ich weghaben wollte. Annette glaubt, sie hat das Heft in der Hand. Dabei wird sie nur ausgenutzt. Denn Cora ist es, die die Fäden zieht.« Die Augen liessen von Keller ab. »Was Annette braucht, ist ein Mann.«

»Den hat sie doch«, warf Keller ein. »Schwengeler.«

»Ach, der versucht auch bloss, sie auszunutzen.«

»Und du?«

»*Mich* bräuchte sie. Wenn sie's nur kapieren würde.« Er sackte auf dem Stuhl zusammen. »Ich liebe sie.«

»Das verstehe ich«, sagte Keller unwillkürlich.

»Was? Du!« Tobler schlug die Hand vor den Mund und hustete. Bevor Keller ging, sagte Tobler: »Sprich mit Aebischer. Ihm gehört der Adler.« Und als er bereits an der Tür war, rief er ihm nach: »Das Angebot gilt noch. Du kannst bei mir wohnen.«

Wie vor zwölf Tagen hingen das Lederkoppel mit der Pistolentasche, die Uniformjacke und das Dienstkäppi am Haken an der Wand. Aber Keller war nicht zum Sitzen aufgefordert worden, sondern stand vor dem Schreibtisch, hinter dem, abweisend, Wachtmeister Schulthess thronte, in Hemdsärmeln, winzige Schweisstropfen auf der glatten Stirn, und sagte: »Die Ermittlungen in der Mordsache sind die Aufgabe der zuständigen Behörden. Ich habe …«

Keller unterbrach ihn. »Mich interessiert der Unfall in der Schlucht, bei dem Josef Zinggs Bruder umgekommen ist.«

Schulthess fuhr unbeirrt fort: »Ich habe mit dem Untersuchungsrichter über Sie gesprochen. Er wird sich an Balsigers Anwalt wenden, Herrn Doktor Schwartz, Ihren Auftraggeber, und hat mich angewiesen, Ihnen keine Fragen mehr zu beantworten.«

»Mein Auftrag ist erledigt. Ich verlasse Schwant.«

»Wann?«

»Vielleicht noch heute. Also?«

»Also was?«

»Der Unfall? Reine Neugier.«

Plötzlich zerbrach Schulthess' uniformiertes Gesicht zur hämischen Fratze. »Hat er Ihnen auch gestanden, Keller, dass er ein Mörder ist, sich im Bahnhofbuffet Zill vollgesoffen, dann ans Steuer des Autos gesetzt und seinen Bruder totgefahren hat?« Er brach in schallendes Gelächter aus. »Dieser Sektenprediger ist reif für den Psychiater.« Seine Miene erstarrte zur gewohnten Amtsmaske. »Wir mussten beide aus dem Wagen herausschweissen. Sie hingen angeschnallt in den Gurten, Josef Zingg schwerverletzt auf dem Beifahrersitz, sein Bruder tot am Steuer.«

»Unter andern Umständen wären Sie willkommen. Schwant ist Ihr Heimatort, und Sie sind ein Keller.« Die Furchen in Aebischers Gesicht schienen sich zu vertiefen. »In der Stadt können Sie vielleicht so mit den Leuten umspringen. Aber nicht bei uns im Emmental. Nicht in Schwant.« Wieder schwirrte die Schmeissfliege zwischen der Gardine und der Fensterscheibe auf und ab. Keller fragte sich, warum er überhaupt gekommen war. Wie erwartet, wand sich Aebischer. Seit mehr als dreissig Jahren sei er Gemeindeschreiber. Zwei Legislaturperioden lang habe er als Grossrat im Kantonsparlament für die engere Heimat das Seine getan. Wenn der alte Amos sich damals wie seine Vorgänger von der Politik ferngehalten hätte, wäre er, Aebischer, bestimmt ein gutes Dutzend Jahre Gemeindepräsident gewesen. Kurz, die öffentlichen Interessen Schwants zu wahren sei ihm in Fleisch und Blut übergegangen. Ja, ihm gehöre der Adler. Der Wirt sei nur der Pächter. Er habe diesen und Schulthess überredet, Keller wegzuweisen. Aber erst nachdem sich im Gemeinderat alle einig gewesen seien, dass etwas geschehen müsse. Auch die Amositer seien dafür gewesen. Diese sähen es gar nicht gern, dass ihr Prediger Keller bei sich aufgenommen habe. Zingg habe schon Schwierigkeiten genug. Wenn er so weitermache, werde ihn der Ältestenrat der Wahren Christen absetzen. Aebischer hob die Stimme. »Gehen Sie, Herr Keller, um Ihres Freundes willen, um Schwants, Ihres Heimatorts, willen. Gehen Sie, ehe es zu spät ist.«

Keller lag, den Oberkörper nackt, die Hände unter dem Hinterkopf verschränkt, auf dem gesteppten Bettüberwurf und starrte zur Täfelung der abgeschrägten Decke hinauf. Der Leib ein schwitzender Fleischsack, die Gedanken Schemen, denen er nicht beikam. Er versuchte, in den Tagtraum seiner Kindheit zu flüchten: mit halbgeschlossenen Augen der Maserung zu folgen, die Astwirbel zu fixieren, bis das Zimmer riesig und er winzig wird, und durch die Muster des hellen Holzes in eine wollüstige, funkendurchstiebte Finsternis zu stürzen. Umsonst. Er entkam der Wirklichkeit nicht. Zum Teufel mit der Zauderei! Er sprang auf, riss den Koffer aus dem Schrank und packte. Aber statt ihn zuzuklappen, grub er den Feldstecher unter der schmutzigen Wäsche hervor, trat ans Fenster und blickte über die

Kuppe hinweg auf den Tatort hinunter, das Hügelchen in der Mulde. Das Fernglas rückte die Linde in die Nähe, und auf einmal wusste er, wer der Mann gewesen war, an jenem Donnerstag, vor elf Tagen, der Mann, der ihn beobachtet und vor der Bank gekniet hatte. Ein Grund mehr, seinen Heimatort zu verlassen. Er konnte das Bild von Schwant liefern, das Schwartz verlangte. Der Auftrag war erledigt. Montag, der vierzehnte Tag. Früher Abend. Am Nachmittag war er zum letzten Mal unterwegs gewesen und zu Fuss von Haus zu Haus marschiert.

Er verstaute den Feldstecher, schloss den Koffer, als es klopfte und die Tür aufging. Paula Zingg. »Du fährst schon heute weg? Ich habe doch eingekauft. Fürs Abschiedsessen. Josef ist zwar nicht da, aber … Bitte, Peter.« Er fühlte ihren Blick auf der Haut und griff nach dem Hemd, das über der Stuhllehne hing.

Paula und Keller sassen, jeder in seiner Ecke, auf dem Ledersofa, halb einander, halb dem Glastischchen davor zugewandt, schlürften Nescafé Gold aus dem Rosenthal-Porzellan und nippten vom ätzenden Napoléon in den Kristallschwenkern. Hier war die Holztäfelung abgebeizt, hell, mit Reproduktionen von Modigliani behangen und einem Bild, das er gemalt und sie gekauft hatte, an der Weihnachtsausstellung der Bieler Künstler, der ersten, zu der ihn die Jury zugelassen hatte: eine Landschaft mit schmutzigem Schnee und einer toten Krähe. Neunzehn waren sie damals gewesen, beide. Der schwache, laue Sommernachtswind bewegte die rosaroten Vorhänge, die zwischen den offenen Fensterflügeln zugezogen waren. In der Ferne bellte ein Hund. Gedämpft rauschte der Schwantbach. In der Ecke stand ein Handwebstuhl. Nach dem Essen hatte sie ihn zum Kaffee hergeführt, gesagt: »Das ist mein Zimmer. Hier war noch keiner von ihnen«, und er hatte angenommen, sie meine die Sektierer. Als sie, den kleinen Finger weggespreizt, den Henkel zwischen Zeigefinger und Daumen hielt und die Tasse zum Mund führte, schlich sich ein Lächeln auf ihr Gesicht. Sie stellte sie, ohne zu trinken, wieder ab, durchquerte, unsicher auf den hohen Absätzen, das Zimmer, streifte plötzlich die Pumps ab, griff in den Wandschrank und eilte, das grüne Krokodillederetui in der Hand, auf blossen Füssen zurück. »Ich habe es noch.« Das Tarot. Er erkannte es sofort. An Silvester, vor Reisen, an Geburtstagen, vor irgendwelchen Entscheidungen hatte sie es ihnen jeweils gelegt. »Erinnerst du dich?«, fragte sie.

»Nein«, log er.

Aber sie schien ihn nicht zu hören, zog den Reissverschluss auf, nahm die Karten heraus und sah sie durch. »Josef duldet es nicht mehr. Ich lege sie nur noch für mich.« Sie löschte die Deckenleuchte, so dass nur noch das Glastischchen im Licht lag, im schwachen Schein der Stehlampe, und schob die Tassen und die Schwenker beiseite. »Rück neben mich.« Sie reichte ihm die Karten. »Misch sie, solange du willst, und denk dabei an die Frage, die du beantwortet haben möchtest.«

Er mischte und betrachtete sein Bild an der Wand. »Das Aquarell passt nicht hierher.«

»Denk an nichts als an deine Frage«, flüsterte sie ihm ins Ohr. Ihre Lippen streiften seine Wange, wobei einen Moment lang ihre Nase unter sein rechtes Auge ragte, er unwillkürlich das linke zukniff und mit dem andern den Knick im Nasenrücken fixierte. Dann überliess er ihr die Karten, und sie legte sie aus: in der Mitte die Gerechtigkeit, gekreuzt vom Wagen, gekrönt vom Papst, darunter der Tod, rechts der Mond, links der Gehängte, dann übereinander der Narr, die Liebenden, der Teufel, der Turm.

»Es stimmt. Das Fundament ist der Tod.« Er tippte mit dem Finger auf das Skelett. »Und das Ergebnis sind Elend und Verzweiflung.« Er wies auf den Turm.

Ängstlich, neugierig hingen ihre Augen an seinem Gesicht. »Was hast du gefragt?«

»Wer Eva Drechsel ermordet hat.«

Sie starrte die Karten an, raffte sie jäh zusammen. »Du verdächtigst den Amos.«

»Nein«, entgegnete er scharf. »Aber du.«

Er packte sie an den Schultern. »Warum verdächtigst du Josef?«

»Das Tarot«, antwortete sie, öffnete die Finger und liess die Karten fallen. Im schummrigen Licht verschwamm ihr Gesicht, wurden die Gesten geschmeidig, die Schultern rund. Wie von selbst glitten ihre Arme um seinen Hals, krochen seine Hände zu ihren Hüften, kippte er aufs Sofa und sie auf ihn, zog sie das Kleid über den Kopf, zerrte er, sich aufbäumend, die Hose herunter. Er schmeckte ihren Mund, ihr Atem pfiff auf seiner Oberlippe, er schloss die Augen – und sah: die zwei Leiber, ineinander verschlungen, einen blassen Kranken; ihre Schenkel zitternd zuschnappen, seine Finger in die spitzen Arschbacken verkrallt; Josef Zingg die Hände vor den Kopf schlagen, und zwischen den Fingern quoll das Blut. Er öffnete die Lider. Der Penis, erschlafft, rutschte heraus. Aus ihren weit aufgerissenen Augen troffen Tränen. Zögernd sagte sie: »Ich gefalle dir nicht.«

»Nein, das ist es nicht.« Er stiess sie weg und sprang auf. »Josef.«

Sie lag auf dem Sofa, die Beine klafften, die Blinddarmnarbe feuerrot, ein Hexengesicht. Er stand, das Hemd aufgeknöpft, die Socken an den Füssen, mit einem Bein noch in Hose und Unterhose, auf den verstreuten Tarotkarten. Sie tastete nach ihrem Kleid und richtete sich auf. »Hast du es denn nicht begriffen? Josef ist impotent. Seit jeher.« Er zog sich an. »Wohin gehst du?«, fragte sie.

»Ins Puff. Mir einen ansaufen.«

Erst als er den Koffer in den Deuxchevaux warf, erreichte ihn das Wort. Impotent! Das hätte ihn zwar nicht gehindert, sie zu erwürgen, aber weshalb hätte er es tun sollen? Ja, Josef Zingg war der Mann, den er vor elf Tagen gesehen hatte, von hinten, niedergekniet vor der runden Bank auf dem Hügelchen. Der Mörder allerdings … Es war wohl doch Otto Balsiger. Eva hatte versucht, ihn um seine Unschuld zu bringen, und er, der mit den Tieren und den Pflanzen und den Engeln sprach, hatte sie um ihr Leben gebracht.

7

Der Baumstamm fiel in die Lichtkegel der Scheinwerfer, Keller bremste, der Deuxchevaux rutschte auf dem Splitt und fuhr auf. Der Ruck warf ihn in den Sicherheitsgurt, die Scheinwerfer erloschen, der Motor schwieg, eine Glasscherbe klirrte in der Stille nach. Er richtete sich auf und hörte hastige Schritte draussen in der Dunkelheit. Etwas schlug auf das Blechdach, schleifte über die Karosserie. Er klinkte den Gurt aus und wollte die Tür öffnen, doch sie ging nur einen Spaltbreit auf; die Scheibe hochklappen, doch sie stiess gegen ein straff gespanntes Seil. Wieder klatschte etwas aufs Dach, und ein zweites Seil pendelte vor der Tür, wurde festgezurrt, presste sie zu. Die drei Gestalten, die um das Auto herumhuschten, waren kaum mehr als Schatten. Aber er glaubte zu erkennen, dass sie schwarze Zipfelmützen, wie sie die Bauern und die Holzfäller im Winter trugen, über die Köpfe gezogen hatten. Das Weisse der Augen blitzte in den ausgeschnittenen Schlitzen. Die Quasten an den Mützenenden wippten hin und her. Er hätte versuchen sollen, den Motor wieder anzulassen und mit Vollgas zurückzusetzen oder über die Rückenlehne zu klettern und den Kastenwagen durch die Hintertür zu verlassen. Doch die Unwirklichkeit dessen, was ihm in der lauen Emmentaler Sommernacht zustiess, bannte ihn. Eine Stimme rief: »Seid ihr wahnsinnig?« Eine andere antwortete: »Hau ab!« Jemand rannte davon. Die Schatten grunzten, der Deuxchevaux neigte sich zur Seite, kippte über den Strassenrand hinaus, krachte aufs Dach, rollte den Abhang hinunter. Die leere Weinflasche splitterte. Der Sitz, an den sich Keller klammerte, wurde aus der Halterung gerissen, kullerte mit, prallte an die Wände, den Boden, die Decke. Anja. Hatte sie vor sechs Jahren, in den letzten Sekunden ihres Lebens, als sie auf den Felsen zuraste, an ihn gedacht? Ihre Augen, in die er gestürzt war, in denen er gehaust hatte, denen er nicht entkam. Vielleicht hatte er nicht sie geliebt, sondern war nur ihrem Blick verfallen gewesen. Die Erinnerung brannte sich in die Haut, in die Brust, nein, die Rippen schmerzten, er wollte leben ... Das Letzte, was er sah, war das Leuchtzifferblatt seiner Uhr, als das Handgelenk ihm vors Gesicht geschleudert wurde: siebzehn nach fünf. Dann verlor er das Bewusstsein. Dienstagmorgen, vor Sonnenaufgang.

Niemand beachtete Keller, als er eintrat. Aller Aufmerksamkeit war auf den Oberlehrer gerichtet, einen Mann mit weichen Zügen und einer Hornbrille. Montagabend. Keller hatte von Zinggs Haus direkt zum Hotel Schwantbad fahren wollen, aber beim Adler haltgemacht. »... ein Höhenfeuer, das bei klarem

Wetter bis ins Mittelland hinausleuchtet«, rief der Lehrer, der den Stuhl vom Tisch weggerückt hatte, das Gesicht vom Wein und vor Eifer gerötet. »Ja, wir veranstalten die Feier. Aber ihre Bedeutung reicht weit über die Gemeindegrenzen hinaus. An diesem Abend strömen Jahr für Jahr mehr Leute aus der näheren und ferneren Umgebung auf dem Schwantboden zusammen. Das Schwantbodenfeuer und die Schwantbodenfeier sind längst zum Volksfest geworden.« Er zuckte mit dem Kopf. »Stimmt's?« Seine Zunge beleckte die Oberlippe. »Und ausgerechnet an dieser Feier, der wichtigsten im ganzen Amtsbezirk, ja im Emmental, am Abend des ersten Augusts, an unserem Nationalfeiertag, soll der Amos die Andacht halten? Der junge Zingg ist doch nicht repräsentativ für Schwant. Er ist kein richtiger Einheimischer mehr. Früher soll er sogar ein Roter gewesen sein. Und jetzt beherbergt er diesen hergelaufenen Detektiv aus der Stadt.«

»Zwei Flaschen Fendant«, schrie Keller zum Ausschank hinüber, »kalte. Zum Mitnehmen.« Die Kneipe verstummte. Die Kellnerin sah den Wirt, der Wirt Aebischer an, der in der Stammtischrunde sass, und dieser nickte. Bevor die Spannung nachliess, war Keller in ein paar Schritten an der Theke, lehnte sich dagegen, stützte die Hände auf die Kante und stellte sich der Gaststube. Die Blicke der braunen Augen, die in den Faltennestern der Emmentalerschädel hockten, krallten sich an ihm fest. Keine Bewegung ausser der blauen Rauchfäden, die sich von den Stumpen zwischen den klobigen Fingern emporwanden, kein Geräusch ausser dem Surren des Ventilators in der Aussenwand, bis er sagte: »Repräsentativ für dieses Kaff? Das ist der Mörder, der euch allen passt, Otto Balsiger. Warum lasst ihr nicht ihn die Andacht halten an eurem ersten August? Schwant hat ihn ja auf dem Gewissen. Mein beschissener Heimatort.« Er spuckte auf die Kunststofffliesen. Theater. Aber es wirkte. Am Stammtisch krempelte Linder die Hemdsärmel auf und erhob sich. Keller kostete das vertraute, erregende Kribbeln der Vorfreude und stiess sich vom Tresen ab.

»Zweiunddreissig Franken sechzig«, sagte eine Stimme hinter ihm, und etwas Kaltes berührte seine Hand. Er fuhr herum. Die Kellnerin streckte ihm die zwei bestellten Flaschen entgegen. Aus den Augenwinkeln sah er, wie Aebischer Linder auf die Bank zurückzog. Keine Prügelei. Er zahlte. Im Auto legte er den Weisswein auf den Beifahrersitz, klappte das Fenster des Deuxchevaux hoch und lauschte dem Schwantbach, der am Parkplatz vorbeifloss. Wenigstens hatte er etwas zum Saufen, wenn er in der Bar des Hotels Schwantbad nicht bedient wurde. Er bleckte die Zähne und drehte den Zündschlüssel.

Meinrad an der Krawatte packen, sein Kinn auf den Tresen hinabzerren und fragen: »Krieg ich die Flasche?«

Der Blick eines geschlagenen Hunds, aber die Lippen winseln noch: »Nein.« Ein paarmal das Kinn auf die Theke knallen, und Blut tritt aus dem rechten Mundwinkel, unwirklich wie eine Eisblume hinter der Fensterscheibe, die in Zeitraffer karminrot aufblühen würde. Paula Zinggs Atem pfeift auf deine Haut, nein, es ist Cora, die keucht, und Annette lächelt erschreckt, die Blicke der Gäste, die schweren Schritte des Kellners Camenzind, die Bar explodiert ... Ein Tagtraum, aber insgeheim hatte sich Keller nach einem Machoauftritt gesehnt. Doch niemand schien ihn beachtet zu haben: Annette Zurkinden nicht, als sie quer über den Hotelparkplatz geschritten war, auf dem er, vom Adler kommend, eben parkte; Cora Debrunner nicht, als sie durch eine Seitentür die Bar betreten, diese durcheilt hatte und im nächsten Raum verschwunden war; Meinrad Debrunner nicht, als er einen Karton hereingeschleppt und Champagnerflaschen in den Kühlschrank gestapelt hatte. Die Bardame mit dem kupferfarbenen Schopf hatte ihm, ohne zu zögern, die Flasche Veuve Clicquot ans runde Tischchen neben dem Eingang gebracht. Er sass in der Ecke, ins Polster geduckt, zuckte zusammen, sooft er sein Gesicht in den Spiegelwänden sah, in der über der Bank aus den Augenwinkeln im Halbprofil, in der gegenüberliegenden zwischen den Flaschen auf den Regalen en face: verschossen im düsteren roten Licht die Larve eines Barbesuchers. Die anderen Gäste lehnten am Tresen. Massig, die Ellbogen aufgestützt, die Gläser der randlosen Brille stumpf, die Bildhauerin Maga Abbühl. Eine magere Blondine, die auf Maga einsprach. Uta Schwengeler, die rechte Hand auf Magas Schulter, in der linken ein Cocktailspiesschen, mit dem sie im Glas stocherte. Sie musterte Keller, als kenne sie ihn nicht. Zwei Burschen aus dem Dorf, in den Fäusten Biergläser, aus denen sie sparsame Schlucke nahmen. Die Bardame, die mit einem Tuch Kognakschwenker blank rieb, erklärte ihnen, was Kettenbriefe seien und wie sie damit zu Geld kämen. Ab und zu warfen die beiden verstohlene Blicke in die Runde, stiessen einander die Ellbogen in die Seite und kicherten. Ein Glatzkopf, der wie ein Handelsreisender aussah, sprach in plötzlichen Redeschwallen mit seinem Spiegelbild. Jane Birkin verhauchte in synthetischer Lust. Das steinalte Lied. Aus dem hinteren Raum tönte Gelächter. *Meine Tage laufen dahin, laufen dahin in den leeren Kneipen des Nachmittags …* Unablässig wiederholten sich in Kellers Kopf die Zeilen des Gedichts. Der Champagner schmeckte nach Seife, und die Zigarren lagen im Auto, ihr Rauch hätte geduftet. Als es ihm gelang, einen Moment Utas Blick festzuhalten, fragte er laut: »Kann Dracula lieben?« Sie wandte sich ab, trat vor den Automaten und steckte Münzen in den Schlitz. Die Musik wechselte. Bässe stampften. »Einen Chivas, bitte«, schrie er.

Das Glas Whisky in der Hand, lehnte er am Pfosten des Durchgangs und schaute in den hinteren Raum, in dem sich der öffentliche Teil dessen abspielte, was der Bar die Bezeichnung »das Puff« eingetragen hatte. Zwei junge Frauen stellten ihre strotzenden, karg gekleideten Leiber auf der freien Fläche in der Mitte zur Schau, indem sie sich in einer Art Tanz wanden. Nur eine der Nischen war besetzt: ein Generalstabsoberst, flankiert von einer europäischen und einer asiatischen Hure. Das Thaimädchen beugte sich vor, um ihn auf den Mund zu küssen, aber er drehte den Kopf weg und bot ihr die Wange. »Hast du auch Angst vor Aids?«, fragte eine Stimme. Keller sah sich um. Maga Abbühl stand im Durchgang neben ihm und betrachtete den Offizier und die Nutten.

»Hau ab«, fuhr er sie an. »Ich feiere meinen Abschied von Schwant allein.«

Sie nickte. »Ja, du bist ein Arsch, Keller«, und kehrte an den Tresen zurück.

Auch der Chivas schmeckte nicht. Er zahlte und verliess die Bar durch den Korridor, der zum Hinterausgang und zur Treppe führte, über die man ins Kellergeschoss zu den Toiletten gelangte.

Der Athlet warf Keller, der neben ihm das Wasser abschlug, einen Seitenblick zu, presste einen fingerdicken Urinstrahl hervor, seufzte: »Besser als ficken«, schüttelte die Tropfen ab und knöpfte die Uniformhose zu. Ein Oberleutnant. Als Keller die Treppe hinaufstieg, sah er ihn hinter der zweiflügeligen Tür am Ende des Flurs verschwinden. Er folgte ihm und stiess den einen Flügel einen Spalt weit auf. Musik jaulte ihm entgegen. An der Wand des kleinen Saals hingen Offiziersjacken, -dolche und -käppis. Lauter Oberleutnants, Absolventen der Zentralschule in Zill, gut zwei Dutzend. Sie sassen, die Münder lasch, die Körper gespannt, mit den Händen den Rhythmus klatschend, um die zu einem Quadrat zusammengeschobenen Tische, auf denen sich, strippend, eine Blondine wiegte. Die Erinnerung traf Keller wie ein Schlag. Das Pornofoto, das sie vergrössert, mit Marilyn Monroes Kopf versehen und auf eine E-Scheibe aufgezogen hatten als Ziel zum Maschinenpistolenschiessen. Major Gerber hatte sie abgekanzelt, darauf hingewiesen, was geschähe, wenn irgendwelche Emanzen davon Wind bekämen, gesagt: »Weg damit, ich habe nichts gesehen«, sich zum Gehen angeschickt, plötzlich eine MP ergriffen und, herumfahrend, das Magazin leer geschossen: eine Salve in Marilyns Möse. Das Gelächter, der Applaus, die damals, vor siebzehn Jahren, in der Offiziersschule im Wallis aufgebrandet waren, dröhnte noch in den Ohren, als Keller merkte, dass er unwillkürlich eingetreten war, die Frau auf den Tischen innegehalten hatte und ihn anstarrte. Es war die Blondine, die er vor zwölf Tagen in der Schlucht getroffen hatte.

Sie zeigte mit dem Finger auf ihn und rief: »Dieser Schwule verfolgt mich.«

Wie ein Mann sprangen die angehenden Hauptleute auf und drängten Keller zur Tür. Der Athlet zerrte ihn am Ohrläppchen zu sich heran, schrie in die Muschel: »Geschlossene Gesellschaft«, und schubste ihn in den Flur hinaus.

EINE FRAU OHNE MANN IST WIE EIN FISCH OHNE FAHRRAD. Der Satz, den jemand mit Filzstift an die Tür geschrieben hatte, erheiterte ihn nach einer Weile nicht mehr. Länger als eine Stunde sass er auf der Brille des einen Damenklos, beugte sich jedes Mal, wenn er Schritte hörte, vor, um in den Vorraum zu gucken. Das Loch hatte er mit dem Handbohrer aus dem Werkzeugkoffer gemacht, den er stets im Deuxchevaux mitführte. Endlich tauchte die Blondine auf. Er trat aus dem Klo, ging auf sie zu und öffnete den Mund in dem Augenblick, da ihn der Strahl der Sprühdose, die plötzlich aus ihrer Handtasche zuckte, ins Gesicht traf. Seine Augen brannten, ihre Absätze klapperten davon. Er stolperte halbblind die Treppe hinauf und erkannte zu spät den Geruch von Schweiss und Leder der Uniformen. Seine Arme wurden übers Kreuz auf den Rücken gerissen, Hände packten ihn am Kragen, und ehe er sich's versah, stand er draussen, mitten im Karree aus Oberleutnants, nach Atem ringend, dem Kotzen nahe, durch die Tränen blinkte der Mond. Dann lief alles ab, als hätten sie es miteinander einstudiert. Eine Stimme schnarrte: »Schwulendetachement, vorwärts marsch!«, das Karree ruckte an, Taktschritte knirschten im Kies, Keller stolperte mit, verlor den Boden unter den Füssen, weil man ihn an den Beinen fasste, als er sich sträubte, wurde zum jubelnden Eins-und-zwei-und-drei, das aus den Offizierskehlen stieg, hin und her geschwungen, flog bäuchlings in die Luft, drehte sich, landete platschend und hockte im Schwantbach. Die Augen schmerzten, der Steiss, der rechte Fussknöchel. Er tauchte die Hände ins Wasser, das ihm unter die Achseln reichte, spritzte es ins Gesicht, um das Brennen zu lindern, und lachte, als ihm der Gedanke kam: Vielleicht mochten ihn die Toten. Er hustete und spuckte das Wasser aus, das in den Mund geraten war.

»Komm. Ich helfe dir heraus.« Toblers Stimme. Er kniete, nur ein Umriss in der trügerischen Helligkeit, am Ufer, das mannshoch aufragte, und streckte die Hand aus. Keller humpelte hin und ergriff sie.

»Was machst du denn hier?«, fragte er, als er neben Tobler stand.

»Sie hat mich angerufen, als du im Hotel erschienst. Sie fürchtete, du würdest dich mit Meinrad anlegen. Aber anscheinend hast du dir andere Gegner ausgesucht.«

»Cora Debrunner?«

»Annette.«

»Ich dachte, die hat etwas gegen dich.«

»Nicht, wenn sie Hilfe braucht. Wie Exfrauen eben so sind.«

»Annette Zurkinden?«

»Ihr Mädchenname. Drechsel, Evas Vater, war ihr erster Mann. Ich der zweite.«

Keller fröstelte in den nassen Kleidern. Im Auto zog er sich um und fuhr zum Friedhof.

Die Julinacht. Ihre Stille. Ihre Laute. Die Blätter wisperten. Der Bach nuschelte vor sich hin. Das Wasser leierte aus der Eisenröhre ins Becken. Die Bruchsteinmauer, die die Tageshitze abstrahlte, knackte. Am schwarzvioletten Himmel blinzelten die Sterne und die Positionslichter eines Verkehrsflugzeugs. Über dem Horizont hing der Mond, dessen Schein die Hügel und Runsen des Schwantbachtals verfremdete. Keller sass auf der Mauer neben dem Steinbrunnen, in dem er die Weissweinflaschen kühlte, betrachtete die Lebensbäume, die den Mittelweg säumten, die Kreuze und Male, Schemen einer Vollmondnacht, in Reih und Glied zur Musterung angetreten, lauschte dem Pochen seines Bluts. Am Hang gegenüber erlosch das letzte Fenster. Er klappte den Korkenzieher aus dem roten Offiziersmesser, öffnete die eine Flasche, schwang sich von der Mauer, ging zwischen den Gräbern hindurch. Die Friedhofsruhe schluckte das Geräusch seiner Schritte. Vor Grossonkel Melchisedeks Holzkreuz kauerte er sich hin, goss Wein aufs Grab, sah ihn im Boden versickern, und plötzlich war es wichtig, was dereinst mit seiner Leiche geschah: sie sollte in der Erde verwesen. Er erhob sich, trank seinen Vorfahren zu, deren Gebeine hier lagen.

Wie am zweiten Abend in Schwant sass er auf der über die Grasbüschel ausgebreiteten Jacke, an den Stamm gelehnt, und trank aus der Flasche. Er rieb den Rücken an der Rinde, doch die war zu glatt, um das Jucken wegzukratzen. Da krallte er die Finger in den staubigen Boden und grub. Allmählich drang das geduldige Schweigen der Toten in das Gewölbe aus herabhängenden Ästen und Blättern, sickerte in ihn hinein und versöhnte ihn mit seinem Heimatort. Die Erde in seiner Hand wurde samtig.

Ein Scharren, ein Lufthauch, die Zweige der Trauerweide teilten sich, das weisse Gesicht des Friedhofsgespensts schwebte über ihm, lachte gläsern – und er erkannte Uta. »Ich habe den Bach durchwatet«, sagte sie, liess die Schuhe fallen, die sie in der Hand trug, und setzte sich neben ihn. Er reichte ihr die Flasche. Sie trank. Wie von selbst, als wiederhole sich die Szene mit Paula, glitten ihre Arme um seinen Hals, kippte er nach hinten und sie auf ihn, zerrten sie die Kleider vom Leib, schloss er die Augen und stellte sich ihre Körper vor, ineinander verschlungen – aber diesmal erschlaffte er nicht, der Beischlaf gelang.

Den Kopf auf ihre Kleider gebettet, ihm zugewandt, sagte sie: »Die Gräser stechen«, blieb aber auf dem Bauch liegen. »Weisst du, wie der Vater meines Kindes den Orgasmus nannte?«

Keller, der sich wie sie, den Kopf auf den Kleidern, hingestreckt hatte, kniff das linke Auge zu, um mit dem rechten die Linie ihres Rückens und ihres Arsches als Horizont zu sehen. »Lesbisch bist du nicht.«

»Ich habe mit Frauen geschlafen.«

»Maga?«

»Nein. Eva. Wahrscheinlich, weil sie mich um meinen Triumph gebracht hat. Sie hat den Mann entjungfert, den ich mir vorbehalten hatte.« Als er schwieg, fügte sie hinzu: »Warum fragst du nicht: wer?«

»Wie hat dein Mann den Orgasmus genannt?«

»La petite mort. Er ist ... Er war nicht mein Mann. Der kleine Tod. Ich höre sie noch, seine Honigstimme. Fais-moi l'amour.«

»Moi?«

»Er war Frankokanadier. Ein Arsch wie du, Keller.« Sie warf den Kopf auf die Arme. Ihre Schultern zuckten.

Er streckte die Hand aus. »Weinst du?«

Sie wandte ihm wieder das Gesicht zu. Er berührte ihre Wange. Keine Tränen. Sie sagte: »Es ist mir eben aufgefallen, mein Junge heisst Peter wie du«, und lachte.

Als er sie in die ehemalige Dépendance des Hotels Schwantbad fuhr, erklärte sie, wie sie ihn gefunden habe. Maga Abbühl und sie hätten die Bar verlassen und noch Irina besucht, die Frau von Altgymnasiallehrer Doktor Stockmann, in ihrem Atelier im umgebauten Bauernhaus hinten im Tal, wo sich bereits Markwart befunden habe. Irgendwann habe sie sich davongemacht und sei auf dem Fussweg am andern Ufer des Bachs zurückspaziert. »Von dort aus sah ich dein Auto. Neben dem Friedhof. Und da ich noch nicht fertig war mit dir ...« Sie drehte sich ihm zu und tupfte mit dem Zeigefinger auf seine Oberlippe. »Ich besuche dich in Biel.«

Keller hielt auf der Ausweichstelle an, klappte das Fenster des Deuxchevaux hoch, öffnete die zweite Weissweinflasche und trank. Die Tannen dufteten nach Lavendel. In der Schlucht toste das Meer. Portugal, dessen Wirklichkeit er nicht ertragen hatte: das ferne Land in seinem Kopf. Er knipste das Licht im Wagen an, versah den Umschlag mit Zinggs Anschrift, steckte den Hausschlüssel, den er am letzten Freitag erhalten hatte, hinein und schrieb auf den Zettel:

Josef,
ich verlasse meinen Heimatort, und das solltest Du auch tun. Schlag Deinen Gott tot, bevor er Dich tötet, und komm nach Biel.

Peter

Und nun? Zurück nach Schwant, an den paar Häusern, die das eigentliche Dorf bildeten, vorbei, über die obere Brücke, das schmale Strässchen, das den Hang auf der andern Seite schräg durchschnitt, hinauf, das Auto am Waldrand stehenlassen, die letzten paar hundert Meter zu Fuss zurücklegen, damit das Motorgeräusch Paula nicht ans Fenster oder an die Tür lockte, den Brief durch den Kastenschlitz schieben? Was versprach er sich von der Aufforderung zum Deizid? Er lachte in die Schlucht hinaus, in der es noch immer toste, das Meer, und der Wald roch jetzt nach Myrte. Er trank den Wein aus, warf die leere Flasche über die Rückenlehne in den hinteren Teil des Autos, schnaubte, zog den Zettel noch einmal heraus und fügte zwei Zeilen hinzu:

PS:
Nur aus den Ritzen des Wahnsinns fällt Licht in diese Welt.

Er klebte den Umschlag zu, klappte das Fenster herunter, wendete und fuhr los, zurück nach Schwant.

Jeder Atemzug eine Pein. Jedes Glied tat weh. Der Kopf dröhnte vom Schrillen der Vögel. Keller öffnete das linke Lid und schloss es wieder zu einem Schlitz, als ihn der Sonnenstrahl traf, schaute, nur die Augen bewegend, seitwärts. Eine Drossel sass im Rahmen des geborstenen Klappfensters und beäugte ihn. Der Anblick brachte die Erinnerung: wie er das enge Strässchen, das den Hang über dem Wald durchquerte, hinaufgefahren, gleich nach der Kurve ein Baumstamm vors Auto gefallen war und wie die drei Schatten den Wagen hinuntergekippt hatten. Es roch nach Benzin, Öl und rostigem Blech. Er schlug mit der Linken nach den Fliegen, die ihm auf dem Gesicht herumkrabbelten, vertrieb aber nur die Drossel endgültig, kratzte die Kruste vom verklebten rechten Auge und hatte plötzlich Blut an den Fingern. Sein Blick fiel auf die Armbanduhr. Zwanzig nach sechs. Eine Stunde lang lag er also bereits da, unter dem losgerissenen Sitz, von Flaschenscherben übersät, hinten im Kasten, halb auf dem Fussboden, halb auf der Seitenwand, die beide schräg aufragten. Mühsam kroch er durch die klaffende Hintertür hinaus, den Hang empor. Schliesslich sass er oben am Strassenrand und schaute hinunter. Die Stirnwunde blutete wieder. Ihm schwindelte. Der Deuxchevaux musste sich nur zweimal überschlagen haben, bevor er gegen den Vogelkirschbaum am Waldrand geprallt war. Die Seile, mit denen die drei die Türen zugebunden, der Stamm, den sie vors Auto gestürzt hatten, waren verschwunden. Sie hatten die Spuren des Anschlags beseitigt und falsche gelegt. Die Grasnarbe am Strassenrand war aufgerissen. Es sah aus, als sei der Wagen in der Kurve ins Schleudern geraten und von der Fahrbahn abgekommen. Ein Unfall. Einen Augenblick zweifelte er an der eigenen Erinnerung. Aber dann fiel ihm die Stimme ein: »Seid ihr wahnsinnig?« Er wusste, wer das gerufen hatte.

8

Wie gemalt sässen die Menschen hinter den Scheiben, im Spiel der Mienen und Gesten begriffen, anmassend in der Selbstverständlichkeit, mit der sie hinnähmen, dass sie nur sekundenlang sichtbar wären. Oder sie sähen aus wie Wesen in elektrisch ausgeleuchteten Terrarien. Doch hier brausten, die hellen Fenster eine Lichterkette, keine internationalen Züge durch. Nur eine Rangierlok schob einige schwarzgrüne Zweite-Klasse-Wagen vorbei. Unter der blauen Tafel mit der weissen Aufschrift ZILL stand ein gelber Elektrokarren. Der Wind schüttelte die Lampen, die an Drähten über den Gleisen hingen, blies Papier- und Plastikfetzen über die zwei Bahnsteige. Kein Mond, keine Sterne. Der Himmel schwarz. Ferner Donner. Keller sass als einziger Gast auf der geschützten, durch Zementkästen begrenzten Klinkerterrasse neben dem rostroten Bahnhofsgebäude. Im kleinen Saal der Gaststätte hinter ihm nahm der Männerchor Zill summend den Ton ab, den der Dirigent aus dem Klavier hämmerte, und brach in Gesang aus. Auf dem weissen Kunststofftisch vor ihm stand die Tasse mit dem erkalteten Kaffee. In den Kästen wucherte das Feuer von Granada: staubige violette Blumen. Er griff in die Jackentasche. Die Packung Löwe BC war leer und der Kiosk geschlossen. Das vertraute Gefühl, eine

Glaswand stehe zwischen ihm und der Wirklichkeit, schlimmer als sonst nur, weil er mit Schmerzmitteln vollgepumpt war und nicht soff. Dienstagabend, nach zehn. Endlich blinkte das Einfahrtssignal, erklangen die vier Töne aus dem Lautsprecher, kündigte dieser den Zug aus Bern an, und der ratterte kurz darauf ein, zischte, stand. Aus dem Erste-Klasse-Abteil stieg Jonathan Schwartz, in der Rechten den Spazierstock mit dem Silberknauf, in der Linken eine feuerrote Segeltuchtasche. Die Lederjacke und der Vollbart flatterten im Wind, als er den Bahnsteig überquerte. Er liess sich Keller gegenüber nieder, rückte die Nickelbrille zurecht und fragte: »Glaubst du, die haben hier Armagnac?«

Am liebsten hätte Keller den Kopf an den Busen gelegt, der die Tür versperrte. Sie wiegte bedenklich ihr Haupt, dessen Wangen rosa glänzten, auf dessen vorspringender Nase eine Hornbrille ritt, dessen schwarzes, von grauen Strähnen durchzogenes, straff nach hinten gekämmtes Haar im Nacken zu einem Knoten geschlungen war und das auf einem fülligen, in eine graue Kittelschürze gepressten Leib ruhte: die fleischgewordene Fürsorglichkeit. Sie blinzelte in der Sonne, trat zur Seite, und Kellers Schatten schlug lang in den Flur. »Was ist denn Ihnen passiert?«, fragte sie.

»Ein Autounfall. Da oben.« Er wies auf das Strässchen, das er hinuntergetorkelt war, auf der Suche nach einem Telefon, nachdem er sich aufgerappelt hatte; das Haus, auf dessen Klingel er gedrückt hatte, bis die Tür aufging, war Doktor Breitens Villa neben der Brücke. Dienstagmorgen, sieben Uhr.

»Kommen Sie herein.« Sie nahm ihn am Arm. Erst jetzt merkte er, dass er am ganzen Körper bebte. Im grossen Wandspiegel des Flurs sah er sich: die Stirn und das linke Auge verkrustet, Hemd und Hose zerrissen, mit Blut, Öl und Erde beschmiert.

Der kahle Schädel glänzte, das knitterige Gesicht war fahl, nur der Schmiss auf der linken Wange leuchtete. Die wässerigen Augen musterten Keller, den die Frau in die Wohnküche geführt hatte. »Auf die Couch mit ihm, bis ich fertig bin«, schnarrte Breiten. In einen braunen Morgenmantel gehüllt, sass er in der Essnische am Fenster, hinter dem sich der Schwantbach das Tal hinaufwand, köpfte ein weiches Ei und löffelte es aus. Als Keller sich niederlassen wollte, brüllte Breiten: »Leg zuerst etwas darüber, Hedwig, sonst versaut er mir den Bezug.« Sobald das Laken ausgebreitet war, sank Keller aufs Sofa und starrte zur Decke: heller, grobkörniger Putz zwischen dunkel gebeizten Balken. Die Frau brachte eine Waschschüssel und machte sich daran, Kellers Gesicht mit Watte zu reinigen. »Lass das, Hedwig«, befahl Breiten, »ich nehme ihn mit nach Zill«, und verschwand.

»Machen Sie sich nichts draus«, flüsterte sie, »morgens ist er immer bärbeissig.«

Eine halbe Stunde später lag Keller, wieder auf dem Laken, im Fond des Mercedes, den Doktor Breiten durch die Schlucht nach Zill steuerte. Dieser vertrat dort den Sohn, der seine Arztpraxis vor vier Jahren übernommen hatte, aber gegenwärtig im Sommerurlaub weilte. Als Keller beim Abschied Hedwig Frau Breiten genannt hatte, war sie bis in die Haarwurzeln errötet und hatte ihn zurechtgewiesen: »Ich bin die Haushälterin.«

»Schmerzen?«, erkundigte sich Breiten.

»Ja«, antwortete Keller. Breiten fragte ihn aus, und Keller zählte auf. Der Kopf drohe ihm zu zerspringen. Die rechte Hand tue höllisch weh und sei geschwollen. Der Brustkasten, überhaupt der ganze Körper schmerze. Manchmal werde ihm schwarz vor den Augen. Ehe er sich's versah, hatte er erwähnt, dass er mit sechzehn am Blinddarm operiert worden sei, mit dreiundzwanzig das rechte Schlüsselbein gebrochen habe, vor sechs Jahren in Seebach gewesen sei.

»Seebach! Leitet nicht Doktor Wallner die psychiatrische Klinik dort?« Keller bejahte, und Breiten fuhr fort: »Den kenne ich. Bevor er mit der Psychiatrie anfing, war er Assistenzarzt im Krankenhaus Burgdorf, an dem ich Oberarzt war.«

Als Breiten fragte, ob er sich noch an den Unfallhergang erinnere, erwiderte Keller: »Ja. An jede Einzelheit.«

»Keine Amnesie. Das ist gut«, meinte Breiten und verstummte, bis sie in der Praxis in Zill waren. Dort wurde Keller untersucht und verarztet: acht Schnittwunden, keine tief, allein die über der rechten Braue musste genäht werden; die Hand nur verstaucht; am Brustkorb bloss Quetschungen und Prellungen, keine gebrochenen Rippen. Er war glimpflich davongekommen, und als die Spritze wirkte, die Schmerzen schwanden, glaubte er es auch. »Eine Gehirnerschütterung haben Sie nicht«, erklärte Breiten. »Immerhin sollten Sie sich eine Weile hinlegen. Aber das werden Sie wohl nicht tun.«

»Nein«, bestätigte Keller, nahm das Rezept für die Schmerzmittel und verabschiedete sich.

Doch draussen fing ihn Schulthess ab und ergriff ihn am Arm. »Kommen Sie mit. Zur Blutprobe.«

»Rühren Sie mich nicht an«, schrie Keller.

Verblüfft liess ihn Schulthess los. Einen Augenblick standen sie einander auf der Treppe, die zur Eingangstür des Arzthauses hinaufführte, wortlos gegenüber: der zerlumpte, verdreckte Privatdetektiv mit dem Pflaster auf der Stirn, der die Zähne fletschte, und eine Stufe tiefer der Polizeiwachtmeister in der makellos schwarzen Uniform, bemüht, keine Regung zu zeigen; schon sammelten sich Neugierige. Dann sagte Schulthess: »Um die Blutprobe kommen Sie nicht herum.« Keller machte auf dem Absatz kehrt und trat, gefolgt von Schulthess, wieder ein. Während Breiten das Blut abzapfte, liess sich Schulthess zu einer Erklärung herbei. Ein anonymer Anrufer habe den Unfall gemeldet. Er sei losgefahren und habe das Autowrack leer gefunden. Darauf habe er bei den Bewohnern der umliegenden Häuser herumgefragt. Von Breitens Haushälterin habe er erfahren, wo Keller sei. »Dass man dort von der Strasse abkommt, scheint mir unwahrscheinlich«, schloss er, »ausser der Fahrer war betrunken.«

»Pech, Herr Keller«, schnarrte Breiten. Es war das erste Mal, dass er ihn beim Namen nannte.

Keller klaubte mit der linken Hand den Führerschein aus der rechten Hüfttasche und reichte ihn Schulthess. »Den restlichen Papierkram können Sie später erledigen. Ich wohne ab heute im Bären.« Die drei Gestalten erwähnte er nicht. Wozu auch? Geglaubt hätte ihm Schulthess nicht, und er *war* besoffen gewesen. Zu seiner Verwunderung liess ihn Schulthess ziehen. Er kaufte neue Jeans und ein neues Hemd, holte die Schmerzmittel in der Apotheke, teilte Tobler mit, er nehme das Angebot, bei ihm zu wohnen, an, bat Uta, den Deuxchevaux durch die Genossenschaftliche Reparaturwerkstätte abschleppen zu lassen und seine Habseligkeiten, die sich noch darin befänden, im Bären abzuliefern, und bestieg den nächsten Bus nach Schwant.

Plötzliche, heisse Böen. Am Himmel fahrige Wolkenstreifen. Auf dem Podest angelangt, zögerte Keller, wandte sich um und schaute auf den gepflasterten Vorplatz hinaus, auf dem das Unkraut zwischen den Steinen mittlerweile verdorrt war, zum Kirschbaum hinüber, den er elf Tage zuvor erklettert hatte. Die Leiter war verschwunden, die Kirschen waren geerntet, neben der Treppe lehnte noch das Fahrrad am Efeu, der sich an der Fassade der Dépendance emporrankte. Unvermittelt wurde ihm bewusst, dass die mit ländlichen Geräuschen durchsetzte Stille ihm natürlich vorkam, und das ärgerte ihn. Mit einem Ruck hob er den Klopfer und schmetterte ihn auf den Metallknopf. Kein Hundegebell, aber schon nach dem dritten Schlag öffnete sich das Fenster neben der Eingangstür, und Maga Abbühl streckte den Kopf heraus. »Du bist nicht willkommen, Keller.«

»Reto Markwart. Ich will ihn sehen.« Das Fenster fiel zu. Er setzte sich auf die unterste Sandsteinstufe, entschlossen zu warten, bis jemand kam. Nach einer knappen Viertelstunde ging die Tür auf, und eine Schnauze erschien. Keller sprang auf. Hinter dem Dobermann tauchte Maga auf. Sie blieb auf dem Treppenabsatz stehen, neben sich, an der Leine, die Hündin. Beide starrten auf ihn herab. »Ich habe Markwarts Stimme erkannt«, sagte er. Wie sie dastand, den Daumen in den Gürtel der gipsverschmierten Jeans gehakt, in Gummistiefeln, die Beine gespreizt, fuhr ihm der Gedanke durch den Kopf, dass sie grosse Brüste haben, diese aber wie fehl am Platz unter dem weiten Männerhemd an ihrem Oberkörper hängen mussten. Hastig sprach er weiter: »Ihr habt mich doch erwartet. Markwart weiss, wer die drei sind, die mich den Hang hinuntergestürzt haben.«

Sie nahm die randlose Brille von der Nase, strich mit dem kleinen Finger über die Brauen – einen Moment lang blickten ihre Augen nirgendwohin – und setzte sie wieder auf. »Geh doch zur Polizei. Von uns erfährst du nichts.«

»Hat Markwart heute Morgen Schulthess angerufen? Oder du?«

Sie schien verwundert. Dann lachte sie. »Wir mögen Schulthess nicht und er uns ebenso wenig. Aber wenn du uns nicht in Ruhe lässt, *werden* wir ihn anrufen. Dich mag er noch weniger als uns. Niemand mag dich.« Sie zog die Hündin an der Leine ins Haus, und die Tür fiel ins Schloss. Keller ging. Als er bereits am andern Ende des Vorplatzes angelangt war, wurde das Fenster aufgestossen, und Maga rief ihm nach: »Schade, dass du nicht im Krankenhaus gelandet bist.«

Sie trug eine bordeauxrote Bluse zu einer geblümten Steghose, eine Kombination, die sie als Homedress, und er zu einer Trainingshose etwas Hellgrünes, das er als Sweatshirt bezeichnet hätte. Sie sassen auf dem windgeschützten Balkon ihres Zimmers beim Frühstück, obschon es bereits Viertel vor zwölf war. Während Keller, hinter einem Haselstrauch verborgen, im Waldzipfel, der die Dépendance vom Hotel abschirmte, unter einer Fichte gesessen und Markwart aufgelauert hatte, der ja irgendwann das Haus verlassen würde, war ihm Annette Zurkindens Warnung eingefallen. Er hatte sich ins Hotel Schwantbad begeben, die Türkin, die den Läufer im Flur saugte, nach Debrunners Zimmer gefragt, war in den zweiten Stock gestiegen und kurzerhand eingetreten. Ohne die blonde Perücke sah Cora aus, als habe sie eine Maske abgelegt; das kurze kastanienbraune Haar glänzte, sogar die Augen lebten. Dass Blut aus Meinrads Mundwinkel quölle, das Bild, das er sich gestern Abend noch wollüstig ausgemalt hatte, ekelte ihn. Jetzt hätte er lieber zu Cora gesagt: »Sie sind bestimmt die jüngere Schwester«, als sie gefragt, um einen drohenden Tonfall bemüht, mit dem Daumen auf ihren Mann zeigend: »Wo war er letzte Nacht?« Fast hätte er mit der Kante der falschen Hand, der bandagierten rechten statt mit der linken, auf das Tischchen gehauen, dass die Tassen tanzten. »Diesmal lasse ich mich nicht abwimmeln. Ihr wart zu dritt: Camenzind, sein Bruder und Sie, Debrunner.«

Meinrad tupfte mit der Papierserviette das Eigelb weg, das vom Löffel aufs Sweatshirt gespritzt war, und schaute Keller von unten herauf an. »Kann man sich eigentlich mit Ihnen nicht vernünftig unterhalten?«

Er ist kaum über zwanzig, dachte Keller. Das Gesicht eines trotzigen Jungen. Nur das Zigarettenreklame-Kinn hielt ihn davon ab, ihm zuzulächeln. »Markwart hat euch gesehen«, behauptete er lahm.

»Möchten Sie eine Tasse Kaffee?«, fragte Cora.

»Ach, Scheisse«, seufzte Keller und liess sich auf einen Stuhl fallen.

Er erfuhr eben, dass sie um die übliche Zeit, kurz nach drei Uhr morgens, zu Bett gegangen seien, als die Tür aufsprang und Annette Zurkinden hereinkam. Die grünen Augen blitzten. »Jetzt reicht's aber, Herr Keller. Ruf Schulthess an, Cora.«

»Wir unterhalten uns bloss«, sagte Keller, blickte Meinrad an und fügte hinzu: »Vernünftig.« Cora stellte eine Tasse Kaffee vor Keller und brachte auch Annette dazu, sich zu setzen. Von ihr vernahm er, der

Bruder des fetten Kellners, der sich vor zwölf Tagen mit Meinrad gegen ihn zusammengetan hatte, sei zwar am letzten Samstag hier gewesen, aber nur, um Camenzind abzuholen. Sie seien in Urlaub gefahren, soviel sie wisse an die Adria. Ihre Warnung damals sei bloss eine Ausrede gewesen, um ihre Bitte, Keller möge dem Hotel fernbleiben, zu begründen.

Als er sich erkundigte, ob die Blondine, die er vor dreizehn Tagen in der Schlucht und gestern im Hotel getroffen hatte, Rita Maybach heisse, nickte sie. Er drehte sich Cora zu. »Und Sie haben sie auf mich angesetzt.«

»Nein«, erwiderte Annette, »ich.«

Meinrad starrte sie verblüfft an. »Aber das war doch …«

»Ich war's«, unterbrach sie ihn, ohne den Blick von Keller zu wenden.

Dieser wies mit einer Kopfbewegung auf Cora. »Warum hat sie dann Sie genannt?«

»Sie hätte überhaupt schweigen sollen.« Als Schulthess sie angerufen und ihr mitgeteilt habe, Keller habe sich mit Tobler getroffen, habe sie angenommen, dass dieser versuchen würde, sie anzuschwärzen. Da sie geglaubt habe, Rita werde am andern Tag Zill – denn dort habe sie gewohnt – endgültig verlassen, habe sie sie gebeten, Keller auszuhorchen. Später habe sie dann Cora, Meinrad und alle

Angestellten angewiesen, zu behaupten, sie kennten Rita nicht. »Das war dumm von mir.«

»Und ausgerechnet Ihren Exmann ...«

»Ach, das wissen Sie.«

»Warum haben Sie gestern Tobler angerufen, als die Maybach hier auftauchte?«

Annette sah Keller verständnislos an. »Ich habe Rita nicht gesehen. Gestern Abend bin ich kurz vor zehn nach Zill gefahren.«

»Zu Schwengeler?«

»Ist das wichtig?«

»*Ich* habe im Bären angerufen«, warf Cora ein. Als sie gehört habe, Keller habe Rita, die die Offiziere zu ihrer Überraschung mitgebracht hätten, entdeckt, habe sie befürchtet, dass etwas passieren könnte – was ja dann auch der Fall gewesen sei –, und da sie Angst gehabt habe, die Oberleutnants würden es ihr übelnehmen, wenn sie die Polizei holte, sei sie auf Tobler gekommen und habe ihm ausrichten lassen, Annette bitte ihn zu kommen. »Meinetwegen wäre er ja nicht gekommen.« Die beiden Halbschwestern warfen einander einen Blick zu, den Keller nicht deuten konnte.

Er ging auf dem Fahrweg zum Wald, um sich hinter dem Haselstrauch wieder auf die Lauer zu legen, als ihm ein Auto entgegenkam, das eine Staubwolke hinter sich aufwirbelte, die der Wind auf die Wiese wehte. Der rote R4 bremste, hielt an, und Uta stieg aus. Er trat auf sie zu – hinter den Lidern noch den Abglanz der Erinnerung: In der Trauerweide bebten die Blätter, ihre Schatten splitterten den Mondschein auf der Haut, die Toten feixten und feuerten sie an –, hob bereits die Arme, um sie an sich zu ziehen, liess aber die Hände an die Seiten zurückfallen. Uta stand in der Taghelle, fliederblau gekleidet wie im Bären, wo er sie zum ersten Mal bemerkt hatte, das von den blonden Afrolöckchen umrahmte Gesicht hart, die Augen mit der Sonnenbrille getarnt, und fragte: »Warum hast du mir heute Morgen am Telefon nichts davon gesagt?« Er schob ihr die Brille auf die Nasenspitze hinunter, um sich der goldenen Sprenkel in der Iris zu vergewissern. »Lass das.« Sie rückte die Brille wieder zurecht. »Warum? Maga hat mich in Zill angerufen.«

»Weil ich zuerst mit Markwart reden wollte.«

»Von dem erfährst *du* nichts.«

Über ihre Schultern hinweg schweifte sein Blick zur Häusergruppe dort, wo der Brandeggbach in den Schwantbach mündete, – zu der Molkerei, dem Adler, dem Bauernhof gegenüber, dem Lebensmittelgeschäft, der Tischlerei, dem Schul- und dem Gemeindehaus, Schwengelers und Breitens Villen, der Sägerei, der Kapelle – zu den Einzelhöfen und den Einfamilienhäusern, die auf den Hügeln hockten, sich an die Abhänge duckten, hinter den Kuppen hervorlugten und die er alle erlaufen hatte, zu den drei Brücken, über die Wiesen und die Wälder, bis sich das Tal in den Höhen am Horizont verlor, und plötzlich fiel es ihm auf: Die Getreidefelder waren abgeerntet worden, seit er hier war, ohne dass er es wahrgenommen hatte. »Ich möchte deine Augen sehen«, sagte er.

»Ach, Scheisse«, antwortete sie, nahm ihn bei der Hand, und sie rannten quer über die Wiese, deren Gräser mit einem weissgrauen Staubfilm überzogen waren, auf den Wald zu.

Er zerrte die Hose vom Schlehdornstrauch, auf dem sie gelandet war, als sie die Kleider von sich geworfen hatten. »Der kleine Tod«, ächzte er. »Jetzt glaub ich's. Es tut weh.«

»Liebesschmerz«, behauptete sie. Die Sprenkel in den grauen Augen tanzten.

»Nein, die Wirkung des Mittels lässt nach.« Er holte die Kapseln aus der Jeanstasche und schluckte eine davon.

Sie sass ihm schräg gegenüber nackt auf seinem Hemd, zählte die Blutergüsse und Pflaster an seinem Körper, tastete, ohne die Inspektion der Haut zu unterbrechen, nach der Sonnenbrille im dürren Laub neben sich und entzog ihm, indem sie sie aufsetzte, wieder die Augen. »Es war derjenige, bei dem mir Eva zuvorkam. Reto hat ihn erkannt. Trotz der Maske.«

Er packte das Gelenk ihrer Hand, deren Zeigefinger auf einen gelbgrünblauen Fleck an seinem linken Oberarm wies, und schrie sie an: »Wer?«

»Ach«, erwiderte sie spöttisch, ohne zu versuchen, den Knöchel zu befreien, »heute möchtest du wissen, wer es war.«

Er liess sie los. »Uta, bitte.«

»Nur wenn du Reto Markwart in Ruhe lässt und seinen Namen der Polizei gegenüber nicht erwähnst. Er ist vorbestraft und hat panische Angst vor euresgleichen.« Ihre Stimme war auf einmal kalt. »Vor Typen wie Schulthess und dir. Versprichst du es?«

»Ja«, antwortete er und wusste nicht, ob er log.

»Es war Jakob, der junge Jordi.«

»Verdammt«, entfuhr es Keller, »er hat Eva umgebracht.«

Als er um die Biegung kam, lag der Jordihof vor ihm: das Bauernhaus und das »Stöckli«, deren Fenster bald blitzten in der Sonne, bald stumpf wurden im Schatten der Wolken, die der Wind über den Himmel jagte, der Speicher, der Holzschober, der Weiher, das Bienenhaus, hingeschmiegt in die Mulde, als seien sie dort gewachsen. Die Äste der Linde auf dem

Platz, die die Gebäude überragte, und der Bäume im Obstgarten wippten hin und her. Ihr Rauschen drang bis zu Keller, der einen Augenblick auf dem Fahrweg verharrte, bevor er wieder ausschritt, auf den Hof zu. Nachmittags, halb drei. Reto Markwart sei auf die drei Gestalten gestossen, als er von Irina Stockmann zurückgekehrt sei, hatte Uta erzählt. Er habe den jungen Jordi trotz der Vermummung erkannt, weil dieser eine Zeitlang ab und zu in der Wohngemeinschaft aufgetaucht sei. Jakob habe sie nämlich zu ihrer Überraschung im Frühling vor zwei Jahren, als er seinen Schulaustritt gefeiert habe, besucht und sei in der Folge manchmal bei ihr erschienen. Sie habe ziemlich lange gebraucht, bis ihr aufgegangen sei, dass er in seiner verklemmten Art in sie verliebt gewesen sei, und noch länger, bis sie sich vorgenommen habe, ihn zu verführen. Aber noch ehe es dazu gekommen sei, habe er bei ihnen Eva kennengelernt – und die habe nicht gezögert. Die beiden hätten sich darauf recht häufig getroffen, und zwar bei ihr, Uta, da sowohl Evas Mutter als auch die Jordis nichts von dem Techtelmechtel hätten erfahren dürfen. Vor einigen Wochen habe Eva plötzlich nichts mehr von Jakob wissen wollen, was zu ein paar unangenehmen Auftritten geführt habe. Seither habe Jakob die Dépendance gemieden. Gegenwärtig treibe er sich vor allem mit den Minderzwillingen herum. Sie seien wohl diejenigen, die ihm geholfen hätten, den Deuxchevaux den Hang hinunterzustürzen.

Die Geräusche, die Gerüche, die ihn auf allen Höfen Schwants angefallen hatten, die gleichen wie damals, als er zum ersten Mal an diese Tür gepocht hatte. Neu nur das Heulen, wenn ein Windstoss durch die Ritzen des Heubodens fuhr. Auch heute öffnete niemand auf sein Klopfen. Auch heute warf er einen Blick auf den bauchigen, dachhohen Holzschober, bevor er um die Ecke bog, in den vor Gemüse strotzenden Garten, auf die sonnenverbrannte Fassade, zum Bretterbalkon und zum hölzernen Rundbogen empor, während er das Kopfsteinpflaster überquerte, auf den verzierten Speicher, als er auf den Platz gelangte. Auch heute trippelten dort die Hühner, scharrend, pickend, über die rissige gelbliche Erde mit den Grasinseln. Doch der Korbsessel unter dem Baum war leer, das Fenster hinter den Gittern geschlossen, der Vorhang zu; kein Duft von Lindenblüten. »Nein«, hatte ihn Uta angefaucht, in den Augen den Hass, der dort bereits bei ihrer ersten Begegnung in der Bahnhofsgaststätte gebrannt hatte, als sie vom Jordihof sprach. »Eva hat sich gewehrt gegen Schwant, gegen den Mief in den Schädeln seiner Bewohner, gegen diese tödliche, lockende Heimeligkeit. Deshalb hat sie so herumgeschlafen. Glaubst du, ich wollte mit Jakob ins Bett, weil der ungeschlachte

Schwachkopf mir gefällt? Es sollte meine Rache sein. An denen da oben. Den Jordis.«

Zuletzt betrat Keller den Heuboden, schob sich zwischen den zwei alten Pferdefahrzeugen hindurch und schaute in den Raum hinter den gestapelten Strohballen. Niemand. Er zog die leeren Getreidesäcke von der Truhe und hob den Deckel. Das Videogerät war verschwunden. Uta hatte erklärt, Eva habe die Pornobänder ihrer Tante gestohlen, Cora Debrunner, die sie an gewisse Bargäste zu verkaufen pflege, und Jakob überredet, den Apparat anzuschaffen, und, böse lächelnd, hinzugefügt: »Aber dazu angestiftet habe ich sie.« Keller wurde der Geräusche unten inne: Ein Diesel tuckerte, Bohlen polterten, Schritte, eine Tür quietschte. Während er auf den rückwärtigen Teil des Bauernhauses zuging, fragte er sich, warum er vorher den beissenden Jauchegestank nicht gerochen hatte. Unter dem ausladenden Dachvorsprung des Wirtschaftstrakts stand der Trecker mit laufendem Motor, die Schnauze auf den Durchgang unter der Einfahrtsrampe gerichtet. Dort kam eben Jakob aus der Tenne und sah Keller in dem Augenblick, als dieser hinter dem Traktor angelangt war. Jakobs Rechte schoss durchs offene Tor und erschien mit einer dreizinkigen Heugabel wieder. Er packte den Stiel mit beiden Händen, machte ein paar Schritte auf das Fahrzeug zu, das gut zwanzig Meter entfernt war und hinter dem

Keller angehalten hatte, stach, den braunen Lockenkopf gesenkt, drohend in die Luft. Keller schwang sich auf den Trecker, löste die Handbremse, legte den Gang ein, drückte mit dem Fuss das Gaspedal durch und steuerte, so gut es ging, hinter die Motorhaube geduckt, geradewegs auf Jakob zu. Dieser erstarrte, schmiss plötzlich die Gabel weg, warf die Arme hoch und schwenkte sie hin und her, die Augen und den Mund aufgerissen, schrie etwas, was vom Röhren des Motors und vom Rumpeln der Planken unter den Rädern übertönt wurde. Unvermittelt kippte der Traktor vorne weg. Keller begriff zu spät, dass das Poltern, das er auf dem Heuboden unter sich gehört hatte, das der Bohlen gewesen war, die Jakob vom Loch geräumt hatte, versuchte abzuspringen, rutschte aus und stürzte dem Fahrzeug nach, in die Jauchegrube. Nur nicht einatmen, dachte er, und: Wie heisst bloss das Gas? Dann schlug die Brühe über ihm zusammen. Er stiess sich vom Grund ab, tauchte auf, bekam mit den Händen eine Kante zu fassen – der glühende Schmerz in der verstauchten rechten Hand –, zog sich hinaus und lag bäuchlings auf dem Zementboden, die Beine noch über der Grube. Irgendetwas hatte sich um seinen Hals gewickelt. Er rang nach Atem, spuckte, als ihm Jauche in den Mund rann, wischte den Unrat von den Augen, und das Wort fiel ihm ein: Faulgas. Schliesslich rappelte er sich auf, schleppte sich zum

Brunnen, wälzte sich über den Trogrand und fiel der Länge nach hinein. Als er, das Gesicht knapp unter der Wasseroberfläche, auf dem Rücken lag und die Augen öffnete, sah er die Fledermäuse kopfunter an den Dachsparren hängen. Er richtete sich auf, neigte den Kopf nach hinten, unter den Strahl, der aus der Röhre floss, trank, die Kälte kostend, einige Schlucke, zerrte das Tuch vom Nacken, das er ungewollt aus der Jauche gefischt hatte, stieg aus dem Brunnen und ging auf Jakob zu. Der stand an der Grube, musterte den Traktor, dessen hinterer Teil sich zwischen dem Rand und dem Tragbalken in der Mitte verkeilt hatte und aus der Brühe ragte, und schien in ein Selbstgespräch vertieft: »... wo doch Onkel Rubens Rücken weh tut und ein Gewitter kommt und wir schon so lange schönes Wetter haben, dass sie platschvoll ist. Wie soll ich jetzt die Gülle hinausfahren? Wer weiss, wann es wieder regnet?«

»Du und die Minderzwillinge. Ihr habt mir aufgelauert und das Auto ...« Beim Klang der Stimme schnellte Jakob herum, zornrot, und Keller brach ab, warf den Stofffetzen, den er noch in der Hand hatte, weg, stand, die Knie leicht gebeugt, auf einen Angriff gefasst. Doch Jakobs Gesicht veränderte sich jäh, wurde bleich, spiegelte Entsetzen. Als Keller merkte, dass der andere nicht ihn, sondern das Tuch am Boden anstarrte, hob er es auf, fasste es an beiden Enden und schüttelte es auf. Ein blaues Sommerkleid, stellenweise bräunlich verfärbt – und Jakob erkannte es, sein Mund formte das Wort, ohne es auszusprechen: Eva. Keller trat dicht vor ihn hin, hielt ihm das Kleid vor die Augen und sagte: »Du warst es also.«

»Nein«, schrie Jakob und wich zurück, so dass er in die Grube gestolpert wäre, wenn Keller ihn nicht am Hemd gepackt und zurückgerissen hätte, »diesmal nicht.« Und dann erfuhr Keller, was sich vor sechseinhalb Jahren wirklich zugetragen hatte. Die Familie Jordi habe an jenem Wintersonntag den Amos besucht. Da es sich um Otto Balsigers freien Tag gehandelt habe, sei Jakob, damals zwölfjährig, vor den andern zurückgekehrt, um bereits mit der Arbeit im Stall anzufangen. Es sei schon dunkel gewesen und habe geschneit. Zu Hause habe er seinen Vater – dieser hätte eingesperrt sein müssen, aber die Grossmutter habe wohl vergessen, das Zimmer abzuschliessen – draussen vor der Tür angetroffen. Sein Gesicht sei zerkratzt gewesen und habe geblutet. In der Hand habe er ein zerfetztes Damenunterhemd und einen Büstenhalter gehabt. Er, Jakob, habe den Vater ins Zimmer zurückgebracht und die Kleidungsstücke in die Jauchegrube geworfen. Erst während der Arbeit sei ihm der Gedanke mit Balsiger gekommen. Er habe die Unterwäsche wieder herausgeangelt, im Brunnen gewaschen und sie auf das Heu in der Scheune gelegt, auf dem Otto seinen Rausch ausgeschlafen habe, weniger um den Verdacht auf diesen zu lenken, als um ihn vom Vater abzuwenden.

»Und die haben alle einfach mitgemacht, später, als Otto verhaftet wurde?«, fragte Keller ungläubig. »Deine Grossmutter, dein Onkel Ruben, deine Tante Esther, ihr damaliger Mann, Elias Schwengeler?«

»Vater ist doch der Bauer«, antwortete Jakob. Unvermittelt blickte er auf, Keller ins Gesicht, und als lese er darin, was er verraten hatte, flüsterte er: »Nein, es war nicht so«, wiederholte laut: »Nein!« Dann schien er in sich zusammenzusinken, sprang aber blitzschnell auf und rammte Keller den Schädel unters Kinn. Dieser torkelte, landete benommen auf seinem Hintern, und bevor er sich aufraffen konnte, ergriff Jakob das Fahrrad, das neben dem Eingang zur Tenne an der Wand lehnte, und fuhr davon. Keller sass am Boden und betrachtete die Stofffetzen, die er in den Händen hielt, beide blau: dunkel in der rechten das Sommerkleid; hell, mit Edelweissen gemustert in der linken das Hemdstück, das ihm in den Fingern geblieben war, als er Jakob von der Jauchegrube zurückgerissen hatte.

Da sich Verena sträubte, packte er sie am Arm, stiess mit dem Fuss die Tür auf, die von der Küche ins Wohnzimmer führte, und zog sie hinein. Aller Augen hefteten sich auf Keller: die der Alten, deren schwarzgekleideter Leib den Korbsessel in der Ecke vorne füllte, die Schwengelers, Jakobs und der strenggesichtigen, grossen Frau in Weiss am Tisch mit der geblümten Wachstuchdecke, die Rubens, der vorgebeugt, die dicken Arme auf die mageren Schenkel gestützt, auf der Sitzfläche des grünen Kachelofens hockte. Die Standuhr tickte. Heute fiel das Sonnenlicht nicht auf das bräunliche Konfirmationsfoto des Amos, als es plötzlich durch die Fenster flutete, sondern auf die gehäkelte Decke über den Knien der Alten und den darauf liegenden Leineneinband mit der Aufschrift LOSUNGEN. Ruben brach das Schweigen. »Guten Tag, Herr Keller.« Die Blicke der alten Jordi und der Frau lösten sich von Keller und trafen Ruben, der errötete.

Nach Jakobs Flucht hatte Keller auf der Anhöhe hinter dem Hof, von wo aus man die Mulde mit den Gebäuden überblickte, gewartet, fast zwei Stunden lang, bis ein grauer BMW unten vorgefahren, die Frau, Schwengeler, Ruben, Jakob und Verena ausgestiegen und im Haus verschwunden waren; diese hatte in der Küche am Herd hantiert. Er liess ihren Arm frei und trat einen Schritt vor. »Was ich zu sagen habe, geht auch Frau Balsiger an. Vor sechseinhalb Jahren habt ihr alle Otto die Schuld zugeschoben, obschon der Bauer der Täter war, euer Irrer.«

Schwengeler erhob sich, aber bevor er etwas äussern konnte, sprach Verena, die Stimme entrückt. »Du sollst kein falsches Zeugnis reden wider deinen Nächsten.«

Keller drehte sich ihr zu. »Genau. Das haben die getan. Wider Otto.«

»Nein. *Sie* tun das«, antwortete sie, »wider die Familie Jordi«, und fügte in ihrem normalen Tonfall hinzu: »Sie sind mit dem Amos verwandt.«

Er fasste sie an den Schultern und schüttelte sie. »Aber der Bauer ist's doch auch diesmal gewesen, und an seiner Stelle sitzt dein Sohn im Gefängnis. Lässt dich das kalt?«

Sie versuchte nicht, sich dem Griff zu entziehen. Aber ihre schwarzblauen Augen schauten durch ihn hindurch, und sie entgegnete, was die Alte vor zwölf Tagen gesagt hatte: »Wer nicht glaubt, der ist schon gerichtet.«

Er sah die verrotteten Zähne in ihrem Mund und stiess sie zurück, dass sie taumelte, wandte sich ab, und Schwengeler stand vor ihm, so nah, dass der Anwaltsbauch sich am Hosenlatz des Privatdetektivs rieb und dieser auf die Kopfhaut, die Schweisstropfen zwischen den schütteren Haaren hinuntersah. Schwengeler reckte das Kinn. »Sie haben den Traktor in die Jauchegrube gestürzt, Jakob bedroht und versucht, ihm Ihre Lügengeschichte, deren Zweck durchsichtig ist, in den Mund zu legen. Dazu kommen jetzt Verleumdung, vor Zeugen, und Hausfriedensbruch. Die Familie Jordi hat mich beauftragt, Anzeige zu erstatten gegen Sie, Herr Keller. Die Polizei ist bereits verständigt. Sie wird …«

Keller unterbrach ihn. »Sie haben ja Läuse in den Haaren.« Schwengelers Finger fuhren unwillkürlich über den Schädel. Keller verliess das Zimmer und schmetterte die Tür hinter sich zu, durchquerte die Küche, gelangte in den Flur dahinter, entdeckte die verriegelte Tür, in der aussen der Schlüssel steckte, und öffnete. Das Zimmer lag im Halbdunkel und roch nach Urin.

Der Jordibauer, der in einem Ohrensessel gedöst hatte, hob den Kopf, und Keller glaubte ein Lächeln wahrzunehmen. »Amos?« Jordi drückte den linken Unterarm, die Hand zu einer Kralle gekrampft, an den Bauch, schlurfte auf ihn zu und wiederholte: »Amos?« Er musterte Keller und streckte die Rechte aus, um ihn zu berühren. Keller zuckte zurück. Er kam sich albern vor. Wie verhörte man einen Irren? Doch plötzlich redete Jordi verständlich. »Ich wusste, einmal wirst du wiederkommen, Amos!«

»Hast du das Mädchen getötet?«, fragte Keller.

»Lina?« Jordi verzerrte das Gesicht, schlug die Faust an die Stirne und schrie: »Wo ist Lina?«

»Vater hat richtig gesprochen«, rief Jakob hinter

Kellers Rücken. Dieser packte die Hand, die an seiner Schulter riss, ging in die Knie und warf den Angreifer. Wachtmeister Schulthess richtete sich ächzend auf, stiess hervor: »Jetzt reicht's mir füglich«, knöpfte die Pistolentasche auf, richtete die Waffe auf Keller und bellte: »Handschellen!«

Während Keller von den zwei Polizisten, die Schulthess mitgebracht hatte, gefesselt wurde, sagte er: »Der Irre hat Eva Drechsel ermordet.«

Schulthess schob die Pistole ins Futteral zurück und schüttelte den Kopf. »Herrgott, Keller, sind Sie ein Idiot!«

»Du sollst den Namen des Herrn, deines Gottes, nicht missbrauchen.« Die Stimme der Alten. Aber als Keller den Kopf drehte, stand Verena Balsiger in der Tür: die mit elastischen Binden umwickelten Beine, der gedunsene Leib, das Madonnengesicht im Halblicht ohne Risse, die Augen glühten.

Schulthess hob den linken Arm des Bauern, der zischend im Sessel kauerte. »Gelähmt. Evas Mörder hat beide Hände gebraucht.«

Als Keller durch die Küche abgeführt wurde, machte er sich mit einem Ruck los und stellte sich der weissgekleideten Frau, die eben aus dem Wohnzimmer kam, in den Weg. »Wer sind Sie eigentlich?«

»Esther Jordi, geschiedene Schwengeler.« Sie hatte den stechenden Blick ihrer Mutter.

Graue Wände. Plastik- und Metallmöbel. Lysolgestank. Keine Fliege hatte überlebt. Keller sass auf dem Stuhl und starrte auf das maserartige Muster des Linoleumbodens, als spiegele es die Seele. Die Handschellen waren ab. Aber die Tür blieb verriegelt, das Fenster vergittert. Er kam sich vor wie ein Gegenstand. Draussen stauten sich die Regenwolken, ohne sich zu entladen. Die Zeit stockte. Als es dunkel wurde, schaltete er das Licht an. Die zwei Beamten hatten ihn auf die Polizeiwache Zill gebracht, und er hatte darauf bestanden, Balsigers Anwalt, Jonathan Schwartz, in Bern anzurufen. Dann hatte er berichtet. Kurz nach neun trat Schulthess ein und setzte sich an den Tisch. »Herr Keller, ich habe versucht, Ihre Angaben nachzuprüfen. Doch die Spuren auf der Strasse und am Hang deuten nach wie vor auf einen selbstverschuldeten Unfall hin. Wir haben die Umgebung abgesucht und nirgends einen Baumstamm gefunden. Reto Markwart ist heute früh in Urlaub gefahren, nach Frankreich. Maga Abbühl sagt aus, sie habe, auf dem Heimweg von Frau Doktor Stockmann, Markwart noch vor dem Unfallort eingeholt; sie seien zusammen dort vorbeigekommen, und dabei sei ihnen niemand begegnet und nichts aufgefallen. Uta Schwengeler erklärt, Sie hätten behauptet, drei vermummte Gestalten hätten einen Anschlag auf Sie verübt, worauf sie die Vermutung geäussert habe, es könnten Jakob Jordi und die Minderzwillinge gewesen sein, die ja überall damit geprahlt hätten, sie würden Ihnen bei Gelegenheit heimleuchten; Markwart habe sie gestern Abend bei Frau Doktor Stockmann zum letzten Mal gesehen.« Unvermittelt zwinkerte Schulthess' rechtes Auge Keller zu. »Uta scheint ja etwas für Sie übrigzuhaben.« Aber sofort war die Maske wieder intakt. »Die Minderzwillinge beteuern, sie wüssten von nichts. Jakob Jordi bestreitet, Ihnen auch nur das Geringste gesagt, geschweige denn gestanden zu haben. Nebenbei bemerkt, an jenem Sonntag war er zur Mordzeit in Zill, nicht in Schwant. Dafür gibt es Zeugen. Die anderen Familienangehörigen und Verena Balsiger stellen kategorisch in Abrede, dass vor sechseinhalb Jahren etwas Derartiges, wie Sie es Jakob in den Mund legen, passiert sei. Kurzum, ich glaube *Ihnen* kein Wort.«

Keller, wütend, dass er überhaupt etwas erzählt hatte, platzte heraus: »Und warum habe ich mir das alles aus den Fingern gesogen?«

Schulthess' Mundwinkel zuckten. »Das habe ich zuerst auch nicht verstanden. Aber dann habe ich mich nach Ihnen erkundigt. Ihr Bruder, Kommissär Roger Keller vom Fahndungsdienst der Kantonspolizei in Biel, meint, da gebe es nichts zu begreifen. Wie üblich stellten Sie wilde Behauptungen auf, erfänden Lügengeschichten, um Unruhe und Verwirrung zu stiften, in der Hoffnung, etwas in Bewegung zu setzen. Diese Methode mag dort, wo Sie herkommen, angebracht sein.« Auf einmal schlug Schulthess mit der Faust auf den Tisch und brüllte: »Aber nicht hier in Zill!« Er stand auf. »Sie haben bis morgen Zeit, Ihre Aussage zu überdenken. Die Jordis sind bereit, sich aussergerichtlich mit Ihnen zu einigen, wenn Sie Vernunft annehmen. So bliebe nur die Anklage wegen Trunkenheit am Steuer. Um die kommen Sie nicht herum. Die Blutprobe war eindeutig.« Als er bereits bei der Tür angelangt war, wandte er sich nochmals um. »Ich habe gehört, dass Sie im Irrenhaus waren, Keller.«

»Aber nicht von meinem Bruder«, entgegnete Keller, »dessen schämt er sich nämlich, der Arsch, an meiner Stelle. Von Breiten wissen Sie's.«

»Nicht doch! Und das Arztgeheimnis?«, antwortete Schulthess spöttisch, fuhr mit unverhüllter Häme fort: »Ein Spinner. Wie Ihr Freund Zingg. Das erklärt's vielleicht auch«, schloss, das Grinsen wie weggewischt: »Sie sind frei. Machen Sie, dass Sie unter die Dusche kommen. Sie stinken noch immer nach Jauche«, und ging.

Der Männerchor im kleinen Saal war verstummt. Die Sänger zechten der Polizeistunde entgegen. Die Kellnerin, die sie bedient hatte, kehrte ihnen den prallen

Arsch zu und klapperte über die Klinkerterrasse davon. Jonathan Schwartz sah ihr nach, bis sie hinter der Tür zur Gaststätte verschwunden war, schnupperte am Kognak, mit dem er sich anstelle des Armagnacs hatte begnügen müssen, seufzte, kostete und sagte: »Abscheulich.«

Keller, zu müde, um vorzugeben, er belächle Schwartz' Gehabe, schluckte eine weitere Schmerzpille und spülte sie mit Mineralwasser hinunter. Von der Polizeiwache war er zum Bahnhof geeilt und hatte Schwartz, sobald dieser angekommen war, geschildert, was geschehen war. »Was das blaue Sommerkleid betrifft …«

Schwartz unterbrach ihn. »Das gehört jetzt zu den Indizien, die Otto Balsiger belasten.«

Keller tauchte den Zeigefinger ins Glas und zeichnete Wasserwege auf den Kunststofftisch. »Wenn du es einrichten könntest, dass die Jordis unter Eid aussagen. Einen Meineid werden diese gottesfürchtigen …«

»Überlass mir die Verteidigung«, wehrte Schwartz ab. »Du willst weitermachen?«

»Natürlich. Wenn Otto vor sechseinhalb Jahren nicht der Täter war, dann ist er auch diesmal nicht der Mörder.« Als Schwartz den Kopf schüttelte, beharrte Keller: »Er ist es nicht. Ich bringe den Amos … Josef Zingg dazu, mit den Jordis zu reden.«

»Auf keinen Fall«, erwiderte Schwartz. »Schulthess, die Jordis und ihren Anwalt, diesen Schwengeler, übernehme ich. Wir gehen auf ihr Spiel ein.«

Keller sah ihn überrascht an. »Du denkst also ebenfalls, dass Schulthess mit drinhängt. Ach, die stecken alle unter einer Decke hier.«

»Eine Verschwörung? Paranoia, Peter.« Schwartz verzog den Mund, schloss die Augen und trank den Rest des Kognaks aus. »Halte dich vom Jordihof fern. Stifte im Übrigen die Unruhe und Verwirrung, die dir dein Bruder zutraut.« Er erhob sich. »Bring mich jetzt ins Hotel.«

Der allmählich abflauende Wind fegte die Wolken vom Himmel. Im Norden blinkten bereits wieder die Sterne. Sie schritten durchs menschenleere Dorf. In der Ferne grölten Soldatenkehlen ein Lied. Über den Hügeln im Süden wetterleuchtete es. Das Gewitter tobte sich über Schwant aus. Kein Niederschlag in Zill. Schwartz' Spazierstock tickte auf dem Asphalt. Keller trug die feuerrote Segeltuchtasche in der heilen linken Hand.

9

Obschon es heiss war, schloss Keller das Fenster seines Zimmers im Bären und zog die Vorhänge zu. Die Glieder schmerzten. Wie ein Alb hockte die Müdigkeit im Nacken. Doch schlafen konnte er nicht. Durch den Kopf stürzten die Gedanken. Er wischte die Platte des Spiegeltisches mit einem Papiertaschentuch sauber, holte den Werkzeugkoffer aus dem Schrank und legte die Geräte bereit, machte sich aber nicht gleich an die Arbeit, sondern öffnete die Flasche Beaune, die er gekauft, ehe er mit Uta das Restaurant verlassen hatte, und die neben Schwengelers Hintertür gestanden hatte, während er im Haus gewesen war. Er goss ein, zündete die Löwe BC an, rauchte und trank. Allmählich löste sich die Spannung, er zitterte nicht mehr, nur die Finger prickelten vor Erwartung. Noch ein Schluck Rotwein. Noch ein Zug an der Zigarre. Dann wusch er die Hände und griff, den Blick seines Spiegelbilds meidend, aus Angst, er läse Spott darin, nach der Kunststoffdose, die er in den Tannennadeln unter der Fichte entdeckt hatte, am Rand der Lichtung, in der man Evas Leiche gefunden hatte. Zuerst der Gelbfilter. Donnerstag früh, fünf Uhr morgens.

Irgendwo sang Jane Birkin. Er hatte ihre Nase nie gemocht und ihre Stimme ebenso wenig. Aber sie verfolgte ihn. Die Blicke der sieben Greise der Gesellschaft der Freunde Schwants, hungrig, lüstern, sättigten sich an seiner Haut. Oberrichter Bitzius zwinkerte, Gymnasiallehrer Doktor Stockmann wiegte das Haupt, Notar Schwengelers Lockenkranz tanzte, Doktor Breitens linker Zeigefinger streichelte den Schmiss, Brigadier Pfeiffers Schnurrbart zitterte unter den Atemstössen, Steuerverwalter Schulthess' zerknitterte Stirn glättete sich, Pfarrer Spörris Zunge leckte die Lefzen, während Keller auf dem Tisch im Séparée des Hotels Schwantbad strippte, Jane Birkins Stimme aus seinem Mund erklang, das Rampenlicht ihn blendete, die schwarzen Halbschuhe der Rentner den Takt stampften. Er war ihre Hure, doch plötzlich riss Breiten den Finger von der Narbe, zeigte auf ihn, sagte: »Er ist ein Hermaphrodit«, und Stockmann erklärte: »Der Sohn des Hermes und der Aphrodite, nachdem er sich mit der Nymphe Salmacis vereinigt hat.« Ein Traum.

Der Sonnenstrahl, der durchs Fenster fiel, stach Keller in die Augen, und er wandte den Kopf, jemand klopfte an die Tür, und er rief: »Ja.«

Schwartz streckte den Kopf herein und kündigte an: »Ich gehe jetzt.« Mittwoch. Keller hatte den Morgen und einen Teil des Vormittags damit verbracht, Schwartz im Einzelnen zu berichten und das Bild von Schwant zu zeichnen, das der Anwalt fünfzehn Tage zuvor verlangt hatte. Danach hatte er sich im neuen Zimmer auf das Bett gelegt, um den nächsten Schritt zu planen, und war, als ihm nichts Vernünftiges in den Sinn gekommen war, eingeschlafen. Da ihm auch jetzt nichts einfiel, packte er die Kleider aus dem Koffer, den Uta mit seiner übrigen Habe am Vortag im Bären hatte abliefern lassen, wusch Hemden, Unterhosen und Socken, sortierte den Inhalt der Plastiktüte, in der sich allerlei Gegenstände aus dem Auto befanden, und stiess auf zwei Umschläge, den mit dem Schlüssel zu Zinggs Haus und seiner Notiz – jenen steckte er in die Tasche, diese warf er in den Papierkorb – und einen, den er noch nie gesehen hatte und auf dem sein Name stand. Er riss ihn auf. Ein Zettel ohne Unterschrift, mit schwarzem Filzstift hingemalte Grossbuchstaben: FRAGEN SIE DEN AMOS, WOHER ER DIE SILBERNE HALSKETTE HAT. Damit war der nächste Schritt klar. Zwei Anrufe in Biel genügten, um ihn einzuleiten. Beim ersten erfuhr er, dass Pfarrer Gottfried Balmer, Zinggs Freund, wie erhofft, mit seiner Verlobten im Urlaub weilte. Mit dem zweiten veranlasste er, dass ein Telegramm an Paula und Josef Zingg gesandt wurde: BRAUCHE EURE HILFE. ERWARTE EUCH BEIDE UM 14 UHR IM BAHNHOFSRESTAURANT LANGNAU. VERZWEIFELT, GÖPF. Das würde ihm mindestens fünf Stunden Zeit verschaffen. Kurz vor zwölf fuhr er mit dem Mofa, zu dem ihm Tobler verholfen hatte, nach Schwant, wählte dort in der Telefonzelle des Adlers Zinggs Nummer. Das Telegramm hatte gewirkt. Niemand nahm ab. Zehn Minuten später schloss er die Eingangstür auf.

Das Licht und die Hitze des wiederum strahlenden Julitags draussen eine Halluzination. Wirklich war das leere Haus. Es atmete den Moder, den auch die Alte auf dem Jordihof verströmt hatte. Die Stille war ein Summen, das sich in seinen Kopf bohrte. Keller fröstelte. Fünf Uhr nachmittags. Er hatte das Haus, das der Sektengründer, der Zimmermann Amos Zingg, im letzten Jahrhundert gebaut hatte, vom Keller bis zum Dachboden durchsucht, umsonst, und sass seit einer Viertelstunde auf dem hölzernen Drehstuhl im Arbeitszimmer von Josefs Vater. Am Boden noch die leere Flasche, auf dem Eichenschreibtisch noch Glassplitter, in Christi Stirn noch der Wurfpfeil. Wenn Keller die Finger spreizte, hüpften sie von selbst. Die Zunge war aus Papier. Ach, eine Flasche Beaune und eine Löwe BC! Aber er wagte nicht einmal zu rauchen. Das Geräusch der Wohnungstür, der Schritte im Flur erlöste ihn. Ehe er das Zimmer verliess, machte er, was er schon vorgehabt hatte, als er sich niederliess. Er zog den Pfeil aus der Bellinireproduktion, so heftig, dass sie ihm in die Hände fiel. Auf der Rückseite war mit Klebeband ein Umschlag befestigt. Er löste ihn, riss ihn auf, trat ans Fenster, zog die Vorhänge einen Spalt weit auseinander, hielt ins Licht, was er gefunden hatte. Keine Halskette, sondern zwei Pornofotos. Auf dem einen, der Kamera zugewandt, den Kopf in den Nacken geworfen, ritt die Frau den Mann und hob mit beiden Händen das Sommerkleid am Saum, um es abzustreifen; auf dem andern bestiess der Mann, den Kopf gesenkt, die Frau. Keller kannte das Paar – sie, weil er ihr Bild auf Zeitungsausschnitten gesehen hatte, ihn, weil es der Jugendfreund war – und die Stelle im Freien, wo sie kopulierten, weil er sie dreizehn Tage zuvor abgesucht hatte: die Lichtung, in der man die Leiche entdeckt hatte. Hinten auf den Abzügen stand in Blockschrift: AM MORDSONNTAG AUFGENOMMEN.

Zingg, der die Ellbogen auf den Kiefernholztisch gestützt und das Gesicht in den Händen vergraben hatte, sah auf, als Keller die Wohnzimmertür öffnete, und sagte: »Sie hat mich verlassen, Peter. Paula ist am Montagabend zu ihrer Mutter nach Lyss gezogen.«

Keller legte die Fotos vor Zingg hin. Die gequälten Züge veränderten sich nicht. »Ich dachte, du seist impotent.«

»Woher …« Zingg brach ab und nickte. »Jetzt verstehe ich es. Du hast mit Paula geschlafen.«

Keller versuchte, trocken zu lachen, aber es klang bitter. »Bei ihr war auch ich impotent.«

Zingg schien zu schrumpfen. »Ich kann's nur mit Huren.«

»Eva Drechsel war keine Nutte«, wandte Keller ein.

Zinggs Rechte kroch auf die Fotos zu, zuckte aber, kaum hatten die Finger sie berührt, zurück. »Doch, das war sie. Mein Körper lügt nicht. Nur meine Erinnerung.«

Das Ticken der Standuhr. Zinggs Atemzüge. Das Gewicht des eigenen Leibs: nichts als ein Sack Knochen und Fleisch, kein Ich im Hirn, nur dieser Satz, den ein Mörder geschrieben hatte. Keller sagte ihn laut: »Eine Nacht wünscht' ich mir, in der die Raubtiere meiner Seele still schnaubend lägen, und ich wäre so ruhig und geduldig wie Gras.«

Zinggs helle Augen suchten Kellers. »Warum peinigst du mich, Peter?«

Keller brachte keinen Laut hervor. Die Vorstellung, er beobachte sich selbst, stehe draussen, am Fenster, den Rücken der prallen Wirklichkeit zugedreht, dem Licht, der Hitze, den Geräuschen, den Gerüchen des Schwantbachtals, und sehe in den düsteren Raum hinein, die zwei Männer dort, erstarrt, wie Puppen einander gegenüber. Schliesslich schlich ihm die Frage doch über die Lippen: »Hast du sie umgebracht, Josef?«

»Ich weiss es nicht«, antwortete Zingg, schloss die Lider, und Tränen schossen unter den Wimpern hervor.

Hinter sich die Sonne, enteilten sie dem Todesduft im Haus des Amos und schritten ihren Schatten nach ins weiche Licht des frühen Abends, über die Kuppe, durch das abgeerntete Getreidefeld, dessen Stoppeln unter ihren Schuhen knickten, auf die Mulde mit dem Hügelchen zu. Keller warf die Arme hoch, atmete tief ein und reckte sich. Er fühlte sich leicht, und zugleich schämte er sich dessen, denn an seiner Seite ging Zingg, den er genötigt hatte, ihn zum Tatort zu begleiten, ein abgehärmter Riese, und sagte: »Es ist ein Erpressungsversuch.« In Thun habe sich mit der Zeit als Folge seiner ehelichen Impotenz die Situation ergeben, dass Paula ihre Liebhaber gehabt und er ab und zu, wenn er zum Training in Bern gewesen sei, eine Dirne aufgesucht habe. Aber in Schwant, als Amos, habe er sich enthalten – was nicht leicht gewesen sei, eine der Dirnen nämlich aus dem Hotel Schwantbad habe ihn wochenlang mit ihren Angeboten verfolgt. Paula habe, sooft sie weggefahren sei, an der Fiktion festgehalten, sie besuche ihre Mutter. Seit er wieder hier lebe, habe er eine Gewohnheit seines Grossvaters übernommen: am Vormittag eine Weile auf der runden Bank bei der Linde zu sitzen. Eines Tages habe sich, in unmissverständlicher Absicht, Eva zu ihm gesellt. Er sei gleich entbrannt, habe sich zwar gegen seine Begierde gewehrt, sei ihr aber bald erlegen. Dann sei das Foto gekommen, ein ähnliches wie die zwei, die er, Keller, gesehen habe, und am andern Tag ein Anruf. Eine Flüsterstimme habe hunderttausend Franken gefordert, sonst erhalte der Ältestenrat der Amositer einen Abzug. Auf seinen Einwand, er verfüge nicht über so viel Geld, habe sie erwidert, dann solle er das Land verkaufen. Die nächsten Tage habe er nicht ein noch aus gewusst. Zingg blieb plötzlich auf einem der Weidepfade stehen, die die Kühe ausgetreten hatten und die den zur Mulde abfallenden Hang durchschnitten. »Bis es mir wie Schuppen von den Augen fiel. Ich war in *Seiner* Hand.«

»Allerdings«, entfuhr es Keller, der zwei Absätze tiefer angehalten hatte, »in der des Erpressers.« Das Haus war hinter dem Kamm verschwunden. Eine Hummel tauchte ihren Rüssel in die Arnikablüte auf dem Erdbuckel vor seiner Nase.

»Aber nein«, widersprach Zingg mit dem Ausdruck heiterer Traurigkeit und der verhaltenen, entrückten Stimme des Sektenpredigers, »in Gottes. Wenn es eine Fügung war, dass ich der Amos wurde, dann war all das nur eine Prüfung; der Erpresser konnte mir nichts anhaben.« Keller musste unwillkürlich den Kopf geschüttelt haben, da Zingg beharrte: »Doch. Als er wieder anrief, sagte ich ihm, was mit mir geschehe, sei der Wille des Herrn und er sei nur *Sein* Werkzeug. Ich hörte nichts mehr von ihm, bis ich ...« Das Gesicht verzerrte sich wieder zur bitteren Grimasse. »Allein, ich wurde nicht geläutert. Von neuem erlag ich der Begierde, auch wenn ich mir vormachte, ich suchte bloss zu erfahren, welche Rolle sie bei der ganzen Sache gespielt hatte. Am Freitag verabredete ich mich mit Eva und traf sie am Sonntag um halb sechs abends.« Er wies zur Linde hinüber. »Auf der Bank dort. Als ich ihr das Foto zeigte, war sie zunächst verwundert, meinte: ›Die Aufnahme ist ja gut‹, lachte unversehens und gab sie mir mit der Bemerkung wieder: ›Für deine Frau, damit sie sieht, dass du nicht impotent bist.‹ Da packte ich sie. In meiner Erinnerung reisst sie sich los, läuft weg, und ich kehre nach Hause zurück. Aber darauf ist kein Verlass.« Keller versuchte, ihn zum Weitergehen zu bewegen. Zingg rührte sich nicht. »Ich hab's schon einmal getan, Peter, und wusste nachher nichts davon.« Vor neun Jahren habe er sich in Bern mit einer Dirne gestritten, weil sie sich, wie Eva, abfällig über seine Frau geäussert habe. Dabei habe er sie, soweit er sich, auch heute noch, entsinnen könne, nur an den Oberarmen gefasst und geschüttelt. Zwei Tage später jedoch sei sie in Thun erschienen, habe Male am Hals gehabt, behauptet, er habe ihr die Kehle zugedrückt, und ihr Begleiter, der Zuhälter, habe Schmerzensgeld verlangt. Als Keller sich nach ihrem Namen erkundigte, antwortete Zingg: »Rita. Du kannst sie fragen. Sie arbeitet jetzt im Hotel Schwantbad. Sie ist es, die mir nachgestellt hat.«

Keller stutzte. »Rita? Rita Maybach?« Zingg nickte. Die Blondine! In der Schlucht hatte sie ihn zu verführen versucht, im Hotel Schwantbad hatte sie für die Offiziere gestrippt – und nun das.

»Peter«, winselte Zingg, »sie ist erwürgt worden. Habe ich es getan?«

Keller hakte die Daumen im Nacken unter den Tragriemen des Feldstechers, den er sich von Zingg geborgt hatte und der vor seiner Brust baumelte, und zog ihn über den Kopf. »Wer hat die Lichtung ausgesucht?« Zingg sah ihn verständnislos an. »Zum Ficken.«

Zingg straffte sich. Die Stirnader schwoll. »Rede nicht so mit mir.« Keller wandte sich ab, stieg den Hang hinunter in die Mulde, und Zingg, als fürchte er, allein gelassen zu werden, hastete ihm nach, holte ihn am Bach ein. Gemeinsam setzten sie über dessen Bett. »Es war Eva«, sagte Zingg, als er sich am andern Ufer aufrichtete.

»Und wo ist jetzt dieses erste Foto?«, fragte Keller.

»Ich hab's verbrannt«, entgegnete Zingg.

Die Rinde duftete nach Harz. Im Nachbarbaum hämmerte ein Specht, verstummte, und ringsum raschelten und zirpten die übrigen Vögel. Die herabhängenden Äste der Rottanne bildeten einen dämmrigen Schlupfwinkel. Doch jemand hatte ein paar Zweige geknickt, so dass man durch die Lücke die Lichtung überblickte, deren Grün, mit vereinzelten Tupfern anderer Farben gesprenkelt, in allen Abstufungen leuchtete, wo es die Schatten der Fichten nicht dunkel und kühl tönten. Ameisen krabbelten über die Lederriemen der Sandalen und die schwarzen Socken. Der von dürren Nadeln gepolsterte Boden federte, wenn Keller das Gewicht von einem Fuss auf den andern verlagerte. Abend, halb sieben. Um diese Zeit war Eva Drechsel ermordet worden. Das Versteck zu finden, von dem aus der Erpresser mit einem Teleobjektiv die Aufnahmen gemacht haben musste, war nicht schwer gewesen. Erneut trommelte der Specht sein Stakkato, und Keller richtete den Feldstecher auf Zingg, der in der Lichtung stand, mit hängenden Armen, die Zähne auf die Unterlippe gebissen, wie auf dem Foto, aber nun nicht auf die in den Lenden prickelnde Lust konzentriert, sondern als müsse er das Gesicht vor dem Zerbröckeln bewahren; die Haut fleckig von Sommersprossen, das kupferne Haar funkelte in der Sonne, die hellblauen Augen unter den buschigen Brauen tot. Plötzlich begriff Keller, dass etwas auf den Fotos nicht stimmte: die Richtung, aus der das Licht einfiel, wie die Schatten lagen. Sie waren nicht gegen Abend aufgenommen worden, sondern am Vormittag. Ohne den Feldstecher abzusetzen, rief er: »Wie oft habt ihr's getrieben, da, wo du jetzt stehst?«

Zingg sah flehentlich zur falschen Fichte hinüber. »Peter, bitte.«

»Wie oft?«, wiederholte Keller. »Und zu welcher Tageszeit?«

Zingg zählte, die rechte hinter der hohlen linken Hand verbergend, an den Fingern ab. »Nur viermal. Immer am Vormittag.«

»Auch am Mordsonntag?«

»Nein. Am Abend. Ich erinnere mich ja nicht, dass wir überhaupt zusammen geschlafen haben. Aber wenn … nicht hier in der Lichtung. Drüben bei der Bank.« Zinggs Stimme brach. »Am Vormittag habe ich doch gepredigt.« Wieder quollen Tränen aus seinen Augen. Keller kam sich vor wie ein ertappter Voyeur und liess den Feldstecher sinken. *Er* weinte nur vor Frauen.

In der Ferne kroch der gelbe Postbus über das schmale Band der Asphaltstrasse und verschwand, seine Dreiklanghupe blasend, in der Schlucht. Der Bach am Fuss des Hügelchens murmelte. Die Fenster des Predigerhauses lauerten auf der Anhöhe. Die Linde hatte ausgeblüht. Es roch nach nichts als nach der Pein des Amos. Zingg sass, zusammengesackt, auf der Bank und starrte auf den anonymen Zettel. Keller stand vor ihm und musterte den Fund, der auf seiner ausgestreckten Hand lag. Er hatte den Boden unter der Rottanne und darum herum abgesucht, ein Knirschen unter der einen Sohle gehört und die kleine, flache, runde Kunststoffdose mit dem Gelbfilter aus den Nadeln herausgewühlt. Er steckte sie in die Jeanstasche. »Was ist mit der Halskette?«

»Ich war schon auf dem Weg nach Hause, und da hatte ich sie in der Hand.« Zingg faltete den Zettel, reichte ihn Keller zurück und berichtete. Sobald er erfahren habe vom Mord, habe er sie unter der Bank in der Erde versteckt. Aber als er dann vom Fenster aus einen Fremden in der Mulde unten entdeckt habe – der, wie sich später herausgestellt habe, er, Keller, gewesen sei –, habe er sich herangeschlichen, ihn beobachtet, schliesslich die Kette wieder ausgegraben, sich davongemacht und sie später in die Schlucht geworfen. Er richtete sich auf und lehnte den Rücken an den rissigen schwärzlichen Lindenstamm. »Ich muss sie Eva abgerissen haben, als ich sie erwürgte.«

»Ich glaube nicht, dass du es getan hast, Josef«, erwiderte Keller.

Aber schon während er sprach, schüttelte Zingg den Kopf, sah Keller, schwer atmend, ins Gesicht, die Augen strahlten. »Doch, ich bin schuldig, Peter.«

Keller bestand vor dem Blick des Jugendfreunds nicht, drehte sich auf dem Absatz um und ging.

Auf dem Fussweg am Bach unten strebten, unter die Rucksäcke gebeugt, im Gänsemarsch winzige Wanderer in roten Kniestrümpfen der Bushaltestelle an der oberen Brücke zu. Auf der Kuppe lag eine getigerte Katze geduckt im Windschatten eines frischen Maulwurfshaufens. Die Sonne verschwendete ihr Abendrot über den waldigen Höhen im Westen, zersplitterte das Schwantbachtal in scharfe Licht- und Schattenflächen, blendete sie, während sie über das Stoppelfeld zurückgingen. Als sie vor dem Haus angelangt waren, zog Keller die Fotos wieder hervor, die er im Arbeitszimmer des Amos gefunden hatte. »Wann hast du diese zwei erhalten? Nach dem Mord?«

»Am letzten Samstag erst. Vor vier Tagen. Vorgestern kam der Anruf. Wieder die Flüsterstimme.« Zingg griff nach der Türklinke, wandte sich jedoch plötzlich um. »Ich will mich stellen.«

Keller steckte die Fotos weg, trat auf ihn zu und fasste ihn an den Schultern. »Noch nicht, Josef. Später wirst du möglicherweise nicht darum herumkommen, als Zeuge auszusagen, und die ganze Geschichte wird …«

»Du verstehst es nicht, Peter. Ich habe zwar die Behandlung abgebrochen, die ich wegen der … und in meiner Erinnerung hat der Mann noch immer kein Gesicht.« Zinggs fauliger Atem traf Keller. »Aber der Therapeut hat recht. Es war mein Vater.« Zingg klammerte sich an Keller, schluchzte an seiner Brust und sagte: »Otto ist mein Halbbruder.« Den Kopf in den Nacken geworfen, folgte Keller mit den Augen dem orangefarbenen Deltagleiter, der am Himmel seine Kreise zog und hinter den Hügeln verschwand, streckte, unfähig, zurückzuweichen oder den andern zurückzustossen, die Arme steif von sich, um ihn mit den Händen nicht mehr zu berühren, und erfuhr von der Erinnerung, die einige Jahre zuvor ein Psychotherapeut geweckt habe: Zingg habe, ein Knabe noch, eines Tages aus irgendeinem Grund die Kapelle durch den Seiteneingang betreten und einen Mann die damals minderjährige Verena Balsiger auf einer Holzbank begatten sehen. Ohne die um die Oberarme gekrallten Finger zu lösen, hob Zingg das Gesicht von Kellers Brust und sah auf. »Ich darf nicht ins Haus zurück. Dort lauert er, um in mich zu fahren.«

Keller, noch immer wie erstarrt, rührte sich nicht. Das schwarze Hemd klebte, tränenfeucht, an der Haut. Seine Stimme krächzte. »Warum hast du die Fotos hinter der Bellinireproduktion versteckt?« Zingg schwieg, den gequälten Blick unverwandt auf Keller gerichtet. Schliesslich schrie dieser: »Hinter deinem Christus!« Als sei das Wort ein Schlag, taumelte Zingg zurück, und Keller war frei, erklärte lahm: »Das Telegramm war von mir, nicht von Göpf.«

»*Er* sollte entscheiden.« Zinggs geschrumpfte Gestalt schien zu wachsen, bis er hochaufgerichtet stand, ein Riese im Gegenlicht, den roten Haarschopf von den Strahlen der untergehenden Sonne umloht, das Gesicht im Schatten weise, heiter, in den Augen das kalte Feuer der Ewigkeit, das auch aus denen von Verena Balsiger geleuchtet hatte. »Du hast die Fotos gefunden, als *Sein* Werkzeug, und ich bleibe in *Seiner* Hand, als Amos, bis zum Ende.« Er drehte sich um und trat ins Haus. Keller schwang sich aufs Mofa und fuhr durch den Wald talwärts. Der Wind trug ihm den Geruch des veralgten Wassers und den Duft von frisch geschnittenem Gras zu.

Die Eigenheiten, die es unverwechselbar machten: der Knick in der linken Braue, wie die Fältchen verliefen, wo die Schatten nisteten – er betrachtete sie, als wolle er sie malen, und Zärtlichkeit erfüllte ihn für das harte, von Löckchen umrahmte Gesicht, so heftig und unwillkürlich, dass es schmerzte. Das

Zucken ihrer Mundwinkel verriet, dass sie wusste, was sie ihm antat. Unter den Füssen das Rumpeln der Kugeln und Kegel auf der Bahn im Keller, vom Ausschank her die üblichen Geräusche, ringsum die Gespräche, aufflackernd, versandend, sporadische Lacher. Die Essenszeit war vorbei. Geblieben waren die Gäste, die sich in den Abend hineintranken. Die Flüche der Kartenspieler fuhren in die Gaststube. Uta und Keller sassen einander gegenüber, zwischen ihnen die Flasche Beaune, der er nicht widerstanden hatte, obschon er noch unter Schmerzmitteln stand. Der Rotwein schmeckte und auch die Löwe BC, deren Rauch träge aus seinem Mund schwappte. Der Streit war beigelegt. Sie hatte ihn, als er, von Schwant zurück, im Bären angelangt war, angefaucht, weil er trotz seines Versprechens Markwarts Namen preisgegeben hatte, und er hatte ihr erzählt, was auf dem Jordihof geschehen war. Darauf hatte sie sich angeboten, mit Schulthess zu sprechen, aber er hatte es abgelehnt, da er sich nach Schwartz' Taktik richten und seine Aussage ändern musste. In einer der drei Jassrunden hinten im Restaurant spielten Tobler und Schwengeler. Dieser, offensichtlich angetrunken, liess, als er die Karten fächerte, eine davon fallen. Jener stellte, ohne eine Miene zu verziehen, den Fuss darauf und hob ihn nicht, bevor dieser schnaufend unter den Tisch gekrabbelt war, um den Boden abzusuchen – was den zwei anderen Mitspielern wieherndes Gelächter entlockte. Keller überlegte sich, ob Schwengeler etwas mit dem Erpressungsversuch zu tun hatte. Es sei stets der Notar und Rechtsanwalt aus Zill gewesen, hatte Zingg erzählt, der die Kaufinteressenten vertreten und den Amos gedrängt habe, sein Grundstück zu veräussern; dabei habe er jeweils zu verstehen gegeben, wenn er verkaufe, würden der Bordellbetrieb und die Wohngemeinschaft in der ehemaligen Dépendance verschwinden. Kurz nach dem Tod des Vaters habe er auch ihm, Zingg, eine Offerte der Melioration AG unterbreitet. Nachdem er diese zurückgewiesen habe, habe er nichts mehr von ihm gehört bis vor zwei Monaten. Da habe er ihm ein weiteres Angebot gemacht, das er wiederum ausgeschlagen habe, diesmal im Auftrag eines neuen Klienten, einer gewissen Somax AG. Uta, den Blick auf Schwengeler gerichtet, sagte verächtlich: »Er säuft wieder!« Sie wandte sich Keller zu, und ihre Stimme war plötzlich lebhaft. »Weisst du, dass ich eigentlich gelernte Putzmacherin bin?« Als er nicht begriff, erklärte sie: »Modistin. Jemand, der Hüte herstellt und herausputzt. Ich liebe verrückte Hüte.«

Keller verzog das Gesicht. »Trägst du auch welche?«

»Nicht mehr«, antwortete sie verbittert, »seit ich wieder hier bin und statt Hüte die Buchhaltung der

Genossenschaft mache, Rechnungen tippe ...« Ihre Züge belebten sich wieder. »Dabei wären sie wieder in. Ich würde bloss das Anfangskapital brauchen.«

Er wies mit einer Kopfbewegung auf Schwengeler. »Bitte deinen Vater darum.«

»Der!«, schnaubte sie. »Er hatte schon immer die Neigung, mehr auszugeben, als er einnahm, und seit er die Jordi hat abfinden müssen, meine Stiefmutter, steckt er bis über die Ohren in Schulden.« Ihre Augen wurden trüb. »Als ich vierzehn war, pflegte ich vorzugeben, nicht er, sondern ein anderer sei mein leiblicher Vater. Ein Deutscher, kein Schweizer.« Ohne abzusetzen, trank sie das Glas leer.

Er strich ihr mit dem Zeigefinger über den Handrücken. »Sei nicht so lieblos zu meinem Beaune.«

»Ach, Scheisse«, erwiderte sie und lachte. »Ich weiss genau, wo ich mir die Werkstatt und den Laden einrichten würde in München. Mit hunderttausend Franken würde ich es schaffen.«

Keller, der ihr nachschenkte, goss um ein Haar den Wein daneben. »Habt ihr zwei am Ende die Erpressung ausgeheckt?« Er stellte die Flasche auf den Tisch zurück. »Du und Eva?« Er vergewisserte sich, dass sie nicht beobachtet wurden, und legte die Fotos vor sie hin.

Sie schien zunächst verblüfft, betrachtete sie aber dann mit dem Ausdruck, den sie gehabt hatte, als er ihr Gesicht gemustert hatte: mit zuckenden Mundwinkeln. Schliesslich meinte sie: »Ich glaube es nicht.«

»Dass ich es wage, dich zu verdächtigen?«, entgegnete er spöttisch. »Oder dass Eva bei einer Erpressung mitgemacht hat?«

»Dass sie's mir nicht gesagt hat.« Sie sah die Aufnahmen wieder an und schüttelte den Kopf. »Mit dem Amos! Dieses traurige Lächeln, das er sonst immer trägt. Einmal haben Eva und ich uns ausgemalt, wie es wäre ...« Sie verstummte und biss die Zähne auf die Unterlippe. »Er hat sie umgebracht.«

Er ging nicht auf ihre Behauptung ein, sondern fragte: »Hängst du mit drin?«

»Ach, hör doch auf, Peter. Ich weiss nicht, was ich für Geld alles täte. Doch Erpressung ...« Sie reichte ihm die Fotos zurück. »Mit dem Prediger der Wahren Christen zu schlafen!« Es klang, als beneide sie Eva um die Erfahrung. »Für sie muss das vor allem ein Spiel gewesen sein. Wenn du Eva gekannt hättest ...«

Er unterbrach sie. »Hat dein Vater sie auf Zingg angesetzt?«

»Nachdem das auf dem Jordihof passiert ist ...« Sie runzelte die Stirn. »Ja, jetzt denke ich auch, dass er vor sechs Jahren mitgeholfen hat, die Tat Otto in die Schuhe zu schieben. Aber ich bin sicher, dass ihn seine damalige Frau dazu gebracht hat, die Jordi. Ebenso der Versuch, den alten Amos mit dem Puff und der Wohngemeinschaft zum Verkauf seines Grundstücks zu bewegen … Das hat doch die Pächterin des Hotels Schwantbad ausgeheckt, Annette Zurkinden. Mein Vater ist nicht der Typ, der aus eigenem Antrieb handelt. Das mit Eva … Nein. Hinter der Sache steckt er bestimmt nicht.«

»Wer denn?«

»Ich weiss es nicht.« Sie nippte am Glas. »Wenn du willst, kannst du ab morgen bei mir wohnen. Maga Abbühl fährt für drei Wochen fort.«

Er zündete die erloschene Löwe BC wieder an. »Was hat die eigentlich gegen mich? Wir haben uns zwar nie besonders gemocht. Trotzdem verstehe ich nicht …«

»Sie ist eifersüchtig, du Arsch«, fiel sie ihm ins Wort. »Willst du nun bei mir wohnen oder nicht?« Er schwieg, bis sich ihr Gesicht verdüsterte. Dann nickte er und blies den Rauch der Zigarre über den Tisch. Sie wedelte ihn mit der Rechten weg. Sein Blick tauchte in die goldenen Sprenkel ihrer Augen.

Die Kleider waren auf der Bettumrandung verstreut. Er lag auf dem Rücken, ein regloser Klumpen auf den zerwühlten weissen Laken, das Kissen in einem Wulst unter dem Nacken, den Kopf nach hinten geknickt, die Arme von sich geworfen, den behaarten Oberkörper, dessen Brüste mit den stumpfen, dicken Warzen und den breiten Höfen sich wölbten wie die einer Frau, nackt. Der Wanst war zur Seite gesackt. Aus dem Schlitz der blau-weiss gestreiften Pyjamahose quoll, rund und rosa, eine Hodenhälfte. Die Füsse, deren linker noch in einer grauen Socke steckte und die einander an den Fersen berührten, gespreizt im Lichtkreis der Pendellampe mit dem Baumwollschirm, dessen Fransen sich kaum merklich bewegten. Keller beugte sich über den Schläfer: das Gesicht eines pausbäckigen, schlaffen, alternden Engels, bis der Mund aufklaffte und er hineinsah auf die graue Zunge und die Plomben. Er fragte sich, was der andere träumte, und Schwengeler begann, röchelnd zu schnarchen. Sein Atem stank nach Schnaps. Donnerstagnacht, kurz vor eins. Keller war es gelungen, vorzugeben, er fahre mit Uta weg, aber in Wirklichkeit vom Bären aus Schwengeler zu folgen. Ein paar Minuten nachdem dieser das Einfamilienhaus betreten hatte, war im ersten Stock das Licht aufgeflammt, jedoch nicht wieder erloschen. Keller hatte schliesslich das Warten aufgegeben, mit dem Brecheisen aus dem Werkzeugkoffer sacht die Hintertür aufgestemmt und sich im Schein der Taschenlampe ins Schlafzimmer hinaufgeschlichen. Er drehte sich um und schrak zurück, als ihm der schwarzgekleidete

Mann gegenüberstand: sein Ebenbild im dreitürigen Spiegelschrank. Neben dem aufgeschlagenen »Penthouse« auf dem Teppich fand er die Hose und in deren Tasche Schwengelers Schlüsselbund. Er stieg ins Erdgeschoss zurück, flickte, so gut es ging, das aufgebrochene Schloss und verriegelte den rückwärtigen Eingang, betrat die Notariats- und Anwaltskanzlei und sperrte von innen ab, trug Schwengelers Arbeitslampe nach hinten und stellte sie dort auf den Tisch, heftete die Wolldecke, die er im Wandschrank des Flurs oben entdeckt hatte, mit den Reisszwecken, auf die er in einer Schublade gestossen war, sorgfältig an den Rahmen des einzigen Fensters, zog die Tür zu, knipste das Licht an und machte sich über den Inhalt der stählernen Schränke im Aktenraum her. Fast drei Stunden lang stöberte, las, notierte er, hielt ab und zu inne, um dem Schnarcher im ersten Stock zu lauschen oder auf die Uhr zu blicken, fuhr zusammen, wenn die Wände knackten. Schweiss füllte die Fingerspitzen der Gummihandschuhe, die er aus der Abstellkammer neben den Toiletten im Bären entwendet hatte. Nach und nach zeichneten sich die Umrisse eines Bilds ab – allerdings eines Bilds wovon?

Schwengeler war Verwaltungsratspräsident der Melioration AG, die, von den alten Herren gegründet, das Hotel Schwantbad und die dazugehörenden Grundstücke bewirtschaftete, der Holzbau AG und der Lutz AG, die, beide durch Mantelkäufe erstanden, sich darauf beschränkten, Land zu erwerben und es zu verpachten. Jenes schien ihnen freilich seit vier Jahren nicht mehr gelungen zu sein. Die Beisitzer des Präsidenten waren in allen drei Gesellschaften dieselben: Aebischer, der Gemeindeschreiber von Schwant, und Wachtmeister Schulthess, der Chef der Polizeiwache Zill; ebenso die Aktionäre: die sieben Greise der Gesellschaft der Freunde Schwants mit je dreizehn, Schwengeler, Aebischer und Schulthess mit je drei Prozent der Aktien. Jede der drei Gesellschaften hatte vergeblich versucht, Zinggs Land zu kaufen, und als Keller die Karte kopierte, auf der die Grundstücksgrenzen eingetragen waren, begriff er, warum: Es lag mitten in ihrem Besitz. Was er aber nicht verstand: Weshalb hatten die Lutz AG und die Holzbau AG einen grossen Teil des Schwantbodens erworben, der moorigen, langgestreckten Hochebene hinter den Hügeln, wo der Schwantbach entsprang? Das war doch höchstens Weideland und würde nie in die Industrie- und Bauzone kommen.

Bei einer vierten Gesellschaft, der Somax AG, waren Verwaltungsräte und Aktionäre identisch. Schwengeler war Präsident, mit fünfzehn Prozent der Aktien, Beisitzer waren Tobler, der Bärenwirt aus Zill, mit fünf Prozent und Annette Zurkinden, die Pächterin des Hotels Schwantbad, mit achtzig

Prozent. Eigentlich war die Übernahme der Somax nicht mehr als ein Vorhaben. Der Mantel war noch nicht gekauft, sondern nur durch eine Anzahlung gesichert, die verfiel, wenn die ganze Summe nicht bis Ende des Jahres beglichen war, eine Anzahlung, die Annette Zurkinden vorgeschossen hatte. Die Somax schien nur einen Zweck zu haben: Zinggs Grundstück zu kaufen.

Uta hatte recht. Der Herr Aufsichtsratsvorsitzende (oder Verwaltungsratspräsident, wie er hier eben hiess, im Herzen der Schweiz, im emmentalischen Zill) war pleite. Vor drei Jahren hatte er eine ganztags arbeitende Sekretärin gehabt, jetzt beschäftigte er eine Schreibkraft an drei Vormittagen in der Woche. Er hatte von Aebischer und Schulthess Geld geliehen und ihnen als Sicherheit die Aktien der Melioration AG, der Holzbau AG und der Lutz AG überlassen; sie gehörten ihnen, wenn er bis Ende des Jahres die Schulden nicht zurückgezahlt hatte. Das Haus, in dem er wohnte und seine Kanzlei hatte, befand sich nur noch auf dem Papier in seinem Besitz. Bevor Keller aufräumte, durchsuchte er Schwengelers Schreibtisch: Mahnungen zuhauf.

Um vier Uhr morgens schnappte das Schloss hinter ihm wieder zu. Die einzigen Spuren des nächtlichen Besuchs waren die an der Hintertür, aber sie fielen nicht ohne weiteres ins Auge. Die Akten des

Prozesses, in dem Otto Balsiger vor sechs Jahren, trotz oder wegen Schwengelers Verteidigung, verurteilt worden war, hatte er vergebens gesucht.

Als er vom Einbruch in sein Zimmer im Bären zurückgekehrt war, setzte er sich an den Spiegeltisch und sicherte so, wie es ihm Marchand in Genf vor Jahren beigebracht hatte, den Abdruck eines Fingers oder Daumens – nicht am Gelbfilter, sondern innen am Deckel der Plastikdose, die er unter der Fichte bei der Lichtung gefunden hatte. Als er aufsah, traf ihn der Blick seines Spiegelbilds, und der war spöttisch, und er kam sich albern vor, wie ein Erwachsener, der mit der Modelleisenbahn spielt: absurd, was er tat, was er war. Die Neugier war weg, der Triumph verflogen. Das vertraute Gefühl, das er hasste, aber auskostete, wenn es ihn überfiel. Er nahm die erloschene Löwe BC vom Aschenbecher und zündete sie an. Während er rauchte und die Flasche leer trank – der Beaune verlieh dem Weltschmerz eine dunkle, wollüstige Süsse –, fiel ihm der Satz ein, den ihn in der Quarta der Griechischlehrer fünfzig Mal hatte abschreiben lassen, als Strafe, er wusste nicht mehr, wofür. Er transkribierte ihn auf einem Zettel ins lateinische Alphabet und malte ihn Buchstaben um Buchstaben hin, bis er dastand, wie er ihn morgen brauchen würde: die einzelnen Lettern so verzerrt und verschnörkelt, dass man sie nur mit Mühe zu entziffern vermochte. Sobald er mit dem Ergebnis zufrieden war, erhob er sich, riss die Vorhänge auf, öffnete das Fenster weit und rief die Binsenweisheit in den jungen Tag hinaus: »He dusa panta kai komizetai tyche.« Die Sonne, die eben über den Horizont stieg und unter der Zills Ziegeldächer aufleuchteten, schleuderte ihm ihre Strahlen ins Gesicht. Die Brüstung, auf der seine Unterarme ruhten, war taufeucht. »Das Schicksal, das alles gibt, nimmt auch alles weg.« Er lachte behaglich, als habe er den Satz geprägt, zog sich aus und legte sich schlafen.

10

Während die Sonne, gelassen wie immer, dem Untergang zusank, ihr Licht, bald gedämpft, bald schimmernd, bald gleissend, vergeudete und schroffe bläuliche Schatten zauberte, herrschte auf dem Schwantboden ein emsiges Treiben. Soldaten brachten einen Dieselgenerator in Gang, zogen Leitungen, richteten Lautsprecheranlagen ein. An den Ständen wurden die Holzkohlen angefacht, Flaschen entkorkt, Fässer angezapft, Plastikbecher gestapelt. Funktionäre spannten Seile, an denen rote Wimpel mit weissen Kreuzen hingen, pflanzten Fackeln in die Erde. Auf der Bühne probte eine Volkstanzgruppe. Die Festwiese lag auf einer flachen Kuppe, die sich nach drei Seiten einige Hundert Meter weit kaum neigte, bevor die Abhänge begannen, auf der vierten aber, gleich hinter der höchsten Stelle, wo der mächtige Holzstoss aufgeschichtet war, steil abfiel zur Mulde, in der die Strasse endete. Im Norden, im Osten und Westen sah man ungehindert auf das Land hinaus. Im Süden türmten sich die bewaldeten Hügel, einer den andern überragend, bis sie da, wo sie in die Alpen übergingen, schroff und felsig wurden, zu Gipfeln, die sich im Blau des Himmels verloren, einige weiss vom Schnee. Auf dem Parkplatz unten, auf dem sich die Autos reihten, hoben Trainsoldaten die Alten und

Gebrechlichen, ihnen zuredend und zulachend, auf eine Art behelfsmässiger Sänften und beförderten sie auf Saumpferden in die Höhe. Die anderen, Rucksäcke angeschnallt, zusammengerollte Wolldecken unter den Armen, folgten dem Fusspfad, der im Zickzack anstieg, oder erklommen geradewegs den Steilhang, hemdsärmlig, in dünnen Blusen, Hüte, Mützen, in den Ecken verknotete Taschentücher auf den Schädeln, einander durch Zurufe anfeuernd, die Gesichter rot, keuchend Schritt um Schritt vor sich hinstapfend; die Kinder trugen bunte Papierlaternen, die noch nicht angezündet waren. Oben strömten alle auf die Wiese und liessen sich nieder. Doch mancher hielt, nachdem er zu Atem gekommen war, vorher die flache Hand schirmend an die Stirn, liess den Blick in die Runde schweifen, und das Bewusstsein malte sich auf seinen Zügen, dass Heimat war, so weit das Auge reichte, auch der dunkle, dunstige Streifen im Norden, der Jura, gehörte dazu, und das Emmental lag ihm ohnehin zu Füssen. Keller irrte durch die Menge und suchte vergebens Josef Zingg. Freitagabend, der erste August. Bereits knallte und zischte vereinzelt Feuerwerk.

Am Donnerstagmorgen war er nach kaum zwei Stunden Schlaf aufgestanden. Beim Frühstück verlangte er nach Tobler, bekam aber den Bescheid, dieser sei weg und werde erst am nächsten Tag zurückerwartet. Nachdem er auf der Polizeiwache das von Schwartz mit Schulthess ausgehandelte Unfallprotokoll, aus dem die drei vermummten Gestalten verschwunden waren, unterzeichnet hatte, kaufte er im Schreibwarenladen gegenüber einen Stapel unbedruckter Hochglanzkarten vom Format A5. In seinem Zimmer zog er die gestohlenen Gummihandschuhe an, kopierte auf jede Karte Buchstaben um Buchstaben genau den griechischen Satz, den er in der Nacht ins lateinische Alphabet transkribiert hatte. Dann begab er sich mit dem Mofa nach Schwant und suchte einen Bewohner nach dem andern auf, reichte ihm eine Karte und fragte, ob ihm die Schrift bekannt vorkomme und er sie allenfalls zu entziffern vermöge. Er brachte neunzehn Karten zurück – mit den Fingerabdrücken von ebenso vielen Personen –, untersuchte sie und stellte fest, dass der passende nicht darunter war. Um halb sieben abends war er mit Uta verabredet. Da er das Zimmer für die Nacht auf den Freitag bereits bezahlt hatte und morgen ohnehin nach Zill zurückkehren würde, liess er die Koffer im Bären und nahm nur eine Plastiktüte mit der Zahnbürste, einem Hemd, Unterwäsche und einem Paar Socken mit. Er war schon draussen, unter dem Wirtshausschild, dem schmiedeeisernen Bären, der im Wind schwankte und quietschte, als der rote R4 am Trottoirrand stoppte.

Er beobachtete sie beim Aussteigen, empfand von neuem diese schmerzliche Zärtlichkeit, hauste in den Bewegungen ihres Körpers. Uta rutschte über den Beifahrersitz, wand sich aus dem Auto, trat auf ihn zu, und in dem Augenblick, da sie sich ihm entgegenreckte, er die Arme hob, platschte vom Himmel herab ein Klümpchen Vogelkot auf seine linke Braue. »Scheisse«, fluchte er unwillkürlich.

»Genau«, erwiderte sie und barst vor Lachen.

Er stand mit hängenden Armen da. »Gib mir wenigstens ein Taschentuch«, bat er.

Sie beugte sich, immer noch glucksend, in den Wagen, und weil sich ihm ihr Arsch zuwölbte, straff und blau, klatschte er die flache Hand darauf. Sie zuckte zurück, prallte mit dem Hinterkopf gegen den Türrahmen, wandte sich um, stiess zwischen zusammengebissenen Zähnen hervor: »Mach das nicht noch einmal, du Provinz-Macho«, und tastete den Schädel ab.

Er hätte sie küssen mögen, auf ihre Löckchen, auf die Stelle, die ihr weh tat, sagte jedoch nur: »Entschuldige, Uta«, wischte mit dem rechten Zeigefinger das Exkrement von der Stirn und schmierte es an die Sandsteinfassade des Gasthofs. Sie stiegen ein, und Uta zeigte ihm die Einkäufe, die Flasche Chablis, die zwei frischen Forellen, die drei Flaschen Beaune, die marinierten Lammkoteletts, den Vacherin und den Roquefort, erklärte, das Gemüse könne er im Garten holen, liess den Motor an und legte den Gang ein. Beim Bahnhof bog sie nach links ab. Er sah sie verwundert an und fragte: »Was ist los?«

»Die Abkürzung«, antwortete sie. »An der Kaserne vorbei, direkt zur Schluchtstrasse, statt zuerst über die Kantonsstrasse.« Er lehnte sich zurück. Ihre braunen Beine. Sie trug einen kurzen Jeansrock. Wie von selbst schlich die linke Hand auf sie zu. Er versteckte die schmutzige Rechte hinter dem Beifahrersitz, glitt mit der linken, die Finger leicht eingekrallt, bald mit den Nägeln prickelnd, bald mit den Fingerkuppen streichelnd, von der Kniescheibe aufwärts, dann wieder zurück. Nach einer Weile schob sie sich etwas nach vorne und seufzte: »Ja. So mag ich's.« Doch in dem Moment sah er den Brunnen an der Mauer, zog die Hand zurück und forderte sie auf anzuhalten. Als er den Rest des Vogeldrecks von der Stirn und vom Finger gewaschen hatte, entdeckte er das rote Coupé, das neben dem Eingang zum Kasernenhof geparkt war, und entschied, sobald er es erkannt hatte, dass er nicht mit Uta nach Schwant fahren würde. Er schritt auf den R4 zu, um es ihr auseinanderzusetzen. Ein diesiger Abend. Vereinzelte Böen.

Das Coupé war unverschlossen. Keller wartete, hinter die Vordersitze gezwängt, bis sie, glücklicherweise allein, zurückkam und wegfuhr. Als der Wagen im Wald beim Stoppschild vor der Querstrasse stillstand, richtete er sich auf, legte ihr den linken Arm, den er verankerte, indem er mit der Hand ihre Schulter packte, von hinten um den Hals, bohrte das Kinn in ihren Nacken und drückte ihr den Kopf in seine Ellenbeuge. Vor Schreck oder absichtlich trat sie aufs Gas, und das Auto überquerte mit pfeifenden Reifen die Kreuzung. Da sie nach ihrer Tasche auf dem Beifahrersitz tastete, schlug er ihr mit der Kante der rechten Hand auf die Finger; sie stiess einen Schrei aus, und er stöhnte auf, als der Schmerz das verstauchte Gelenk durchzuckte. Er flüsterte an ihrem Ohr: »Anhalten.« Aber sie bremste nicht. Da biss er sie in den Nacken. Die Haut schmeckte salzig. Das Haar roch nach Parfum und Plastik. Sie hielt an. Er griff an ihr vorbei und zog den Zündschlüssel ab. In dem Augenblick, da er sie losliess, stiess sie die Tür auf. Er bekam noch ihr Haar zu fassen, und das blieb in seiner Hand: eine Perücke. Wie vor fünfzehn Tagen in der Schlucht schlüpfte sie aus den Schuhen und rannte auf blossen Strümpfen davon. Er schob die Sitzlehne nach vorn und krabbelte hinaus. Nach ein paar Minuten hatte er sie fast eingeholt. Sie sprang indes von der Strasse, hetzte in den Wald hinein, stolperte über eine Wurzel und stürzte auf den moosgepolsterten Boden. Er strauchelte ihr nach und fiel auf sie. Sofort versuchte sie, sich fortzuschlängeln. Doch er riss sie herum, setzte sich rittlings auf ihre Schenkel, hielt sie an den Armen fest und starrte das von einem Fausthieb gelbgrünblau verfärbte Auge an. Rita Maybach musterte das Pflaster auf seiner Stirn, ihre Furcht wich verblüffter Erleichterung, und sie sagte: »Der schwule Detektiv.« Ihr Haar war blond wie die Perücke, aber kurz und stumpf. Der Rock, der bis zu den Hüften hochgerutscht war, enthüllte schwarze Strapse. Die eine Brust hatte die enge Bluse gesprengt und wölbte sich, ein zitternder weisser, leicht absackender Hügel, den ein Weberknecht erklomm.

Er gab einen Arm frei und zeigte auf ihr Auge. »Wer hat dir das verpasst?«

Jäh hockte ihr die Angst wieder im Gesicht. »Der würde mich umbringen.« Keller schnippte mit dem Finger die Spinne von der Brust, traf dabei mit der Kuppe die Warze. Sogleich entblösste sie die Zähne, fuhr ihm an den Hosenlatz, streichelte, zwickte sanft. »Bist du wirklich schwul?«

Er platzte los, lachte, bis ihm die Tränen kamen. Ihre Miene wurde unsicher. Unvermittelt brach er ab und schrie sie an: »Vor neun Jahren. Die Geschichte mit den Würgemalen.«

»Nein. Vor sieben«, verbesserte sie, unbeeindruckt von der Lautstärke. »Da hängst du mir nichts mehr an. Die Bewährungsfrist ist abgelaufen.« Er schwieg und mühte sich, sie durchbohrend zu fixieren. Sie zerrte an der Bluse. »Ich arbeite nicht mehr. Seit drei Jahren. Im Hotel Schwantbad war ich nur in der Zwischenzeit, weil …« Sie berührte das Auge. »Deshalb nennt er mich ja auch so, dieser Schweinehund. Seine Teilzeitdirne.«

»Tobler«, entschlüpfte es Keller. Entsetzen malte sich in ihren Zügen. Ringsum schwatzten und wankten die Büsche und Buchen und Tannen im Wind, der kühl und feucht über Ritas Brust und Kellers Gesicht strich. Er schwang sich von ihr hinunter. Es dauerte eine Weile, bedurfte beruhigender Worte, einiger Drohungen, aber nach und nach erfuhr er, was er wissen wollte. Ihr damaliger Freund habe sich den Trick ausgedacht: bei gewissen Freiern einen Streit vom Zaun zu brechen, sich nachher Würgemale anzuschminken und später Schmerzensgeld zu kassieren. Vor sieben Jahren habe sie es bei jemand aus der Gegend hier versucht: Elias Schwengeler. Allein beim Treffen in der Bahnhofsgaststätte von Zill sei plötzlich ein Polizeiwachtmeister aufgetaucht: Tobler. In der Folge sei ihr die Strafe bedingt erlassen worden. Vor drei Jahren habe sie den Beruf aufgegeben und geheiratet. Aber seit Januar sei ihr Mann unterwegs auf Montage, in Kuwait. (Keller vermutete, dass er im Gefängnis war.) Deshalb habe sie im Frühling

Cora Debrunners Angebot, im Hotel Schwantbad zu arbeiten, angenommen. Gewohnt habe sie allerdings in Zill, im Bären. Von Tobler, der inzwischen Wirt geworden sei, angestiftet, habe sie versucht, ihren ehemaligen Freier, Josef Zingg, zu verführen, was nicht habe gelingen wollen, wohl weil er mittlerweile zum Prediger der Wahren Christen geworden sei. Nein, sie wisse nicht, wie Tobler herausgefunden habe, dass er ihr Kunde gewesen sei. Wahrscheinlich sei er im Lauf seiner damaligen Untersuchung darauf gestossen. (Dass Zingg vor neun Jahren auch auf ihre Masche hereingefallen war, gab sie zwar nicht zu, aber es war offensichtlich. Dass er nach dem Zwischenfall ihr Freier geblieben war, erstaunte Keller.) Etwa einen Monat vor dem Mord habe Tobler sie plötzlich angewiesen, die Hände vom Amos zu lassen, und vor zwei Wochen, am Mittwochnachmittag, habe er ihr befohlen, auf der Stelle zu packen, nach Bern zurückzukehren und sich in den nächsten Monaten weder in Zill noch in Schwant blicken zu lassen. »Kurz bevor ich wegfuhr, so um fünf Uhr nachmittags, schickte er mich dann zuerst in die Schlucht. Dort sollte ich auf den Deuxchevaux-Kastenwagen warten, eine Panne vortäuschen, dich anhalten, ausfragen und behaupten, die im Hotel Schwantbad hätten mich geschickt.«

»Unsinn«, widersprach Keller. »Annette Zurkinden hat dich auf mich angesetzt.«

»Die Zurkinden?«, schnaubte Rita. »Die tut doch, als gebe es unsereins nicht. Nein. Es war Tobler.«

Auf die Frage, warum sie am letzten Montag trotzdem im Hotel Schwantbad gewesen sei, antwortete sie, sie habe lediglich die bereits eingegangene Verpflichtung, für die Offiziere zu strippen, erfüllt. Unvermutet sei er, Keller, dazwischengeraten und später Tobler. Dieser habe sie verprügelt und ihr gedroht, er werde sie umbringen, wenn er sie noch einmal erwische. »Aber jetzt bist du trotzdem hier«, stellte Keller fest.

»Ich weiss schon lange, dass Tobler an diesem Donnerstag verreist. Da ich am Montag meine Gage nicht kassierte, habe ich das heute in der Kaserne getan. Ich brauche das Geld. Für Tommy.« Als sie seinen verwunderten Blick auffing, fügte sie hinzu: »Meinen Mann. Er ist morgen wieder da. Wir fahren in Urlaub.«

Sie sassen dem roten Coupé gegenüber an der Strassenböschung und kifften gemeinsam den Joint, den zu drehen sie sich zögernd anerboten hatte, als Ersatz, wie ihm schien, für ihren Körper, den er, wie sie dachte, nicht begehren konnte. Der verschwommene Lärm des Waldes zerfiel in klare, einzelne Laute, bis sie sich auf einmal zu der Musik fügten, in der alle Stimmen eine waren; der Rauch stand wie Glas in der Luft, die Sonne zerriss den dunstigen Himmel, der Zillwald ein bunter Dschungel, und Rita duftete nach Zimt. Endlich verstand er die Natur, dieses Land, das Emmental. Als sie ihn am Rand von Zill absetzte, schenkte sie ihm den kleinen, in Alufolie gewickelten Klumpen Hasch, das Zigarettenpapier und den Tabak, sagte: »Tommy mag es nicht, wenn ich rauche«, und fuhr lächelnd nach Bern.

Im Bären bestätigte man, der Wirt sei noch weg und kehre kaum vor morgen zurück. Da die Wohnung im Dachstock des Gasthofs unverschlossen war, kam Keller ohne weiteres zu den Fingerabdrücken. Als er sie in seinem Zimmer mit dem vom Deckel der Gelbfilterdose verglich, wurde der letzte Zweifel ausgeräumt. Der passende befand sich darunter. Es war Tobler. Er stieg wieder ins oberste Geschoss hinauf und ging von Raum zu Raum. Ein erstes, flüchtiges Durchstöbern. Zu seiner Verwunderung hatte Toblers Wohnung ihr eigenes Gepräge – sauber, aber nicht steril; alte, behagliche Möbel –, nicht wie Schwengelers, der trostloser hauste als die puppengewordenen Menschen der Möbelkataloge. Nur eine Scheusslichkeit: der grosse Spiegel des Wohnzimmers. Im Wandschrank dort fand er zwei Fotoausrüstungen. Bei der Nikon fehlte der Gelbfilter. Bevor er die Wohnung gründlicher durchsuchte, warf er einen Blick in die Küche. Wie erwartet, schien sie unbenutzt. Aber dann merkte er, dass sie als Dunkelkammer diente. In den Schubladen des Regals, das wohl aus einer Druckerei stammte, waren Negative und Kopien gestapelt. Er machte sich daran, sie durchzusehen. Es musste eine der Kellnerinnen oder der Büfettdamen sein, die spielte, so unwahrscheinlich das war, denn ausser Toblers Wohnung gab es im Dachstock nur ihre Zimmer. Die Geige erklang schon eine Weile. Aber es wurde ihm erst bewusst, dass er das Stück kannte, als er gewahrte, dass die Hand, mit der er ein Negativ hochhielt, zitterte. Selma im Gegenlicht vor dem Fenster des Ateliers, das zugleich ihr Wohnraum gewesen war, die Violine unter dem Kinn, wieder und wieder die Etüde, die er nun hörte, fiedelnd, während er sich, oft Watte in den Ohren, hinten an der Staffelei abgemüht hatte. Obschon die Melodie aus seiner Vergangenheit, unablässig wiederholt, sich in seinen Schädel bohrte, zwang er sich fortzufahren, zog die nächste Schublade heraus, betrachtete Aufnahme um Aufnahme, Negativ um Negativ. Sie sagten ihm nichts, ausser dass Tobler einen Blick für Menschen und Landschaften hatte und zu fotografieren verstand. Endlich trat Stille ein, dehnte sich wohltuend, bis die Geige von neuem einsetzte. Auch die Weise, die jetzt ertönte, war ihm vertraut. Unwillkürlich machte er die Küchentür auf, folgte den Klängen, gelangte ins Wohnzimmer und erstarrte. Vor dem grossen Wandspiegel, die Augen geschlossen, den Kopf an die Violine geschmiegt, Unterarm, Gelenk und Hand in einer geraden Linie, stand Tobler und spielte das Lied, das Anja, von Keller auf der Ziehharmonika, der blauen Hohner, begleitet, jeweils gesungen hatte, wenn sie betrunken war. Ihre rauchige Stimme, verändert, als komme sie von einem Plattenspieler, der zu schnell dreht, schrillte durch seinen Kopf:

Es ist ein Schnitter, heisst der Tod,
hat Gewalt vom grossen Gott.
Heut wetzt er das Messer,
es schneidt schon viel besser,
bald wird er drein schneiden,
wir müssen's erleiden.
Hüt dich, schöns Blümelein!

Kein Zufall, dachte er, dass ihn die Erinnerung in der Wohnung dieses Mörders traf, die Erinnerung an die beiden Frauen, die ihn geliebt hatten und für deren Tod er sich noch immer die Schuld gab. Er seufzte auf, und Tobler öffnete die Augen, erblickte das Spiegelbild des Eindringlings, brach das Spiel mit einem Misston ab. Der Schmerz, die Wut: Keller explodierte. Tobler warf Geige und Bogen von sich, sprang zur Seite, fasste in eine Schublade des Geschirrschranks, und eine Pistole lag in seiner Hand. Keller tauchte weg. Der Schuss schlug in die Täfelung. Ein Fersenhieb schmetterte Tobler die Waffe aus den Fingern. Kurz darauf hockte Keller auf seiner Brust, packte die Pistole am Griff und stiess ihm den Lauf in den Mund. Tobler würgte und starrte ihn an, mit den Augen eines Polizisten, der Wirt geworden war – sie hatten alles gesehen, und es interessierte sie nicht. Einige Sekunden verharrten sie, die Blicke ineinander verhakt. Dann steckte Keller die Pistole in die Jeanstasche und ging. Tobler rief ihm nach: »Pack deine Sachen, und hau ab.«

Als Keller, den Koffer mit den Kleidern in der Rechten, den mit dem Werkzeug in der Linken, durch das Restaurant den Bären verliess, verkündete die Büfettdame: »Herr Tobler ist doch schon zurück.«

Sie sass auf dem Drehstuhl und rührte sich nicht. Er lauschte dem Brausen des Bluts in den Ohren und wartete. Allmählich schälten sich die Umrisse aus dem Halbdunkel und gewannen Gestalt: die verhüllte Schreibmaschine in der Ecke, der Rollschrank, der Tresor, die Regale mit den Aktenordnern, der Wandkalender, die Fensterscheiben, hinter denen undeutliche Schatten schwankten, das starre Gesicht gegenüber, umschmiegt von dem langen roten Haar. Der mit Brandflecken übersäte Holztisch zwischen ihnen, auf dem neben dem schwarzen Telefon, peinlich geordnet, Büroutensilien aufgereiht waren, lag im schwachen Schein der Lampe. Die Kleider raschelten, und Annette Zurkinden fragte: »Was wollen Sie?«

Statt zu antworten, zog Keller aus der Jackentasche eines der beiden Fotos, die er hinter der Bellinireproduktion im Arbeitszimmer von Zinggs Vater gefunden hatte, dasjenige, auf dem Eva Drechsel, der Kamera zugewandt, den Amos der Wahren Christen ritt und sich anschickte, das Sommerkleid über den Kopf zu streifen, und schob es in die Mitte des Lichtkreises. Er belauerte ihr Gesicht, aber es veränderte sich nicht, höchstens die Haut schien sich straffer über die Knochen zu spannen. Dann merkte er, dass sie überhaupt nicht hinschaute. Er hob die Aufnahme unter die Glühbirne und sagte: »Ihre Tochter. Beim Ficken.« Jetzt sah sie hin. Doch sogleich wurde der Blick stumpf, und der Kopf kippte auf die Schreibunterlage.

Bei Ohnmacht sind Fremdkörper (Zahnprothesen!) zu entfernen. Mehr als diesen läppischen Satz aus dem Kurs in der Offiziersschule wusste er nicht über Erste Hilfe. Er trat neben ihr von einem Fuss auf den andern, betrachtete ihr ausgebreitetes Haar, das kupfern leuchtete wie das von Zingg gestern in der Lichtung unter der Sonne, berührte es mit spitzen Fingern, zauderte, eine Löwe BC anzuzünden. Endlich regte sie sich, griff nach dem Foto, das er hatte fallen lassen. Er riss es ihr weg. Sie stützte die Hände auf den Schreibtisch und richtete sich auf. »Schulthess und Schwengeler haben mich gewarnt, dass Sie kommen würden. Mit irgendwelchen Lügengeschichten. Aber diese gemeine Fotomontage.« Sie versuchte, sich zu erheben, sank zurück, flüsterte: »Gehen Sie.«

Er drückte auf den Schalter neben dem Türrahmen. Die Neonröhre an der Decke flammte auf. »Ausgeheckt haben *Sie* die Erpressung. Aber ich glaube, Sie wussten nicht, dass Tobler Ihre Tochter dazu benutzte. Als Ihr Exgatte feststellte, dass Zingg nicht zahlen würde, aber erfuhr, dass er eine weitere Verabredung mit Eva suchte, gab er vor, die Fotos seien nicht gelungen, und drängte sie, ihn einmal mehr zu treffen, beobachtete die beiden, wartete, bis Zingg weg war, und erwürgte Eva. Den Slip warf er auf das Heu in der Scheune, in der Otto Balsiger den Rausch ausschlief, das Kleid in Jordis Jauchegrube, denn das hätte Otto vielleicht beim Erwachen entdeckt. Bei Mord, dachte Tobler, werde Zingg zahlen. Er wird es nicht, Frau Zurkinden.« Sie sass da, blass, die grünen Augen auf Keller gerichtet, eine Gliederpuppe im Neonlicht, und erwiderte kein Wort.

Er nahm die Pistole aus der Jeanstasche, rieb sie mit dem blassgelben Vorhang gründlich ab und steckte sie zwischen zwei Ordner im Regal. »Die gehört Evas Mörder. Geben Sie sie ihm zurück.« An der Tür hielt er inne, wandte sich um, zündete eine Zigarre an, blies Rauchkringel nach ihr. Sie bewegte sich nicht. »Ich wohne in der Dépendance. Bei Uta«, erklärte er, verliess das Büro und, nachdem er die Empfangshalle durchquert hatte, das Hotel Schwantbad.

Alle Blicke hefteten sich auf Keller, als er eintrat. Die Gespräche verebbten. Aber er hatte nur Augen für Uta, die, die Finger in ihren Löckchen vergraben, vor einem leeren Glas und einer leeren Karaffe sass und auf den hellen Holztisch stierte. »Es gibt hundert Männer wie dich«, sagte sie. »Mich versetzt man nicht. Hau ab, Keller.«

Er stand wie angewurzelt. Die Angst, dieses Gesicht nie mehr zu berühren, allein zu bleiben mit der Zärtlichkeit, die er dafür empfand. Seine Miene zerfiel. »Nein«, entgegnete er, und die Tränen fuhren ihm unter den Lidern hervor.

Sie schaute auf, und schon zuckten ihre Mundwinkel. »Du heulst ja auch.« Da lachten sie beide, wischten die Tränen von den Wangen, beugten sich über den Tisch und küssten einander. Die Gäste glotzten. Keller hatte in Zill den letzten Bus verpasst, war mit dem Taxi nach Schwant gefahren, aber die Dépendance war lichtlos und verriegelt gewesen. Nach dem Gespräch mit Annette Zurkinden hatte er Uta auch im Adler gesucht und sie in der Gaststube gefunden. Während sie Hand in Hand die Strasse hinunterspazierten, bemerkte er, sie gingen wie Verliebte, und sie antwortete: »Sind wir das nicht?« Ihre Worte durchzuckten ihn so schmerzlich-süss, dass er sich dessen schämte. An der Bruchsteinmauer hielten sie an und sahen darüber hinweg auf die Kreuze. »Unser Friedhof«, meinte sie und lachte, und er lachte auch, und der Himmel war samtschwarz und sternenbesetzt, und die Gräber dufteten. Nur das Wasser des Bachs roch faulig. Über den Hügeln wiegte sich der angeknabberte Mond. Um ein Uhr assen und tranken sie im Schein einer Petroleumlampe auf dem gepflasterten Vorplatz der Dépendance, vom lauen Nachtwind umweht, an einem wackeligen, von einem Damasttuch verhüllten Gartentisch: die Forellen und den Chablis, die Lammkoteletts und Buschbohnen, Vacherin und Roquefort zu Weissbrot, den Beaune – und er berichtete ihr alles, was er herausgefunden hatte. Später liebten sie sich unter dem Kirschbaum, auf den ihn vierzehn Tage zuvor die Hündin Petra, die jetzt mit Maga Abbühl verreist war, gehetzt hatte. Nachher glaubte er, sich eingestehen zu dürfen, dass das Wort für einmal zutraf: lieben.

Sie sass da, als hätte sie sich seit dem Vorabend nicht vom Fleck gerührt. Es war noch ein dritter Stuhl im Raum neben dem, auf dem er sich niedergelassen hatte, das Haar feucht von der Dusche, in dem vom Wein dumpfen Kopf die Erinnerung an Uta. Auf dem Schreibtisch standen eine leere Gravensteinerflasche und drei leere Schnapsgläser. Die Schreibtischlampe brannte. Die Neonröhre war erloschen, die Pistole verschwunden. Draussen graute der Morgen. Freitag, halb sechs. Kurz vor fünf hatte sie bei Uta angerufen und Keller gebeten, sie im Büro aufzusuchen. Er musterte sie. Die sieben Stunden waren nicht spurlos an Annette Zurkinden vorübergegangen. Das Klischee stimmte. Sie war über Nacht eine alte Frau geworden. »Sie waren also hier«, stellte er fest. Sie starrte vor sich hin und schwieg. »Ihre Komplizen. Elias Schwengeler und Franz Tobler.«

»Wissen Sie, warum ich mich von ihm habe scheiden lassen?«, fragte sie mit dünner Stimme. »Eva war noch nicht dreizehn. Er hat sich an sie herangemacht.«

»Oder sie sich an ihn«, entschlüpfte es Keller.

Sie nickte unwillkürlich. Der Schatten eines Lächelns löste für Augenblicke ihre versteinerten Züge. »Vielleicht«, sagte sie und sah wieder stumm ins Leere. Dann erzählte sie plötzlich. Tobler sei Koch im Restaurant du Théâtre in Bern gewesen, gerade mit der Lehre fertig, als er sie kennengelernt habe, ohne zu wissen, was sie gewesen sei. Sie schien verlegen, da sie aber merkte, dass er nicht begriff, fügte sie hinzu: »Ich war Prostituierte.« Ein Jahr später seien fast gleichzeitig zwei Dinge geschehen, die Tobler aus der Bahn geworfen hätten. Er habe die Aufnahmeprüfung für das Konservatorium für Musik nicht bestanden und von ihrem Gewerbe erfahren. Losgekommen von ihr sei er dadurch nicht, sondern habe sie seither mit seiner Liebe und seinem Hass verfolgt, all die Jahre, habe, inzwischen Polizist geworden, sich sogar nach Zill versetzen lassen, als sie geheiratet habe und dorthin gezogen sei. Nach dem Tod von Evas Vater habe er sie geheiratet. Da habe es jedoch bald das Problem mit ihrer Tochter gegeben, die ihm verfallen gewesen, von ihm indes verachtet worden sei. Nach der Scheidung sei es weitergegangen wie früher. Er habe sich ihretwegen selbst mit den Eigentümern des Hotels Schwantbad angelegt, und da er deren Einfluss unterschätzt habe, habe ihn das seinen Posten als Chef der Polizeiwache gekostet.

Keller unterbrach sie. »War er ein korrupter Polizist?«

»Nicht mehr, als sie es alle sind«, antwortete sie und fuhr beinahe trotzig fort: »Sie haben recht. Ich habe die Erpressung geplant.« Vor Jahren bereits habe Tobler erwähnt, der Sohn des Sektenpredigers in Schwant habe eine Vorliebe für Dirnen und sei ein ständiger Kunde der Maybach. Als Zingg hierhergezogen und Amos geworden sei, habe sie Cora überredet, Rita einzustellen, und mit Schwengeler und Tobler alles vorbereitet. »Ich wusste, dass die Sache lief – wie ich dachte, mit Rita. Elias behauptet, er habe nicht geahnt, dass Franz an ihrer Stelle Eva benutzte. Allein, ich glaub's nicht.« Tränen rannen ihr über die Wangen. Sie rieb sie mit den Handrücken weg. Einen Moment lang sah ihr Gesicht aus wie vor zwei Wochen draussen auf der Gartenterrasse: kindlich, verrucht. »Ich wollte das Land.«

Das Eidgenössische Militärdepartement erwäge schon seit Jahren, auf dem Schwantboden einen Waffenplatz einzurichten, allerdings nur, wenn das ohne Enteignung gehe, da es eine Alternative gebe. Die Verwirklichung der EMD-Pläne würde die Verbreiterung der Strasse durch die Schlucht, den Bau einer neuen zum Schwantboden, überhaupt die Erschliessung des ganzen Gebiets bedeuten. Die sieben Herren der Gesellschaft der Freunde Schwants hätten seit fast zwanzig Jahren, um das Vorhaben des EMD zu fördern, nach und nach Land gekauft und besässen heute nicht nur das vom EMD benötigte, sondern darüber hinaus noch anderes, das sich zum Aufbau einer touristischen und industriellen Infrastruktur eigne, bis auf eine Ausnahme: die wichtigste Parzelle, auf die die neue Kaserne zu stehen kommen solle,

Zinggs Grundstück. Jetzt stehe die Gesellschaft unter Zeitdruck. Wenn Zingg bis Ende des Jahres nicht verkaufswillig sei, gebe das EMD die Absicht, den Waffenplatz auf dem Schwantboden anzulegen, auf und wähle die Alternative. Deshalb habe sie danach getrachtet, Zinggs Land zu erwerben, um es gegen das Hotel oder einen Anteil daran einzutauschen.

»Meinen Sie wirklich, die alten Herren hätten sich darauf eingelassen?«, fragte Keller.

»Bestimmt«, erwiderte Annette Zurkinden. »Das Projekt des EMD brächte Zuzügler in die Gemeinde. Dies würde binnen kurzem die Mehrheitsverhältnisse in Schwant umstürzen und die politische Macht der Amositer brechen. Darauf arbeiten sie seit Jahren hin, und dafür würden sie auch ihr Hotel opfern.«

Da sie nicht weitersprach, bemerkte er: »Und Tobler?«

»Er gibt's nicht zu«, entgegnete sie. »Aber er hat diese Spieleraugen, wenn er lügt. Die kenne ich. Franz hat Eva umgebracht.«

»Sie wollten das Hotel. Schwengeler hat Schulden. Warum hat Tobler bei der Erpressung mitgemacht? Braucht er auch Geld?«

»Nicht dringend. Er besucht zwar manchmal das Casino von Divonne ...« Sie schien verwirrt. »Ich bin so gewohnt, mich an ihn zu wenden, dass ich das gar nicht überlegt habe.« Plötzlich war die Verwirrung wie weggewischt. »Doch ich weiss, warum er Eva benutzt hat. Um es mir heimzuzahlen. Alles. Und dann hat er einfach die Gelegenheit beim Schopf gepackt und Eva getötet, weil er es nicht fertigbrachte, mich zu erwürgen. Ich will nicht, dass er davonkommt. Deshalb habe ich Sie hergebeten.« Tobler habe vor, was sie zu dritt verbrochen hätten, auf sich zu nehmen, die versuchte Erpressung zu gestehen und sich als Zeuge zur Verfügung zu stellen. Schwengeler sei sicher, das Gericht werde es bei einer bedingten Strafe bewenden lassen, besonders, wenn er dem Amtsbezirk Zill den idealen Mörder liefere: den Amos der Wahren Christen in Schwant. Heute Nachmittag um drei träfen sich Tobler und Schwengeler mit den sieben Herren der Gesellschaft der Freunde Schwants im Séparée des Restaurants, um alles zu besprechen. Um fünf hätten sie – Schwengeler als Toblers Rechtsbeistand – einen Termin mit dem Untersuchungsrichter und dem Staatsanwalt in Zill. Dieser sei Gymnasiallehrer Doktor Stockmanns Sohn, jener Pfarrer Spörris Neffe. Keller schlug vor, im Séparée Wanzen anzubringen, das Treffen abzuhören und das Weitere Schwartz, seinem Freund, der Balsigers Anwalt sei, zu überlassen. Sie war damit einverstanden; was mit ihr geschehe, kümmere sie nicht. Er war bereits an der Tür, als sie sagte: »Wenn Franz seiner Fiedel dieses Lied entlockte, war sie eine läufige Katze.«

Keller lachte bitter. »Es ist ein Schnitter, heisst der Tod …«

»Er hat es Ihnen auch gespielt?« Es klang wie eine eifersüchtige Frage.

»Nein. Eine Frau hat es mir gesungen.«

»Es ist schon so. Franz Tobler war ein Mann, der uns anzog, meine Tochter und mich, wie die Lampe die Mücken.« Die Stimme blechern. Das rote Haar hing stumpf vom Schädel. Das Gesicht kalkweiss. Sie roch wie die alte Jordi: nach Tod. Nur in ihren grünen Augen leuchtete eine kalte Heiterkeit. Als er draussen war, wurde ihm bewusst, dass sie von Tobler in der Vergangenheit gesprochen hatte.

Keller griff nach dem Zettel, den ihm Uta hinterlassen und auf den sie ein grosses Herz gemalt hatte, las den Text darunter: *Jedes Herz ist ein Arsch, wenn du es auf den Kopf stellst,* und als er es tat, stand wieder darunter die Umkehrung: *Jeder Arsch ist ein Herz, wenn du ihn auf den Kopf stellst.* Auf der Rückseite hatte sie notiert: *Schreib mir auf, wo und wann ich dich treffe, wenn du um halb sieben nicht zu Hause bist.* Er faltete das Blatt und steckte es ein. Zu Hause. Das Wort rührte ihn, und zugleich wirkte es ironisch, von der Frau kommend, die diese zwei kahlen Zimmer bewohnte, die so provisorisch eingerichtet waren, weniger von ihrer Persönlichkeit geprägt als von ihrer Sehnsucht, Schwant zu verlassen, als lebe sie hier auf Abruf. Nur das dritte kam ihm fertig vor: ein Jungenzimmer, das von Utas sechsjährigem Sohn, seinem Namensvetter, der in den Ferien weilte und dessen Gesicht, wie sich Keller einredete, als er ein Foto betrachtete, ein bisschen dem misstrauisch blickenden Buben glich, der er vor zweiunddreissig Jahren gewesen war. Er stellte sich vor, er spaziere in Biel, an der linken Hand Klein Peter, am rechten Arm Uta, unter den Bäumen des Pasquart seewärts, und das Herz pochte ihm bis zum Hals.

Eine halbe Stunde später räkelte er sich draussen unter dem Kirschbaum auf einem Liegestuhl, scheckig von den tanzenden Schatten- und Lichtflecken, wartete auf den Mann, den ihm Marchand in Genf vermittelt hatte und der ihm die Wanzen und das Aufnahmegerät bringen sollte, und sann über das nach, was ihm Annette Zurkinden erzählt hatte. Nach dem Mord habe sie die Erpressung aufgeben wollen, Tobler jedoch nicht, und er habe gewusst, dass sie und Schwengeler es sich nicht leisten konnten, jemand in ihren Angelegenheiten herumschnüffeln zu lassen. Deshalb habe er zuerst Keller auf sie und das Hotel Schwantbad aufmerksam gemacht, um sie zum Einlenken zu zwingen, und dann am Montag im Bären alles wieder zurückgenommen. Sie hatte die Frage, ob es etwas herauszufinden gebe ausser der Erpressung, bejaht, aber nicht verraten, was, und hinzugefügt: »Franz hat Sie unterschätzt, Herr Keller, wie er oft Leute unterschätzt hat, weil er die Menschen verachtet – auch sich selbst.« Keller sog die Landluft ein, um den Mief von Mord und Erpressung loszuwerden, schnupperte unter dem Kirschbaum nach dem Duft ihrer Liebe, Utas und seiner, aber der war erstickt an den unbarmherzigen Gerüchen der Natur. Er entschlummerte.

Das Klingeln des Telefons vom offenen Fenster her riss ihn aus dem Schlaf. Er rannte hinein und nahm ab. Uta, ausser sich. »Annette Zurkinden hat Tobler erschossen. Sie ist tot.« Tobler, Schwengeler und Annette Zurkinden hätten sich im Bären getroffen, in der Wohnung oben. Sie habe Tobler beschuldigt, ihre Tochter Eva erwürgt zu haben. Im Streit, der sich darauf entwickelt habe, habe Tobler ihr plötzlich ins Gesicht gelacht, gesagt, ja, er habe es getan, werde mit dem Mord davonkommen und was sie dagegen unternehmen wolle. Darauf habe sie eine Pistole aus der Handtasche gerissen und ihn in den Kopf geschossen. Schwengeler habe ihr die Waffe zu entwinden versucht. Dabei habe sich ein Schuss gelöst und sie in den Mund getroffen. Er habe sich vergewissert, dass beide tot seien, die Tür abgeschlossen und sich zur Polizeiwache aufgemacht. Unterwegs habe er die Nerven verloren und sie, Uta, angerufen. Sie sei jetzt bei ihm, in seinem Haus. Er wisse nicht, was tun, und sie ebenso wenig. Keller riet ihr, dortzubleiben, ihren Vater nicht aus den Augen zu lassen, zu warten, bis Balsigers Anwalt komme, voraussichtlich mit dem Achtuhrzug. Schwartz werde bestimmt für Schwengeler tun, was er könne, wenn dieser Toblers Geständnis bestätige. Danach rief er Schwartz an, berichtete, und Schwartz versprach, nach Zill zu fahren. Als Keller das Haus verliess, stiess er auf den Mann mit den Wanzen und dem Aufnahmegerät, überreichte ihm einen Scheck und schickte ihn wieder weg. Dann begab er sich zum Haus des Amos, öffnete mit dem Schlüssel, den er noch besass, und wartete auf Zingg. Erst gegen Abend fiel ihm ein, dass heute der erste August war, der Schweizer Nationalfeiertag, und er Zingg auf dem Schwantboden finden würde, wo die Bundesfeier begangen wurde und der Amos eine Andacht hielt. Er marschierte los.

»Eins ... zwei ... drei ...«, tönte es aus den Lautsprechern ringsum.

Keller erblickte Aebischer, den Gemeindeschreiber, vor dem Mikrofon auf der Rednertribüne, um deren Podium sich eine mit Tannenzweigen bekränzte Schweizerfahne spannte, zwängte sich durch und rief zu ihm hinauf: »Wo ist Josef Zingg, der Amos?«

Aebischer musterte die Leute unter ihm, erkannte aber nicht, woher die Frage kam, und antwortete, ohne das Mikrofon abzudecken. »Das wüsste ich auch gern. Er hat uns versetzt«, schallte es aus den Lautsprechern. Vereinzelte Lacher. Als Keller die Tribüne erreichte, war Aebischer verschwunden. Die Menge drängte sich dichter. Noch glänzten die schneeverhüllten Gipfel im Süden in der Sonne, noch färbte ein rötlicher Schimmer den Himmel, da betrat bereits der Oberlehrer, der am Montag im Adler von der Schwantbodenfeier geschwärmt und gegen den Amos gewettert hatte, die Tribüne und hielt die Festrede, die Hände auf das Pult gestützt, ab und zu die Brille zurückschiebend, immer von neuem sich aufrichtend, die Wangen plusternd, zusammenfallend, ein paarmal die Arme von sich schleudernd, als gelte es, die Heimat zu herzen. Phrase um Phrase fuhr die patriotische Prosa aus seinem Mund und aus den Lautsprechern auf seine Landsleute nieder, in die Dämmerung hinaus, verklang irgendwo über den Hügeln. Als der Holzstoss aufloderte und, eine nach der andern, die Fackeln, die in der Erde steckten, erläuterte er den Sinn der Höhenfeuer; es sei die Erinnerung an die Vorväter, die die Festen der habsburgischen Zwingherren eingeäschert hätten. »Nein«, bekannte er, und seine Stimme bebte, »wir schämen uns der Flammen unseres Gedenkens am ersten August, dem Nationalfeiertag, hier im Emmental nicht – nicht der Brandnächte der Vergangenheit; es sind Fanale der Freiheit.« Kaum hatte er geschlossen, brach der Männerchor Zill auf der Bühne, brach die Masse in den Schweizerpsalm aus. *Trittst im Morgenrot daher,* klang es aus allen Kehlen, und Keller begriff, dass er nicht von Menschen umgeben war, sondern belagert von den tausend Mündern eines einzigen Wesens. Er schlich und boxte sich davon. Als er den Hang hinunterstieg, ordneten die Oberleutnants der Zentralschule Zill auf den Serpentinen des Fusspfads die Kinder zum traditionellen Lampionumzug, einer bunten Lichterschlange. Auf dem Parkplatz unten stahl er ein Militärfahrrad und rollte talwärts. Oben sprühte und donnerte das Feuerwerk.

11

Zingg, auf dem Scheiterhaufen, ein schreiender Christus, tausend Münder, aus denen Lieder züngelten, überall knatterte das Feuer, und er war gelähmt. Keller, halb wach, halb schlafend, träumte in Fetzen. Die Nachwehen eines Paranoiatrips. Schubweise kam er zu Bewusstsein, und auf einmal erkannte er, dass es nicht Albträume waren, sondern die vom Rausch verzerrte Erinnerung an Ereignisse, gefärbte Wirklichkeit. Wie er dazu gekommen war, zu kiffen, wusste er nicht mehr, einfach so, wie er auch ins Saufen geraten war, es lag an ihm und diesem Kaff, seinem Heimatort. Er sah sich, noch unbekifft, im Schutz der Brücke kauern. Im Augenblick, da er das Streichholz wegwarf, mit dessen Flamme er Rita Maybachs Hasch mürbe gemacht hatte, fiel ihm ein, was er in der Tüte, die auf dem Gepäckträger des gestohlenen Fahrrads festgeklemmt war, entdeckt hatte: den Lampion. Als er die zwei Joints fertiggedreht hatte, packte er ihn aus, steckte die Kerze in den Halter am Boden, zündete sie an, zog den Harmonikazylinder auseinander, befestigte ihn am Haken des Stiels, legte diesen auf die Brüstung und beschwerte ihn mit einem Stein. Unter dem Mond waren die Wälder finstere Flächen, die Hecken, die Linden, die Häuser dunkle Schemen an den Hängen und am Grund des Tals. Nur die paar Lampen an den Drähten über der Strasse und die flackernde rotgelbschwarze Papierlaterne leuchteten und schaukelten im schwachen Wind, der von der Schlucht her wehte. Schwant war ausgestorben. Keller setzte sich neben den Lampion, liess die Beine über den Bach baumeln, der unten an der Schwelle des Wehrs schäumte, sog den ersten Zug ein – der Rauch kratzte –, hustete bereits nach dem zweiten, lechzte nach dem Hagebuttentee, den er früher beim Kiffen getrunken hatte. Er war high, als er den Schein auf der Anhöhe erspähte. Die Kapelle. Er sprang von der Brüstung, liess das Fahrrad und das Hasch zurück und tanzte, die Laterne vor sich hinstreckend, auf das lockende Licht zu. Über den Hügeln, dort, wo der Schwantboden lag, schossen die Raketen in die Höhe und spuckten Sterne an den Himmel. Keller lachte, und bunte Blasen platzten aus dem Mund. Fast wäre er unterwegs vom Ziel abgekommen und hätte sich zum Schatten gesellt, der über die Fenster der Gemeindekanzlei huschte, seinem Spiegelbild. In der Kapelle vorne brannte nur die Leselampe über dem Kanzelaufsatz, strahlte auf den roten Haarschopf Annette Zurkindens, die doch tot war, und deshalb war er ja hier, um es zu verkünden, dass Josef unschuldig war, und natürlich war es Zingg, der da vorne schlief, hoch zu Ross, Stahlstute, Schinderpferd, Schlachtmähre, die Worte hallten in seinem Kopf, sie würden den Amos erheitern, kamen indes nicht über die Lippen, ach, roch das heute, nicht nach den Leibern der Wahren Christen, Bohnerwachs und Kampfer, auch nicht nach Lavendel oder Myrte, sondern nach Ruben Jordis Meer, scharf, salzig, das Leuchtfeuer auf der Klippe stet, das in seiner Hand freilich bebte, er versuchte vergeblich, den Stiel durch den Schlitz zwischen den zwei Brettern, die die Sitzfläche bildeten, zu stossen, legte ihn bloss hin und stapelte Gesangbücher darauf, bis er hielt und der Lampion schräg in den Gang zwischen den Bankreihen ragte, seufzte: »Herrgott, bin ich zu.«

Zingg hob den Kopf, schaute lange stumm in die Kapelle hinaus, fragte schliesslich: »Peter?«

Er sah aus wie ein Heiliger: verletzt, verletzlich. Empathie, dachte Keller, sachte, antwortete: »Es ist alles vorüber, Josef.«

»Amen!« Der Amos nickte, spaltete funkelnden Gesichts, am gelben Leseband ziehend, den Goldschnitt, schlug die wuchtige Bibel auf, las, und es klang wie Donnergrollen: »Siehe, so will ich meine Worte in deinem Mund zu Feuer machen und dies Volk zu Holz, und es soll sie verzehren.«

Keller wand sich unter den Lauten, die von der Kanzel stürzten, und sein dünnes Stimmchen zischte. »Tobler hat Eva Drechsel erwürgt. Er ist tot.«

Aber der Amos spaltete das Buch von neuem und sprach: »Das Licht Israels wird ein Feuer sein, und sein Heiliger wird eine Flamme sein, und sie wird seine Dornen und Hecken anzünden und verzehren auf einen Tag.«

Keller duckte sich, so wuchs der Mann vorne, aber zäh wie David schleuderte er seine Kiesel. »Annette Zurkinden hat Tobler erschossen. Auch sie ist tot.«

Und zum dritten Mal spaltete der Amos die Heilige Schrift. »Wenn eines Priesters Tochter anfängt zu huren, die soll man mit Feuer verbrennen.« Er richtete sich auf, ein rächender Engel, rief: »Um wie viel mehr, wenn der Priester und des Priesters Sohn zu huren beginnen?«, schrumpfte, flüsterte: »Der Mann in der Kapelle hat jetzt ein Gesicht, es *ist* mein Vater, Peter«, und stieg von der Kanzel. Sie gingen, wahrscheinlich nur Minuten, allein es schien Stunden zu dauern, in der Kapelle nebeneinander auf und ab, Keller leichtfüssig, schwebend, kein Gewicht in den Gliedern, Zingg schwer, als sei Erde in ihm, man konnte ihn nicht vom Boden reissen. Wohl hörte Keller Zingg erklären, seit er den Mann vor sich sehe, der Verena Balsiger auf der Bank begattet habe, erinnere er sich auch, wie er Eva Drechsel erwürgt habe, dass die Kette von Schuld und Verhängnis nun geschlossen sei, es nur noch zu sühnen gelte und er, da Gott ihn auf Jesaja sechsundsechzig, sechzehn gestossen habe: »Denn der Herr wird durch das Feuer richten«, genau wisse, was zu tun sei; wohl hörte er das Wort und begriff, dass er nicht das Meer roch, sondern das Benzin, das Zingg ausgegossen hatte – aber er liess sich nicht ablenken vom Satz, der Gestalt annahm in ihm, eine Botschaft von ungeheurer Wichtigkeit, die er Josef mitzuteilen hatte. »Doch ich bin kleingläubig. Ich bring's nicht fertig«, wimmerte Zingg. »Ich will leben. Ich bin ein Rebell.«

Endlich schlüpfte es aus Kellers Mund, es war lächerlich leicht, er brauchte sich nur zu erinnern. »Josef, ich verlasse meinen Heimatort, und das solltest du auch tun. Schlag deinen Gott tot, bevor er dich tötet.«

Zingg erstarrte, während Keller weiterhüpfte. Im Predigerantlitz lohte der Zorn, es war, als artikulierten die Lippen den Befehl: »Apage, Satanas.« Dann griff der Amos an, und obschon Keller, wie ihm schien, perfekt parierte und konterte, lag er nach ein paar Sekunden hingestreckt da, nach Atem röchelnd, den linken Arm unbrauchbar. Während der Schmerz ihn in glühenden Wogen überfiel, gewahrte er zwischen den gespreizten Beinen Zinggs, der abwehrbereit knapp ausserhalb der Reichweite seiner Füsse stand, die Flammen die Bretter des Riemenbodens entlanglaufen. Im Kampf musste der Lampion von der Bank geschubst worden sein, die Kerze das Papier angesteckt und dieses das Benzin, das in den Ritzen noch nicht verdunstet war, entzündet haben. Keller wollte Zingg warnen, brachte aber keinen

Ton hervor. Sobald dieser, zu spät, um noch etwas zu unternehmen, den Brand bemerkte, schrie er: »Die Heilige Schrift«, sprang durchs Feuer, erkletterte die Kanzel und trug die Bibel hinaus. Keller durchfuhr die Angst, es gelinge ihm nicht, rechtzeitig zur Tür zu kriechen, seine Brust war kaputt, er konnte sich kaum bewegen. Da erschien Zingg, ergriff ihn unter den Armen – Keller brüllte vor Schmerz –, schleppte ihn hinaus, bettete ihn aufs Gras, zog die Jacke aus, schob sie ihm unter den Kopf, wischte ihm mit dem Taschentuch den Schweiss von der Stirn und sagte: »Es tut mir leid, Peter. Du warst ja nur *Sein* Werkzeug.«

»Du hast Eva nicht getötet, Josef«, wisperte Keller.

»Doch.« Zingg erhob sich. »Ich muss jetzt gehen.« Er setzte das heiter-traurige Lächeln des Sektenpredigers auf, wandte sich um, schritt auf die lodernde Holzkapelle zu, und der Jugendfreund wurde vom Feuer verschluckt, dessen Brausen alle andern Geräusche erstickte. Keller lag auf dem Rücken, stierte zum Himmel hoch, wo der Mond hing, etwas magerer als gestern, wie ihn dünkte, wo die Sterne glitzerten, zu denen empor die Funken und der Rauch stoben, biss die Zähne zusammen, fasste mit der rechten Hand in die Jackentasche, zog Zinggs Hausschlüssel und die Erpresserfotos hervor, knüllte diese um jenen, holte aus, warf sie nach dem brennenden Gotteshaus und verlor das Bewusstsein, das er einmal kurz wiedererlangte: in Breitens Mercedes, auf dem Rücksitz ausgestreckt wie letzten Dienstag.

»Der Amos hat sich selbst verbrannt«, krächzte er, »weil er glaubt, er habe die Drechsel ermordet.«

»Was Sie nicht sagen!«, brummte Doktor Breiten, der am Steuer sass.

Der übliche Gestank. Desinfektionsmittel, Pein, Sterbenslust, verzweifelte Hoffnung. Limbus. Keller, angetan mit dem im Rücken geschlitzten Nachthemd, den linken Arm im Gips, den Oberkörper mit einer elastischen Binde umwickelt, die Beine verbunden, versuchte vergeblich, seine Lage im Bett zu verändern, ohne zu stöhnen, als Schwester Bettine eintrat, ihm, ein verschwörerisches Lächeln auf den Lippen, den veilchenblauen Brief zusteckte und wieder verschwand. Montag, später Nachmittag. Bereits am Samstagmorgen war er im Bezirkskrankenhaus Zill zu sich gekommen. Doch der Arzt hatte erklärt, neben dem gebrochenen Arm, den Verbrennungen an den Beinen, der Infraktion von zwei Rippen habe er eine Gehirnerschütterung, dürfe vorderhand nicht aufstehen und keinen Besuch empfangen. Keller riss den Brief auf. Schwartz' präzise Schrift. Er las – und seine Welt stand kopf.

Peter,
die Idioten lassen niemand zu Dir. Aber Du solltest wissen, wie es steht. Deshalb die alberne List. Die Schwester wird überzeugt sein, dass ich nur ein Bote bin, der Brief in Wirklichkeit ein Billetdoux ist. Verzeih.

Als ich am Freitag in Zill ankam, war Schwengelers Haus leer. Ich nahm ein Taxi nach Schwant. In der Dépendance ebenfalls niemand. Ich kehrte nach Zill zurück und erfuhr erst am andern Tag, was geschehen war.

Als Uta Schwengeler vom ersten Stock, in dem sie mit Dir telefoniert hatte, wieder in die Kanzlei im Erdgeschoss hinunterstieg, war ihr Vater weg. Sie fuhr nach kurzem Warten nach Schwant, wo die Polizei sie noch vor acht Uhr abholte.

Ihr Vater begab sich von seinem Haus zur Polizeiwache, um sich zu stellen. Während Schulthess herumtelefonierte, um den Untersuchungsrichter zu erreichen, suchte Schwengeler die Toilette auf und erhängte sich dort mit seinem Gürtel.

Utas Aussage entspricht dem, was Du mir am Telefon mitgeteilt hast, bis auf eine wesentliche Ausnahme. Sie erwähnt nur, dass ein Streit ausgebrochen ist, aber nicht den Grund dafür: Annette Zurkindens Vorwurf, Tobler habe Eva ermordet, und dessen Geständnis. Sie ist auf mein Betreiben heute Morgen noch einmal zu diesem Punkt vernommen worden. Sie bleibt dabei: Du lügst, nicht sie. Ihr Motiv? Ich denke, es lohnt sich für sie, an dieser Version festzuhalten. Ich habe zwei Dinge herausbekommen. Vorgestern hatte sie eine Unterredung mit ihrem Grossonkel, einem der Mitglieder dieser grotesken Gesellschaft der Freunde Schwants. Heute Mittag ist sie mit Sack und Pack nach München verreist. Ich setze voraus, dass Du, verliebt und deshalb ein Narr, geplappert hast, und Du musst davon ausgehen, dass Uta alles, was Du ihr erzählt hast, weitergegeben hat.

Niemand hier (auch ich nicht) ist bestrebt, die Wahrheit aufzudecken – sonst wärst Du, Arzt hin oder her, längst verhört worden –, sondern jeder möchte die Tatsachen so darstellen, wie es seinen Zwecken dient, und diese Darstellung als »Wahrheit« ausgeben. Die Bezirksbehörden (und die Leute, die hinter ihnen stehen) wünschen, Josef Zingg, den Amos der Sekte in Schwant, als Mörder zu entlarven (ob er dabei das Opfer einer Erpressung war, ist zweitrangig). Die Wahren Christen wollen verhindern, dass ihr Prediger als Mörder gebrandmarkt wird. Ich möchte, dass Otto Balsiger freigelassen wird.

Die Behörden (um bei diesem vagen Begriff zu bleiben) wissen, dass Zingg (z. B. hat seine Gattin ihn belastet) ein Techtelmechtel mit Eva Drechsel gehabt hat. Aber sie können nicht beweisen, dass er am Tatort war und sie umgebracht hat. Doch seit sie von Doktor Breiten erfahren haben, was Du unterwegs behauptet hast,

Zingg habe sich verbrannt, weil er der Mörder sei, haben sie Blut geleckt.

Die Affäre Zurkinden-Tobler-Schwengeler ist für sie eine klassische Dreiecksgeschichte. Der Liebhaber erschiesst im Streit seine Geliebte und deren Exmann, denkt sich einen Tathergang aus, bei dem er davonkommen könnte, stellt sich und richtet sich selbst, weil er plötzlich einsieht, wie unglaubwürdig er wirkt. Kurzschluss. (Die Tobler gehörende Pistole trägt, wie sich gezeigt hat, nur Schwengelers Fingerabdrücke. Vor zwei Stunden hat man entdeckt, dass er grössere Beträge veruntreut hat.) Wenn es Beweise gab, die dieser Version widersprechen (z. B. ein Indiz, dass Tobler Evas Mörder ist), dann existieren die mit Sicherheit nicht mehr. Die Erpressung: daran sind sie interessiert. Wenn sie belegen können, dass Eva darin verwickelt war, hätten sie ein mögliches Motiv für Zingg. In dieser Richtung haben sie alles versucht, Cora und Meinrad Debrunner vernommen, diese Maybach, die sie noch erwischt haben, bevor sie wegfuhr, und wen weiss ich mehr. Nichts.

Die Wahren Christen haben die Mutter benutzt. Am Sonntag hat Verena Balsiger Otto besucht. Jetzt will er gestehen, er habe Eva Drechsel erwürgt. Wenn ich nicht mitmache, nimmt er einen neuen Anwalt, einen gewissen Enoch Pauli, ein Mitglied der Brudersekte der Amositer in Adelboden. Ich habe ihm vorgeschlagen, zuerst mit Dir zu sprechen. Er hat es abgelehnt.

Ich komme von einer Besprechung mit dem Staatsanwalt und dem Untersuchungsrichter. Obschon es nicht ausgesprochen worden ist, das Ultimatum ist klar. Wenn Du nicht bezeugst, dass der Amos der Mörder ist, wird Balsiger der Prozess gemacht. Es ist Dein Entscheid.

Jonathan Schwartz

Zwei Stunden später erlaubte der Arzt Keller, aufzustehen, sobald er Kleider habe. Kurz darauf betrat Schwartz das Krankenzimmer. Keller hätte sich am liebsten unter der Decke verkrochen vor der Wirklichkeit, vor Schwartz' Besorgnis mimendem Gehabe, sagte aber nur: »Ich glaube es nicht.«

»Meinst du etwa, ich hätte in meinem Brief gelogen?«, fragte Schwartz.

»Nein. Das mit Uta.«

»Das habe ich mir gedacht.« Schwartz, den Gottfried-Keller-Bart gesträubt, rückte sich auf dem Stuhl zurecht. Die Augen hinter den Gläsern der Nickelbrille blinzelten. »Und wahrscheinlich auch der Untersuchungsrichter. Deshalb hat er dich in Ruhe und mir den Vortritt gelassen.«

»Schulthess hat ihn aufgehängt«, behauptete Keller.

»Unsinn, Peter.« Schwartz schüttelte den Zeigefinger. »Ich gestehe dir zu: Hinter dem Ganzen stecken letztlich die sieben Herren. Diese Gesellschaft der Freunde Schwants. Aber wie ich schon oft gesagt habe, sind wir im Grund eine Nation von Hehlern. Wir begehen die Verbrechen nicht. Wir schlachten die der anderen aus. Schulthess hat höchstens dafür gesorgt, dass die richtigen Fingerabdrücke auf der Pistole waren. Erhängt hat sich Schwengeler selbst. Er war am Ende, beruflich, menschlich.« Schwartz faltete die Hände auf dem blauen Barchenthemd über dem Bauch. »Unser Volkscharakter, das darfst du nie vergessen ...«

Keller unterbrach ihn. »Hast du die Kleider? Ich will hier weg.«

Schwartz bückte sich und warf ihm eine Plastiktüte zu. »Überlege es dir in Ruhe. Ich habe ein Zimmer für dich bestellt. Im Hotel Trub. Du hast bis morgen Zeit.«

Als Keller, fröstelnd trotz der Hitze, den linken Arm in der Schlinge, die rechte Hand mit der leeren Plastiktüte ins Kreuz gedrückt, den Rücken gerade, die Beine wegen der Verbände leicht spreizend, die Hauptstrasse von Zill hinaufwatschelte und am Bären vorbeikam, blieb er stehen. An der Tür hing ein Schild: WEGEN TODESFALL GESCHLOSSEN. Da er aber durch die Mattglasscheibe im Innern einen Lichtschimmer wahrzunehmen meinte, trat er ein. Die Büfettdame von neulich sass am runden Tisch hinten vor einem Glas und einer Flasche Gravensteiner. Obschon sie sagte: »Wir haben nicht offen, Herr Keller. Die anderen sind weg«, gesellte er sich zu ihr, und obwohl er Schmerzmittel eingenommen und der Arzt den Alkoholgenuss verboten hatte, trank er drei Gläser Apfelschnaps mit ihr. Ein wohliges, warmes, schwebendes Gefühl ersetzte die Leere, die er dorfaufwärts geschleppt hatte. Er überredete sie, ihn in Toblers Wohnung einzulassen. Dort stöberte er lust- und ziellos eine Weile herum, fand vier Flaschen Côte-Rôtie, ein Regal mit Tonbandkassetten, das Gerät, setzte sich in den Ohrensessel am Fenster des Wohnzimmers – wenn er den Kopf etwas zur Seite drehte, sah er sich im Wandspiegel: das Pflaster auf der Stirn war weg, die Narbe über der Braue leuchtete –, stülpte den Hörer über, trank in kleinen Schlucken den Rotwein, lauschte wahllos irgendwelchen Ausschnitten: alles Aufnahmen von Toblers Geigenspiel. Zweimal zuckte er zusammen, im Augenblick, da er feststellte, dass er den Geruchssinn verloren hatte, und in dem, da er auf die Stimme stiess: rauchig, erregend, katzenhaft; sie sang, von der Violine begleitet, das Lied vom Schnitter. Kaum war's verklungen, sagte Tobler: »Nicht so süss, Eva, hart, der Tod ist zwar ein Verführer, aber …« Dann kam nichts mehr. Keller hörte das Band ab, immer wieder von vorne, das Lied und das Rauschen des gelöschten Teils, bis in die Nacht hinein. Als die zweite Flasche leer war, schlief er ein. Als der Tag graute, wachte er auf. Er packte die Kassette, das Gerät, die beiden übrigen Flaschen in die Plastiktüte und bestellte ein Taxi.

Dienstag, früher Morgen. Die rosenfingrige Eos. Die Göttin fiel Keller ein, während er auf der Bruchsteinmauer des Friedhofs von Schwant, wohin ihn das Taxi gebracht hatte, sass und nach Osten blickte. Er versuchte sich aus dem Sommer wegzudenken, in einen nebligen Herbsttag: die Umrisse verschwommen, die Geräusche gedämpft. Aber die Strahlen der aufgehenden Sonne schmerzten. Ihr Licht prallte aufs Land. Der Tau trocknete fort. Bald lag das Tal gleichgültig unter der Augusthitze. Die Hügel wölbten sich wie immer. Wie immer täuschten die Bauernhöfe an den Hängen Geborgenheit vor, stülpten sich die Lindenbäume aus der Erde, heulten in den Wäldern die Schratte. Hätte man Keller gefragt, was er für seinen Heimatort empfinde, hätte er geantwortet: »Blanken Hass.« Oder: »Nichts.« Und beides hätte nicht zugetroffen. Er wusste es nicht. Wenigstens roch er wieder: das faulige Wasser des Bachs. Er drehte der Sonne den Rücken zu, trank die eine der beiden Flaschen leer, betrachtete den Friedhof. Rechts und links je eine frische Grube, Erdhaufen daneben. Die eine auf der Seite mit den Holzkreuzen, die andere auf der mit den steinernen Malen. Diese für Annette Zurkindens Leiche, jene für Josef Zinggs verkohlte Überreste. Tobler und Schwengeler würden in Zill bestattet werden. Um acht Uhr schlurfte Keller zum Adler hinauf, rief Schwartz an, kehrte zurück. Eine Stunde später hielt ein Polizeiauto neben ihm. Hinten sass Schwartz, am Steuer Schulthess. Keller legte die Plastiktüte auf den Gips in der Schlinge, kroch ächzend von der Mauer. Schulthess trat auf ihn zu, sprach nicht, half ihm aber fürsorglich einsteigen. Besoffen, wie er war – alle taten, als merkten sie es nicht –, bezeugte Keller in Zill vor dem Untersuchungsrichter, ohne ein unwahres Wort zu äussern, durch seine Aussage die Lüge, Josef Zingg, der Amos der Wahren Christen, habe Eva Drechsel erwürgt und deshalb Selbstmord begangen.

»Damit ist der Justiz Genüge getan«, bemerkte Schwartz und bleckte die Zähne zum Anwaltslächeln.

Keller schwelgte im Déjà-vu: Der Schatten des Hotels wuchs auf die Terrasse hinaus, der Wind riss den Rauch der Löwe BC vom Mund, die Sonne fiel durch eine Lücke in der Kugelkrone der Rosskastanie und brachte den Wein zum Leuchten, das rote Haar, ausgebreitet auf dem grünen Eisentisch, bewegte sich im Luftzug, die Schluchzer verloren sich im Rauschen des Bachs. Allein der Schatten war kürzer, lag anders, seit Freitag hatte er nicht mehr geraucht, der Eisentisch unter einem Baum ohne Lücke im Laub roch nach Rost, niemand weinte, Annette Zurkinden war nur ein Name. Aber das Hotel Schwantbad, auf dessen Gartenterrasse er wartete, dass die Besprechung im Séparée zu Ende ging, war geöffnet. Man hatte ihm ein Glas Wein gebracht: roten. Er trank es aus, lehnte sich zurück, versuchte ein anderes Spiel: die Lider schliessen, bis die Dunkelheit schimmert, sie flattern lassen, bis die Welt, aus zitternden Schlitzen wahrgenommen, der Wahn ist, sie aufreissen, und das Licht ist von *dieser* Beschaffenheit, der Himmel von einem *solchen* Blau, ach – er kippte hintenüber, die Rippen schmerzten, er zappelte mit den Beinen, die sich im zusammengeklappten Gartenstuhl verheddert hatten, Schuhe knirschten im Kies, jemand half ihm auf. Paula Zingg.

»Du bist betrunken«, sagte sie.

»Ich habe es mir redlich verdient, indem ich Josef verraten habe.« Keller presste die rechte Hand ins Kreuz und hielt den Rücken gerade. »Du übrigens auch. Du hast den anonymen Brief in mein Auto gesteckt, als es hier auf dem Platz geparkt war. Montagabend, vor einer Woche.«

Ihr Blick heftete sich auf ihn. Eine blonde Strähne hatte sich aus dem Chignon gelöst und zuckte im Wind. »Er war ein Mörder.«

Keller schüttelte den Kopf, setzte zu einer Entgegnung an, als ihm einfiel, dass sie der unvorhergesehene Besuch sein musste, mit dem die sieben Herren der Gesellschaft der Freunde Schwants etwas zu besprechen und um dessentwillen sie ihn gebeten hatten, sich eine Weile zu gedulden, und platzte heraus: »Du hast das Land verkauft.«

Sie sah ihn beharrlich an. »Es ist mein Land. Das mindeste, was er mir schuldig war. Ja, ich verkaufe es.« Sie schickte sich an zu gehen, warf ihm über die Schulter zu: »Ich bin froh, dass er tot ist«, und stöckelte davon, auf hohen Hacken, knickte ein paarmal bei den Fesseln ein, am eckigen Körper hing ein schwarzes Kostüm. Zum ersten Mal war er der Farbe ihrer Augen innegeworden, sie waren haselnussbraun. Ihr Gesicht hatte sich für die Maske entschieden, die zu ihm passte: Verbitterung.

Keller hatte es sich hin und her überlegt. Es war hoffnungslos. Trotzdem wollte er es mit dem Bluff versuchen, den Greisen die Kassette vorspielen, behaupten, auf dem stummen Teil des Bands habe sich der Beweis befunden, dass Tobler der Mörder sei, jemand habe ihn zwar gelöscht, aber er habe einen Spezialisten an der Hand, der ihn wieder hörbar machen könne. Vielleicht würde ein Wunder geschehen. Wie vor neunzehn Tagen erwarteten sie ihn im Séparée des Hotels Schwantbad. Nichts als Rentner, redete er sich ein, die auf geborgte Zeit leben. Aber er hielt den Blicken ihrer Triefaugen nicht stand, fummelte mit dem Stecker des Anschlusskabels an der Dose, bis er endlich hineinglitt, setzte sich, verkündete: »Franz Tobler und Eva Drechsel: der Mörder und sein Opfer«, und drückte die Taste nieder. Die Violine, die Stimme, sie schmerzte noch immer. *Es ist ein Schnitter, heisst der Tod,* Toblers *Aber,* Stille, Pfarrer Spörris Darm entschlüpfte dröhnend ein Wind, und die sieben Greise brachen in Gelächter aus. Sie gackerten, kicherten, gluckten, kreischten, grölten, trommelten mit den Fäusten auf die Bäuche, Tränen rannen über die welken Wangen. Wie am Donnerstag Annette Zurkinden kippte Keller nach vorn, schlug, bereits bewusstlos, mit der Stirn auf den Tisch.

»... an den Pupillen«, hörte Keller Breitens knarrende Stimme sagen, als er wieder zu sich kam. »Kein Grund zur Beunruhigung. Er ist gleich wieder bei Sinnen. Doch überlassen wir die Jammergestalt der Puffmutter Cora!« Keller wartete, bis die schleifenden Schritte der Alten verklungen waren, zog die übrig gebliebene Weinflasche aus der Tüte, liess den Rest liegen und schlorrte seinerseits hinaus.

Die Dreiklanghupe ertönte aus der Schlucht. Bald schob sich in der Ferne der gelbe Postbus über das graue Band der Strasse talaufwärts. Wenn Schwartz'

Auskunft stimmte, war Otto Balsiger darin. Keller sass auf der runden Bank des Hügelchens in der Mulde, der Stelle, die die Polizei immer noch für den Tatort hielt. Aber Keller war überzeugt, dass der Bärenwirt seine Exstieftochter in der Lichtung drüben getötet hatte. Er trank die letzte von Toblers Flaschen leer, fasste sie am Hals und schleuderte sie wie eine Handgranate ins Unterholz. Der Wind schüttelte die Äste der Linde, trieb bizarre Wolken über den Himmel, es roch plötzlich nach Herbst. In der Rechten einen zerbeulten Koffer, die Jacke über dem linken Arm, zwei Strähnen des braunen Haars in der Stirn, Schweisstropfen über der Nasenwurzel, stapfte Balsiger den Schotterweg hinauf. Keller erhob sich, schwankte auf gespreizten Beinen – aber das kümmerte ihn nicht, es war nur der Sturm, der sich über den Hügeln zusammenbraute, der an ihm zerrte –, rief: »Grenadier Balsiger.«

Ein Lächeln huschte über das klotzige Gesicht, verkam zur bekümmerten Miene. »Es tut mir leid. Es ist wieder meine Schuld. Ich hätte Ihnen nicht schreiben sollen, Herr Oberleutnant.« Keller brachte ihn dazu, neben ihm auf der Bank Platz zu nehmen. Balsiger sprach mit klagender, monotoner Stimme. »Mutter wird schimpfen, wo ich ihr versprochen habe, ich sage, ich bin es gewesen. Das letzte Mal haben sie mich doch eingesperrt, als ich es zugab. Jetzt aber lassen sie mich laufen und behaupten, der Amos ist ein Mörder. Was wird da Grossmutter Jordi denken. Am liebsten würde ich gar nicht ...«

Keller unterbrach ihn. »Dein Bruder hat Eva nicht umgebracht.« Balsiger sah Keller verständnislos an. »Der verstorbene Amos war dein Halbbruder. Sein Vater war auch der deine.«

Balsigers Hände zuckten. »Das stimmt nicht.«

»Doch, Otto«, beharrte Keller. »Er hat es mir selbst gesagt.«

»Nein. Nein.« Balsiger packte Kellers Ärmel so heftig, dass der Stoff riss. »Diese Lästermäuler, das haben sie schon früher ...« Er sah entsetzt seine Rechte an, die in Kellers Hemd verkrallt war. »Es ist der Herr Aebischer.« Er liess Keller los. »Doch das darf niemand wissen. Mutter hat es dem Amos versprochen.« Er stand auf, trat von einem Fuss auf den andern, murmelte: »Es tut mir leid. Jetzt habe ich wieder Mist gebaut, Herr Oberleutnant.«

Ohne zu antworten, trat Aebischer ans Nussbaumbüfett, nahm das Porträt der jungen Frau in die Hand, wandte sich von neuem Keller zu und fragte mit ausdrucksloser Miene: »Wer hat es Ihnen gesagt? Verena?«

»Nein. Der Sohn«, entgegnete Keller. »Otto hat mir gesagt, dass Sie sein Vater sind.«

»Er weiss es also.« Aebischer schüttelte den Kopf. »Ich kann ihn nicht als das betrachten. Als meinen Sohn.« Plötzlich belebte sich sein Gesicht. »Wie ich ihn gehasst habe!«

»Otto? Der kann doch nichts dafür.«

»Den alten Amos. Der Heilige war ein Teufel. Als ihm Verena verraten hat, dass ich der Vater war, hat er sie zum Schweigen verpflichtet und mich mit seinem Wissen zu politischer Gefügigkeit erpresst. All die Jahre. Aber Rosa, meiner Frau, hat er es hinterbracht, damit sie wisse, dass sie mit einem Ehebrecher verheiratet sei. Da hat sie sich das Leben genommen.«

Keller spürte ein zwerchfellerschütterndes Lachen in sich brodeln. Doch er verbiss es sich. Die Rippen hätten geschmerzt. Er bemerkte bloss: »Also ist Josefs Tod letztlich die Folge eines Irrtums. Der Mann in der Kapelle hatte Ihr Gesicht.«

Aebischer hörte ihn nicht, sondern betrachtete das Foto mit dem Trauerflor. »Und seither ist alles schal.«

»Amen«, bekräftigte Keller, und es war, als führe des Amos Stimme aus seinem Mund.

Als Keller aus dem Gemeindehaus trat, trug ihm der Wind das Jammern des Harmoniums zu: *O Heiland, reiss die Himmel auf.* Schritt um Schritt im breitbeinigen Gang des Gewohnheitssäufers keuchte er den Hügel hinan. Verkohlte Balken, Sparren, irgendwohin ragend, Grundmauerreste, zersprungene Ziegel, Glasscherben, die angesengte Pappel. Auf einem Heuwagen das Harmonium aus dem »Stöckli« des Jordihofs. Verena Balsiger stampfte mit den eingebundenen Beinen die letzten Klänge hervor. Auf zwei Böcken der Fichtenholzsarg. Links, allein, Paula Zingg. Rechts die Alte auf einem Stuhl, der Irre, Jakob Jordi, Esther Jordi, geschiedene Schwengeler. Auf dem Sarg lag die wuchtige Bibel. Davor stand der bucklige Ruben Jordi, schlug, den Goldschnitt mit dem grünen Leseband spaltend, die Heilige Schrift auf, öffnete den Mund zum Sprechen und erblickte Keller. »Gehen Sie, Herr Keller«, sagte er, ohne die Stimme zu erheben. »Sie haben genug Unheil angerichtet in Schwant.«

Keller bewegte die Lippen. »Tschau, Josef«, mochte das heissen. Oder: »Ach, Scheisse.« Eine Böe zerrte an den schwarzen Kleidern der Trauernden, wirbelte die Asche der Brandstätte auf, verebbte. In der Flaute liess sich ein Falter auf dem Sarg nieder, ein Bläuling.

Sie stand auf dem Bahnsteig neben zwei prallen Koffern und trug einen ihrer verrückten Hüte, der genauso aussah, wie er sie sich vorgestellt hatte. Sie war hinreissend, und die Zärtlichkeit, die er für ihr Gesicht empfand, schmerzlicher denn je. »Es gibt hundert Männer wie dich«, sagte sie.

»Aber nur einen Hutladen«, erwiderte er und wunderte sich, dass seine Stimme so normal klang. Sie nickte. Eine Träne perlte aus ihrem linken Auge. Er benetzte den Finger damit und leckte das salzige Nass ab. Kellers Kopf schlug gegen die Scheibe, und Uta löste sich auf. Ein Traum. Der Zug fuhr in ein Gewitter. Auf den beiden Plätzen gegenüber sass ein junges Pärchen in alternativen Kleidern und mit blanken Gesichtern. Sie waren zugestiegen, während er schlief. Als er die Schlinge zurückschob, den Gipsarm, auf dem er mit Klebeband eine Flasche Chivas befestigt hatte, hob, den Verschluss abschraubte und trank, hatten die jungen Leute einen Moment lang die Augen ihrer Eltern. Doch dann rollte der Zug an Äckern vorbei, und sie entrüsteten sich darüber, wie die die Felder vergifteten. Er durchquerte eine Villenlandschaft, und sie empörten sich darüber, wie die die Natur verbauten. Er ratterte die Emme entlang, und sie liessen sich darüber aus, wie die die Gewässer verschmutzten. Keller nahm wieder einen Schluck und behauptete, einen Akzent vortäuschend: »Ich ertragen das Schweiz nur besoffen«, schrieb mit dem Zeigefinger seinen griechischen Satz ans beschlagene Fenster: Ἡ δοῦσα πάντα καὶ κομίζεται τύχη.

Sogleich klagten die beiden, wie fremdenfeindlich die seien. Keller wurde übel, und er kotzte etwas Whisky und ein Stück des Schinkenbrotes, das er in der Bahnhofsgaststätte Zill verzehrt hatte, auf den handgewebten Rock des Mädchens. Das verschlug ihnen die Sprache, und sie wechselten das Abteil. Keller rief ihnen die Übersetzung des Satzes nach: »Das Schicksal, das alles gibt, nimmt auch alles weg.« Als es draussen dunkel war, wischte er mit dem Ärmel den Beschlag von der Scheibe und schrie sein Spiegelbild an: »Ich lebe wenigstens noch. Du dagegen bist schon tot zur Welt gekommen.« Der andere gab keine Antwort, äffte ihn bloss nach. Bald kam der Zug an der Endstation an, im Bahnhof von Bern, der Hauptstadt der Schweiz.

Lenos Polar – Spannung mit literarischem Anspruch

Joseph Incardona
Asphaltdschungel
Roman
Aus dem Französischen von Lydia Dimitrow
339 Seiten, Softcover
ISBN 978 3 85787 494 9

»Ein ausserordentlicher Kriminalroman. Joseph Incardona bringt, was sehr selten gelingt, einen vollständig fremden, neuen Ton in die Kriminalliteratur. Wie er den Wettlauf zwischen Polizei, zerstörtem Vater und dem sowohl mörderischen als auch traumatisierten Pascal beschreibt, sucht seinesgleichen.«
Tobias Gohlis, Die Zeit

Walther Kauer
Schwelbrände
Roman aus dem Seeland
272 Seiten, broschiert
ISBN 978 3 85787 685 1
LP 85

Zwei Vorfälle bringen das ruhige Leben des in die Jahre gekommenen Journalisten und Schriftstellers Bertrand in der malerischen Kleinstadt Moosbrugg durcheinander: der Fund einer Leiche im See und zwei Kisten, die er unerwartet mit der Post erhält. In ihnen findet er die brisanten handschriftlichen Notizen seines geliebten Grossvaters, die ihn auf eine Reise in die Vergangenheit führen.

SCHWEIZER LITERATUR IM LENOS VERLAG

E. Y. Meyer
In Trubschachen
Roman aus dem Emmental
218 Seiten, broschiert
ISBN 978 3 85787 721 6
LP 121

Um die Jahreswende etwa könnte man verreisen, zum Beispiel mit dem Zug von Biel ins Emmental, nach Trubschachen fahren. In dieser anderen Welt nimmt die Wahrnehmungsfähigkeit zu, verändert sich das Zeitgefühl. Bekanntes wirkt in der verschneiten Winterlandschaft wie ein fremdes Zeichen. Das Emmental wird zu einer Modelllandschaft, einer Übergangslandschaft von der Tradition in die Moderne, voller Unheimlichkeiten, die sich in Kälte und Schnee nur desto deutlicher abzeichnen.